土方歳三 流転の剣

木村伸一
Shinichi Kimura

文芸社

目次

第一章　天然理心流

「歳のやつ、また逃げてきたのか」

嘉永《かえい》四年（一八五一）夏の夜、武州多摩郡《ごおり》石田村の土方家で、家中の騒ぎを耳にした盲目の長兄為次郎が呟いた。

騒ぎは、末っ子の歳三が、二度目の奉公先から逃げ帰ってきたことだった。

最初の奉公は十一の時。江戸の「いとう呉服店」へ奉公に出されたが、番頭に叱られ飛び出した。十七になった今度は、大伝馬町の呉服屋からであった。

奉公といっても、土方家は、このあたり一帯を治める裕福な豪農であるため、行儀見習い程度のものでしかなく、そのため嫌なことでもあれば、簡単に逃げ帰ってきてしまうのだ。

為次郎は耳をすまし、家の様子を窺った。

盲目の兄に代わって家督を継いだ次男喜六《きろく》が、歳三を叱咤している。次に廊下をどかどかと歩き、障子をバンと閉める音がした。喜六が何やら喚《わめ》いているが、やがて引き返し、あとは虫の音しか聞こえなくなった。

為次郎には歳三の気持ちがよく分かっていた。

（そもそもあいつに商売が勤まるわけがねえ。いくら喜六が商売人に仕立てようとしても、歳三はそんな玉じゃねえ）

しばらくすると、障子の向こうに人の気配が感じられた。

「歳か」

「……はい」

為次郎を慕う歳三は、この兄だけには本当のことを伝えたかったのだ。

声が沈んでいる。いつもの雰囲気とは明らかに違っていた。

為次郎には声の感じから心の機微を窺い知ることは容易《たやす》いことであった。

（今度は女がらみか。歳も大人になったもんだ）

と、思いながら「入れ」と言った。

歳三は部屋に入ると障子の前に立った。

「そんなところに突っ立ってねえで、そこに座れ」

目が見えなくとも、相手の動きは手に取るようによく分かるのだ。

歳三は為次郎の前に正座した。

少し間を置き、為次郎が言い放った。

「それで、女のことは諦めがついたのか」

すべてを察したかのような為次郎の言葉に、歳三は驚嘆した。

事の顚末はこうだった。

奉公先に一人の女中がいた。名をお袖という。歳三より一つ上で、大きな瞳が美しい女だった。

思春期の歳三は、ひと目でお袖の虜となった。

(今度の奉公は運命だな)

歳三は、そう勝手に解釈した。

(お袖と所帯を持って、慎ましく暮らすのも悪くねえな)

歳三の心に未来の夢が、ぱあっと開けていく感じがした。

しかし、若い歳三には純なところがあった。お袖の前ではつい醒めた態度で自分を装ってしまうのだ。そのため、いつまで経っても想いを告げることができなかった。

ある日の夜、歳三は想いを打ち明けようと意を決し、大部屋をこっそりと抜け出して、女中部屋へと向かって行った。

暗い廊下を歩いていくと、庭の方で木戸が開く音がした。見るとお袖がこっそり抜け出していくではないか。

「なぜこんな夜更けに」

悪い予感を抱きながらも、歳三は跡をつけた。

お袖は裏の通りに人気がないのを確かめると、通りを駆け出して一本柳が立つ河原へと下りて行った。すると柳の影から男が姿を現した。

「圭一郎さま」

お袖はそう言って、男の胸に飛び込んだ。

歳三の予感は的中した。木槌で頭を殴られたような衝撃を感じ、しばらくその場に立ちすくんだ。

月明りの中、男の腕に包まれたお袖の顔には、幸せが満ち溢れているようだった。

(俺の入り込む余地は、ねえらしい)

歳三は店には戻らず、そのまま石田村の生家へと向かった。

暗い夜道を歩いていると、お袖のことが思い出されて仕方がなかった。

やり切れない想いが胸を貫き、涙が止めどなく溢れ、歳三の恋は幕を閉じた。

後年のことだが、歳三は俳句を嗜《たしな》むようになる。号を「豊玉」という。

文久三年(一八六三)、歳三は浪士組(新選組の前身)として京に上洛する直前に、自作の句を「豊玉発句集」として纏めており、その中には次の句が詠まれている。

しれば迷い　しなければ迷わぬ　恋の道

季語もなく、おまけに字余りである。実に青臭い句であるが、恋に対する素直な気持ちを窺い知ることができよう。

発句集の中で、この句は線で囲まれており、歳三自身、深い思い入れがあったようだ。

「その様子じゃまだ未練があるようだな。月並な台詞で申し訳ねえが、こういうことは時が解決してくれるのを待つしかねえ」

為次郎が諭《さと》すように言い聞かせた。

だが今の歳三には、時が経てば忘れられるなどと考えられるものではなかった。

脱け殻になった歳三に、為次郎がさらに言う。

「気晴らしと言ってはなんだが、彦五郎のところで剣術でも習ってきたらどうだ。俺は思うのだが、清という国はエゲレス（英国）との戦《いくさ》に破れ、今は植民地と化しているそうだ。日本にもエゲレスの船は度々来航していて、この国を狙っているのは間違いねえ。家康公の江戸開闢《かいびゃく》以来、永らく太平の世が続いてきたが、近いうちに必ず戦になると俺は睨《にら》んでいる。歳、剣術を習ってはどうだ。手柄をたてて侍になるんだ。おめえは喜六と違い、商売人には向いてねえ。普段ふざけたことばかりしているが、本当は魂を揺さぶるような何かを探しているんじゃねえのか。ええっ？　歳」

為次郎は熱く語った。

だがその言葉は、今の歳三の心には、届きはしなかった。

「歳、これは一つの好機だ、剣術を習え。もし俺が目明きだったらそうしただろう、畳の上で死ぬような真似はしたくねえ、男なら侍のように生きてみろ」

翌日になっても歳三の気持ちが晴れることはなかったが、言われたとおり、姉のぶの嫁ぎ先である日野宿名主佐藤彦五郎の邸に顔を出した。

彦五郎の家には道場がある。

二年前、近隣の民家が火を出した際、どさくさにまぎれて夜盗が彦五郎の家を襲うという事件が起きた。夜盗は金品を奪うだけでなく、一人で留守番していた母を殺害するという所業にまで及んだ。彦五郎はこの事件により、武道の必要性を痛感し、庭に道場を建てたのである。

歳三が勝手に邸へ上がり込むと、のぶが部屋の掃除をしていた。

「あら歳、奉公に行ってたんじゃなかったの」

「まあな」

ばつが悪そうに頭を掻いた。

「また逃げ出したのかい、仕様のない子だねえ。彦さんなら道場で稽古をしているから、その曲がった性根《しょうね》を叩き直してもらいな」

そう言われて道場がある庭へ出た。

稽古中とのことであるが、やけに静かである。だが、道場に入った歳三は、異様な光景を目の当りにした。

黒い胴着の凄みのある男が、彦五郎と対峙していたのである。

両者は木刀を正眼に構えていた。黒い胴着の男は、不動のまま彦五郎に無言の圧力を浴びせている。巌《いわお》の如く男は動かない。下手に手を出そうものなら、次の瞬間、彦五郎があの世へ行っているかもしれない。傍らで見ていた歳三にそう思わせるほど、男は気魄に満ちていた。

両者は素早く接近すると、互いに上段から正面打ちを放った。しかし、このとき彦五郎は左前方に体を捌いて太刀をかわし、反転して再度正面打ちに及んだ。

彦五郎の打ち込みは男の面を捉えたように思われたが、男は顔前で受け止め、そのまま鍔迫り合いにもち込んだ。

両者は渾身の力で、相手を押さえつけようとする。

「オリャー」

彦五郎が、男を押し始めた。

男はたまらず後ろへ飛び退き、上段から正面打ちに転じようとしたが、その瞬間、彦五郎の諸手突きが、男のみぞおちへと食い込んだ。

（さすが義兄《あにき》）

と、歳三は思った。

しかし男は、別人のような穏やかな笑みを浮かべ、平然と彦五郎に話し掛けたのだ。

「随分と上達されましたね」

（こいつは突きを食らっても平気なのか）

訝《いぶか》しげな表情でその男を見つめる歳三に、彦五郎が初めて気が付いた。

「なんだ歳じゃねえか。おまえ奉公に行ったんじゃなかったのか」

「いや、それより、今の勝負はどっちが勝ったのですか」

「勝負？　おまえには勝負に見えたか。まあ、それだけ稽古に真剣味があったということだな」

と、彦五郎がにやにやしながら言った。

さらに付け加えるように、隣の男が言う。

「天然理心流の型で山影剣《やまかげけん》と言います」

勝負に見えた立ち合いは、型の稽古であった。

みぞおちを突いた剣先は、寸止めされていたのである。

この時代、防具を使った打ち込み稽古をする流派もいくつかあるが、天然理心流などの古流剣術の稽古は基本的に型稽古が主体である。型の中で剣の捌きを会得していくのだ。型稽古であるから一連の動作を順番どおりに行うわけであるが、それは実践さながらの力とスピードが乗ったものなのである。

「そうだ、おまえに紹介しよう、こちらの方は天然理心流試衛館《しえいかん》道場の島崎勝太先生だ」

「島崎です。よろしく」

男は礼儀正しく会釈した。

対して歳三も、

「土方歳三と言います」

と頭を下げた。

島崎勝太とは、後の近藤勇である。

この時二人は、互いが生涯を共にする莫逆《ばくぎゃく》の友になろうとは、夢にも思いはしなかった。

彦五郎が言う。

「島崎先生はこう見えても、まだ十八だ。おまえと一つしか変わらん」

歳三は驚いた。えらの張った、厳《いか》つい面構《つらがま》えである。しかも先ほど見せたあの気魄はなんだ。とても十八とは信じられなかった。

「どうだ、歳三君も剣術をやってみないか」

と島崎に誘われると、歳三はためらうことなく、

「ぜひ、お願いします」

と答えた。すでに剣術に魅了されていたのだ。

そこに六十くらいの老人と少年が現れた。

彼らは道場の隅に座っていたのだが、歳三は稽古に魅せられて気付かなかったのだ。

「紹介しよう、天然理心流宗家三代目の近藤周助先生と沖田惣次郎だ」

「よろしく」

島崎に紹介されて近藤周助が微笑《ほほえ》んだ。

「沖田惣次郎と申します」

少年は元気な声で挨拶をした。

沖田惣次郎（後の沖田総司）はこの時まだ十歳。

浅黒く、痩せこけて、背はまだ歳三の胸くらいしかないが、十歳の子供にしては高いほうだ。

惣次郎は奥州白河藩の江戸藩邸で足軽小頭《こがしら》を務める沖田勝次郎の倅である。試衛館道場に世話になっているのは家が貧しいための口減らしであった。

「惣次郎はまだ十歳だが、なかなか手強いぞ。立ち合ってみるか」

そう近藤周助から言われて手渡された木刀は、ずしりと重かった。天然理心流の木刀は並みの木刀に比べ倍以上の重さがある。これは真剣を意識したもので、実践的な稽古がこの流儀の特徴なの

だ。

まだ型を知らぬ歳三は、初歩的な序中剣《じょちゅうけん》の型を教わると、惣次郎に向かって打ち込んでみることになった。

周助が優しく諭すように言う。

「剣術において一番大事なものは敵を圧倒する気組みじゃ。そのためには、まず深く息をして臍下《へそした》にある臍下丹田《せいかたんでん》に気を溜める。そして気が充実してきたら、掛け声とともに気を一度に発するように打つ。そのことを肝に銘じてやってみなさい」

歳三が打太刀《うちだち》（最初に打ち込む側）を、惣次郎が仕太刀《しだち》（受け止め最終的に仕留める側）を務め、両者は三間ほどの間をとり、中段に構えた。

（こんな子供を相手に本気で打ち込んでいいのか）

歳三は大きく上段に振りかぶると奇声を上げて打ち込んだ。

カンカンと二回打ち込んで最後は惣次郎が歳三のみぞおちめがけて諸手突きを繰り出した。決めはもちろん寸止めである。

「今の打ち込みには、まったく気組みが感じられんなあ。相手が子供だと思って手加減してはいかんぞ、今度は惣次郎が打ってみろ」と周助が言った。

二人は再び三間ほどの間をとり向かい合った。

すると打太刀に回った惣次郎からは子供とは思えぬ気魄が全身から発せられた。

「ヤッ」

目にも止まらぬ素早い打ち込みが歳三の顔面を襲った。

歳三は間一髪、すれすれのところで受け止めたが、ビリビリと手がしびれて木刀を落としてしまった。

(子供のくせになんという打ち込みだ。まともに喰らったら怪我だけでは済まんぞ)

惣次郎の稽古はこの頃からまったく手加減をしないという定評があった。

歳三は相手が子供だという意識を捨てた。

「どうだ、充分な気組みが感じられたであろう」

周助の言葉に歳三はこくりと頷《うなず》いた。

「ではもう一度」

再度、歳三が打太刀に回った。

呼吸を繰り返し、臍下丹田を意識して気を溜めていく。

自然と肩の力が取れ、腰が落ちて重心が下がった。

「キエーッ」

ガンガンと重みのある打音が響き、最後に二の太刀を払った惣次郎がさっと諸手突きを出した。

惣次郎は歳三を見上げてニッと笑みを浮かべた。

「うむ、今のは良かった。その調子だ」

周助も太鼓判を押してくれた。

彦五郎が周助に訊ねた。

「先生、歳三は見込みがありますか」

「今の打ち込みには、充分な気組みを感じました。しかも初めてにしては太刀筋が良い。このまま稽古を積めばひとかどの剣士になれると思いますよ」

周助は、歳三の中に眠っている剣の才を感じたのだ。

「すごいぞ歳、初めての稽古で周助先生に誉められるとは大したもんだ」

歳三は照れながら頭を掻いた。

久しぶりに清々《すがすが》しい気分を取り戻していた。

(この分なら、お袖を忘れられるかもしれないな)

心に新しい道が開け、いつもの歳三に戻ることができた。

「歳三殿、天然理心流にはこんな歌がござる」

周助が歌を一つ詠んで聞かせた。

荒海の　水につれそう浮鳥の　沖の嵐に心うごかず

「これは生死を賭けた戦場においても、決して心乱すことなく、自然の理《ことわり》に従い、自在に剣を遣える境地、すなわち『浮鳥《うきどり》の位《くらい》』に達せよという歌だ。この句を胸に刻んで稽古に励むように」

歳三は微笑《えみ》を浮かべて頷くと惣次郎と稽古を再開した。

第二章　黒船来航

嘉永六年（一八五三）、初夏。

剣の修行を始めて二年が過ぎた。

十九になった歳三は、剣術ばかりもしていられず、しぶしぶ薬の行商をやらされていた。

土方家では、「石田散薬」という薬を製造販売している。

近くを流れる浅川の岸辺に自生するミゾソバ（別名牛革草《ぎゅうかくそう》）を焼いて粉末にしたもので、酒と一緒に服用すれば打ち身によく効くと言われていた。これと一緒に佐藤彦五郎の家に伝わる「虚労散薬」（労咳に効果のある薬）を葛籠《つづら》に入れ、各地を廻っていたのである。

剣の腕前のほうはというと、そこそこの上達を見せていた。

天然理心流には正式に入門したわけではないのだが、行商には必ず木刀を持ち歩き、周助の言葉を思い出しながら、鍛錬を欠かさず続けていた。逆に言えば、商売にはあまり身が入っていなかったということになる。

兄為次郎が言っていた戦はいったい何時のことやらと、時おり疑念が浮かびはするが、その気持ちを抑えつつ、ひたすら稽古に励んでいた。

その日も歳三は行商だった。

紺の着物の尻をはしょり、いつもの葛籠《つづら》を背負っていた。

江戸市中で薬を売ったあと、昼過ぎには品川の宿に入った。

品川は東海道五十三次第一の宿場である。江戸湾に面した街道沿いには、旅籠、酒屋、小間物屋などが多数軒を並べていた。また落語の「品川心中」でも知られるように、「南の吉原」とも呼ばれ、遊郭としても有名であった。

歳三が品川の宿に足を踏み入れたのは、日の入りにはまだ早い、昼七つ（午後四時頃）のことであった。

宿場が、なにやら騒がしい。街のいたるところで半鐘が打ち鳴らされ、役人の走る姿がやけに目立つ。いったいなにごとであるかと怪訝に思い、あたりを見廻していると、一人の女が抱きついてきた。

「いい男だねえ。宿を探しているんだろう、うちに泊まってっておくれよ」

留女《とめおんな》の客引きであった。

日の入りまでにもう二、三軒、廻ってみようと思っていたが、街はそれどころではないらしい。

歳三は引かれるままに旅籠へ入った。

中へ入ると別の女中が、お湯の入った盥《たらい》を持ってやって来た。

「お疲れでしょう。さあ、これで足を濯《すす》ぎましょうね」

さっきの留女は、また表に出て客に飛びついていた。

歳三は板の間に腰を下ろし、足を濯いでもらいながら女中に聞いた。

「役人がいっぱい走り回っていますが、いったいなんの騒ぎです」

「黒船が来たんですよ」

「黒船が?」

歳三の眼が輝いた。

黒船が日本に来たのはこれが最初ではなく、すでにこれより三十年も昔からイギリスの黒船が来航して、薪水・食料を補給したとの記録がある。従って、歳三ら当時の人々にとって黒船は、珍しいものではあったが、未知の物体ではなかった。

「昨日の夕刻、浦賀沖に現れたそうですよ」

ここから浦賀まで十三里はある。この女中も直接見たわけではないのだが、黒船来航の噂は、すでに品川庶民にも充分浸透していたのだ。

「どこの国の船ですか」

「詳しいことはわかりませんが、見たこともない大きな船が、突然四隻も現れたそうで、最初に発見した漁師は伊豆の大島が動いたように見えたそうですよ」

女中は顔を紅潮させ、さらに熱く語りだした。

「その大きな船が、大砲を陸に向けて現れたもんだから、戦が始まるんじゃないかって、もう町中大騒ぎですよ」

「浦賀は、ここからどのくらいありますか」

「今から行ったら夜中ですよ」

(黒船も、闇夜のカラスとあってはしょうがねえか)

と思い、気持ちを鎮めながら、部屋に案内された。


アメリカ合衆国東インド艦隊司令長官マシュー・カルブレイス・ペリーが旗艦サスケハナ号、ミシシッピー号、プリマス号、サラトガ号の四隻からなる艦隊で、初夏の三浦半島浦賀沖に姿を現したのは、歳三が品川に着いた前日、六月三日(新暦七月八日)の夕刻であった。

黒船は、予告もなく突然現れたように思われているが、アメリカの船が来航するとの情報は、オランダ商館を通じ、一年も前から幕府にもたらされていた。

時の老中首座阿部正弘は夷狄《いてき》に備え防備を万全にすべしと訴えてはいたが、

「財政困窮の折、オランダごときの情報で莫大な経費投入はできぬ」

との反対意見に押され、結局なにもできなかったのである。

また、ペリーは非常に傲慢で好戦的な人物のように思われているが、本来は温厚な人柄であったらしい。ペリーはフィルモア大統領の命により日本との交戦を固く禁じられていたが、日本研究の成果として外交交渉には断固たる姿勢が必要だと悟ったペリーは、時おり空砲を鳴らし圧倒的な武力を備えているかのように見せかけていただけなのである。

幕府の役人たちは多くの小船を繰り出して、黒船の周りを取り巻いた。直接対応に赴いたのは、浦賀奉行所月番与力の中島三郎助であった。この与力は後に箱館戦争において、歳三と一緒に新政府軍と戦う男である。

中島はオランダ語通詞《つうじ》堀達之助と共に黒船に近づき、乗船を求めた。この時、彼らの応接に現れたのはペリー本人ではなく、副官のコンティ大尉であった。

ペリーは直接姿を現さなかった。

日本人は姿を現さない者に対して神秘性を感じ、畏怖や尊崇の念を抱くものである。当時大部分の日本人が、姿を見たこともない天皇を現人神《あらひとがみ》と崇《あが》め奉ったことが良い例である。ペリーはアメリカ出港前に、日本人の気質についてかなり研究しており、外交交渉の戦術に活用していたのだ。

中島たちは異国との交渉は長崎で行っているゆえ、そちらへ廻るようにと説得したが、コンティ大尉は聞き入れず、

「我々は本国より大統領の国書を持参してきた。応接にもそれ相応の礼儀で迎えるべきであろう」

と、強気の態度を示してきた。

中島も頑として一歩も譲らぬ構えを見せたが、結局平行線をたどり、翌日改めて出直すことになった。

日が暮れると、小船に乗った役人は提灯を翳《かざ》し、海岸では篝火《かがりび》を焚き、夜の海は祭りのような明るさとなった。

それからしばらくの間は互いに監視し合い、沈黙したままの時間が流れていったが、五つ半（午

後九時）になり突然黒船が空砲を放った。この発砲は時刻を知らせるためのものであったが、幕府は大砲の的になるのを恐れて一斉に灯りを消したため、浦賀の海は闇に包まれた。

深夜になり彗星が現れた。天文学的にクリンカーフュースと呼ばれるこの彗星は、初め西の地平線近くを漂っていたが、次第に天空へと駆け昇り、夜空いっぱいに尾を伸ばし、地上は不気味な蒼い光に照らされた。

人々は黒船来航と重なり言い知れぬ不安を感じ、眠れぬ夜を過ごすのであった。


翌未明、歳三は浦賀を目指して旅立った。浦賀の久里浜に着いたのは昼を過ぎた頃だった。浜は多くの地元民で溢れ、興味津々と洋上に熱い視線を送っていた。歳三は、あまりに見物人が多いため、浜から離れて岡の上から見下ろした。松林の隙間から、およそ十町（約一キロメートル）ばかり先に黒船が見えた。

「あれか」

コールタールが塗られ、黒光りした船体が誇らしげに輝いて見えた。異国の船を目の当りにして、世界が急に広く感じられた。

腰を下ろしてしばらくの間感慨に耽っていると、後ろから大声で、独り言を叫ぶ男が現れた。

「げに、まっことふとか船じゃあ」

浅黒い、二本差しの侍であった。年や背格好は歳三と同じくらいである。方言から察すると、どこか西国の藩士らしい。

なんだこいつはと怪訝そうに見上げると、視線を感じたらしく、こっちを見た。

歳三はコクリと会釈した。

するとその侍は、ニッコリ笑って話し掛けてきた。

「さっき役人に聞いたんだが、メリケン（米国）の船が、親書を持って来たそうじゃ」

「親書を。では戦にはならないんですか」

「いや、それは分からんが、あげな大きな船を持っちゅう国と、戦をすることになったら大ごとやき」

その侍は、歳三が手に持つ木刀に興味を示した。

「おまさんも、剣術ばするがかえ」

「まねごとですが、少々」

歳三は、すこし照れながら言った。

「ずいぶん重そうな木刀じゃのう、流儀は何がな」

「天然理心流です」

「失礼やけど、持ってみてもええかえ」

「どうぞ」

侍は、上段に構え一振りした。

「重いなあ、普通の木刀の倍はありそうやな。こんだと、真剣も楽に振り回せるのう。天然理心流恐るべしじゃ」

「お侍さんは、どこの国の方ですか」

木刀を返してもらい、聞いてみた。

「わしは、土佐藩の坂本龍馬いうものやが。土佐では小栗流ばやっちょるけど、今流行《はやり》の北辰一刀流ば習いに、江戸の千葉定吉先生の道場で稽古をしちょります。戦になった時は、一緒に戦おうや」

「私は、ただの薬売りですから」

「いや、町人も侍も関係なか。日本の民が一丸となって戦わねばなりましぇん」

「私も、お役に立てますかね」

「もちろんやが。これからの世の中、なにがあるかわからんがや。逆に言うとなんでもありっちゅうことや。己の信ずる道ば行くのみじゃ」

「そうですね」

「どうれ、帰って剣術の修行じゃ、おっと、おまさんの名はなんといいっしゃる」

「私は、土方歳三と申します」

「土方歳三殿か。縁があったらまた会おうや」

天真爛漫な笑みを浮かべ、坂本は去った。

歳三は、

(変な侍もいるもんだ)

と、思いながらも、この純朴な侍が気に入っていた。

第三章　再会

「歳じゃないの」

黒船を眺める歳三の後ろから声を掛ける女がいた。その澄んだ声を耳にして、歳三の胸は高鳴った。

（まさか）

忘れたくても忘れられないその声は、二年前奉公先で聞いた覚えのある声だった。そんなはずはと思いつつ、振り返るとそれはまさしくお袖であった。

（どうしてここに）

聞こうとしたが声にならない。

「やっぱり歳だ、歳も黒船を見に来ていたんだ」

開いた口が塞がらないままコクリと頷いた。

「歳、いままでどうしていたの、突然お店を飛び出したりして」

歳三はなにも言えなかった。

（それは、あんたのせいなんだよ）

と、心で悲しく呟いた。

ごくりと唾を飲み、気を落ち着かせると、少し紅潮した面持ちで聞いた。

「お袖さんも黒船を見に」

「ええ、日本の一大事ですからね。うちの旦那と二人で」

すると後ろに控えた男が挨拶をした。

「初めまして。片山圭一郎と申します」

十九の歳三よりも一回りは上だろう。三十路くらいには見える。

腰に大小二本を差し、背丈は六尺に近く、決して二枚目ではないが、精悍な顔だちである。

（こいつが、あの暗闇でいちゃついていた野郎か）

歳三は動揺を悟られまいと気を静めつつ、

「土方歳三です」

と、会釈した。

お袖が片山に歳三を紹介した。

「私が二年前まで奉公していた御店《おたな》で、一緒に働いていたんですけど、突然いなくなっちゃって。

堪《こら》え性《しょう》のない子なのよ」

お袖に掛かると弟のようにあしらわれてしまう。

歳三は頭を掻きながら苦笑した。

「お袖さんは今はどこで暮らしているのです」

「この人のお父様が、鎌倉で道場を開いていて、そこで暮らしているの。この人は道場の師範代なの」

歳三は片山が道場の師範代と聞き、急に興味が湧いてきた。

「失礼ですが、どちらの流儀で」

「直心影流を遣います」

お袖が歳三の木刀に気が付いた。

「歳も木刀なんか持っているけど、剣術なんかするの」

「まあ、少し」

「そう、だったらうちの道場に寄ってよ。どうせ商売なんか暇なんでしょ」

お袖に押されっぱなしの歳三は、とうとう鎌倉まで行くことになった。


鎌倉はその昔、源頼朝が征夷大将軍に任ぜられ、幕府を開いた古《いにしえ》の都である。考えてみると、鎌倉時代末期にも、夷狄が日本を脅かすという一大事が起きている。言わずと知れた蒙古来襲である。時の執権北条時宗が、二度にわたる蒙古の侵略を死に物狂いで阻み、最後には神風が日本を救ってくれたという史実である。それに比べれば、親書を持ってやってきた黒船は礼儀をわきまえた紳士と言えよう。

鎌倉に着いたのは、日暮れ間近の頃であった。

片山の道場は長谷寺に近く、正面に相模湾を望む眺望の良い場所にあった。

「お帰りなさいませ」

門をくぐるとこの家の下働きをする中老の小柄な男が出迎えた。

「又八さん、ただいま」

お袖が明るく言葉を返した。

「こちらの方は土方歳三様です。昔、私と一緒に奉公していた人です」

「それは、ようこそいらっしゃいました。まもなく夕餉《ゆうげ》の支度も整います。座敷のほうへ御上がり下さいませ」

座敷に通されると、この家の主《あるじ》らしい老人が座していた。

「父上、ただ今戻りました」

圭一郎が挨拶をした。

「おや、そちらの御仁は」

「土方歳三と申します。お初にお目にかかります」

「ようこそいらっしゃった。大したもてなしはできんが、ゆっくりしていって下さいよ」

「ありがとうございます」

すぐに夕餉の支度が整えられ、食事をしながらの談話となった。

圭一郎の父片山圭介はまもなく還暦を迎える。昨年病により体を壊し、以来剣の稽古も控えるようになっていた。

「歳三殿も剣術をなさるようだが、どちらの流儀かな」

「天然理心流を少しばかり」

「ほう、天然理心流といえば、二代目近藤三助殿の噂を聞いたことがある。鉄砲を持った実の弟と試合をした時に、三助殿は、気合術で相手の体の自由を奪い勝利したと聞き及ぶ。歳三殿も気合術を使われるか」

　気合術とはいわゆる不動金縛りの術である。強烈な気合を相手にぶつけ、体の自由を奪う技である。

「気合術の話は私の師であり友でもある島崎師範代より聞き及んでおりますが、二代目三助先生が急逝されたことで三代目周助先生には伝授されておらず、途絶えてしまったとのことです」

「そうか、それは残念なことじゃ。だが、技の一つが途絶えたくらいならまだよい。なにしろ、うちは道場自体がなくなってしまいそうだからな」

　重大な告白をさらりと言ってのけた。

　後継ぎならば、圭一郎がいるはずである。歳三は、この老人の言葉を不思議に思っていると、横からお袖が補説した。

「最近、近くに北辰一刀流の玄精館道場というのができて、そっちに門弟を取られたのよ」

「流行《はやり》の北辰一刀流ですか」

「そう、うちの人は剣の腕は立つんだけれどもねえ……」

お袖は言葉尻を濁した。腕は立つが商売のほうはからっきしらしい。片山圭一郎は昔ながらの武骨な剣客であった。

北辰一刀流は千葉周作を開祖とする。

神田お玉ヶ池の玄武館道場だけで三千人を超える門弟を擁し、他にも同流儀の道場は関東一円に分布している。

北辰一刀流が隆盛を極めた第一の理由としては、その稽古方法が挙げられる。これまでの木刀や真剣による型稽古ではなく、竹刀と防具を使った打合稽古が主体なのである。

そもそも剣道の防具は、直心流の高橋弾正左衛門が、簡単な面・手袋を用い稽古を行ったことが始まりとされ、それに直心影流の山田平左衛門と長沼四郎左衛門が改良を加え、世に広まったものである。

一刀流の系譜においては中西派一刀流の中西忠蔵子武《たねたけ》の代に、防具を用いた打合稽古を採用し、その流れを汲む北辰一刀流千葉周作が、さらに改良を重ね、現代の防具と変わらない洗練された物を作り上げるに至ったのだ。

隆盛を極めた第二の理由は、初心者にも受け入れやすい指導方法にある。他の流儀で三年かかる技を一年で、五年かかる技は三年でできるように工夫され、ある程度のレベルまでは上達できてしまうのだ。

これら徹底した合理主義精神により広く世間に受け入れられ、北辰一刀流は現代スポーツ剣道のルーツとして今に伝わっている。

「それで今じゃ門弟は又八さん一人だけになってしまったのよ」

「一人だけですか」

「お恥ずかしい」

圭一郎が面目なさそうに言った。

現代で言えば老舗小売店の市場に、大型チェーンストアが進出してきたようなものである。

北辰一刀流は、昇段階層も大幅に省略している。他の流儀では入門から師範免許まで、六〜八段階あるのが普通であるが、それを三段階に簡略化し、しかも昇段するほど謝礼金を減らすという門弟がやる気を起こしそうなシステムを構築していた。なるべく簡単に、かつ安価に上達がはかれる北辰一刀流に、世間の多くが流れてしまうのは必然であった。

「でもね、うちの人の剣は北辰一刀流なんかに負けないわよ、なにせ男谷先生から習ったんですから」

「男谷先生？」

「あんた、ほんとに剣術やってんの。男谷先生って言ったら、直心影流男谷精一郎先生よ」

歳三は、行商しながら、自分なりに技を磨いてはいたが、剣術界のことはさっぱりだった。

「あんた、説明してやって」

お袖も肝心なところは分かっていないらしい。

代わって、圭一郎が説明した。

「男谷先生は、本所亀沢町に道場を構えています。温厚で気さくな方です。少し小太りで一見すると、本当に当代一の剣豪なのかと疑念を持つ人も多いのですが、〝常在戦場〟の心を常として、己にはとても厳しいお方です。先生の強さは流儀にこだわらないことにあります。流儀にこだわっていては、それは井の中の蛙であり、その流儀の中だけで強くても意味はない、というのが口癖です。ですから先生の若い頃は進んで他流試合を申し出て、その流儀の長所をどんどん取り入れていったそうです」

付け加えるようにお袖が言った。

「実力は江戸で有名な斎藤弥九郎や桃井春蔵、千葉周作なんかより、ずっと上だと言われているわ」

少し自慢げに語るお袖を見て、歳三はこの仲睦まじい夫婦がうらやましく思えた。

「歳、うちの人に稽古をつけてもらえば」

「えっ」

「そうしてもらいなさいよ、気に入ったらそのまま入門すればいいし」

商売っ気まで出してきた。

「おいおい、歳三殿には商《あきな》いがあるのだから」

お袖の暴走を止めるように、圭一郎が割って入った。

「いいのよ、どうせ歳には商売なんか勤まらないんだから。奉公していた時なんか、不器用でいつも番頭さんに叱られていたし」

部屋中に皆の笑い声が響き渡った。
歳三は、なんとかしてこの人たちと、この道場を救いたいと思った。
その夜は遅くまで話は尽きなかった。

第四章　直心影流

翌朝、初夏の朝日を浴びて目が覚めた。

庭の草木が露に濡れ、小鳥の囀《さえず》りが聞こえる。ほのかな潮の香りも心地よい。

「良いところだな、鎌倉は」

奥の客間でまどろんでいると、圭一郎が現れた。

「歳三殿もお目覚めか、一緒に朝稽古でもいかがかな」

圭一郎は稽古着姿で、びっしょり汗をかいていた。素振りなどの基礎鍛錬を終え、そろそろ歳三が起きる頃と思い誘いに来たのだ。

「願ってもありません。御指南願います」

歳三は顔を洗うと自前の木刀を携え道場に入った。

そこはなんの変哲もない道場であったが、どこか社殿のような厳かで神聖な雰囲気が漂っていた。

圭一郎と又八に挨拶をすると、さっそく稽古が始まった。

「歳三殿も、ずいぶんと太い木刀を持ってなさるが、当流においても、このような木刀を使います」

圭一郎が見せた枇杷の木刀は、歳三の物と変わらぬ太さであった。

「まずは、そこで見ておられよ」

歳三は道場の隅に正座した。

「法定《ほうじょう》の型をお見せしましょう」

又八と圭一郎が互いに正眼の構えをとった。

「まずは法定四本の型のうち一本目『春』、八相發破《はっそうはっぱ》」

そう言うと、両者は木刀をゆっくり左へ倒し始めた。

剣先に左手を添え、額の高さで水平に構えると、つま先を立てて伸び上がり深く息をした。その立居振舞はまさに能楽師を彷彿とさせ、優雅な、それでいて隙のない身のこなしであった。

やがて又八が上段に構えると圭一郎は右八相からすばやく連続技で打ち込んだ。ガンガンガンと激しい打ち合いのあと、最後に又八が木刀を腰の高さに突き出すと、圭一郎が奇声を発してそれを打ち下ろした。

法定の型一本目、八相發破が終了した。

「この動きの中で体の捌きや呼吸法、正確な剣の打ち込みなどを会得します。型の最後で又八さんが前に出した木刀を私が打ち下ろしたのは、木刀を首に見立てて介錯の稽古をするという意味があります」

圭一郎はさらに演武を続けた。

法定の型二本目〝一刀両断〟、さらに〝右転左転〟、〝長短一味《ちょうたんいちみ》〟と披露した。

圭一郎の身のこなしは、歳三の目から見ても達人の域に達していた。

「では、次に打ち込み稽古をやりましょう」

又八が歳三の防具と竹刀を用意してきた。

防具を着ける打ち込み稽古は歳三にとって初めてのことであった。

直心影流の竹刀は柳生新陰流と同様に韜撓《ふくろじない》を用いている。直心影流と柳生新陰流は同じ新陰流から派生した流儀であるため、似ているところが多いのである。

「歳三殿、一手お相手《あいて》仕《つかまつ》る」

と、圭一郎が言うと、互いに礼を交わし、約三間の間を置いて両者は正眼に構えた。

圭一郎の構えには威厳と風格が感じられた。いかなる攻めをも防ぎ、己が望めばいつでも自在に攻撃できるという〝懸待一致《けんたいいっち》〟の構えである。

歳三は少しずつ間合いを詰めながら呼吸法により臍下丹田《せいかたんでん》に気を溜めていった。天然理心流の極意は気組みである。相手を気合で圧倒し勝ちをものにするのである。

互いの距離が一足一刀の間合い（一歩踏み込めば打ち込める距離）に達しようとしたその時、圭一郎の剣尖が僅かに左へ傾いた。これは誘いであったのだが、それに気付かぬ歳三は奇声を発して面へ打ち込んだ。

だが、面を捉えたと思った瞬間、圭一郎の姿が眼前から消え去り、竹刀はむなしく空を斬った。

振り返ると、圭一郎はまた三間先で静かに正眼に構えていた。まるでなにごともなかったかのような、夢でも見ていたのかと錯覚してしまうほど、圭一郎の動きは並外れていた。

（なんだ今のは）

歳三の集中力が途切れた瞬間、三間離れていたはずの圭一郎が急に目の前に現れ、脳天に凄まじい衝撃が走った。

（打ち込みが見えん。腕が違いすぎる）

歳三の完敗であった。

「参りました」

素直に頭を下げ、負けを認めた。

「いやあ、これは勝負ではなく稽古ですから。勝ち負けなどありません」

「片山さんは私の目の前から突然消えたり現れたり、あれは一体どのような技なのですか」

「あれは、動きの中から極力むだをなくしていけばできるようになります。歳三殿は打ち込む時、溜めが大きいように思われます。大きく振りかぶるような溜めの大きい動作は相手に攻撃の起こりを察知されやすいのです。さらに細かいことを言うと、攻撃の時、動作は一挙動で行って下さい。人の動作は足の次は腰、その次が手というように連続的に動いているものです。そうではなくてすべての部位を攻撃のために一度に動かすのです。さすれば相手に察知されない攻撃が可能となります」

歳三は大きく頷いた。

「もう一つだけ言わせて下さい」

圭一郎は剣術を語ると熱くなるのだ。

「歳三殿の打ち込みは気合が充実していてとても良いのですが、剣は力まかせに振れば良いというものではありません」

そう言うと、道場の床の間に据えてあった真剣を持って庭へ下りて行った。

「本来、刀が持つ〝斬る〟という性能を充分に発揮するためには、刀の重さを利用した、自然な太刀筋でなければなりません。むだな力は入れず、体用や手の内の冴えで斬るものです」

圭一郎は抜刀すると、庭の巻藁《まきわら》に向け二振りした。

巻藁は微塵の乱れもなく、三つに分かれ、ぽとりと落ちた。

「当流においても天然理心流と同様に、重い木刀を使いますが、それは膂力《りょりょく》を鍛えるためというよりも、真剣を振る時の体用や、手の内の冴えを修練するためのものなのです」

と言い、歳三に真剣を手渡した。

歳三は八相に構え、呼吸を整えると一気に巻藁を袈裟に斬り下ろした。

斬り口からは藁くずが飛び散り、切れた部分が三間先まで飛んでいった。

「しばらくは木刀で素振りを繰り返し、むだな動きを省くことと、手の内の感覚を摑んで下さい」

圭一郎はそう言うと道場に戻り、又八と打合稽古を再開した。

歳三も道場で素振りを繰り返した。

(重い木刀を使う理由は膂力を付けるためと思っていたが、どうもそうではないらしい。おそらく天然理心流でも同じであろう)

歳三は己の無知を恥じた。

それから一月《ひとつき》の間、歳三は片山道場で修行を積んだ。

黒船は幕府へ国書を渡し、一年後に再来することを告げて帰国した。人々は、いまだ不安の影を引きずってはいたものの、普段の生活を取り戻しつつあった。

ある日の朝、お袖の提案で鶴岡八幡宮《つるがおかはちまんぐう》へ詣《もう》でることになった。歳三は長谷寺や鎌倉大仏を見物したことはあるが、鶴岡八幡宮に詣でるのは初めてであった。

圭一郎は父と留守を守ることになり、歳三、お袖、又八の三人で参拝することとなった。

鶴岡八幡宮は古都鎌倉を代表する由緒正しき社《やしろ》である。康平《こうへい》六年（一〇六三）源頼義《みなもとのよりよし》が、京都の石清水《いわしみず》八幡宮を勧請《かんじょう》して由比ヶ浜《ゆいがはま》付近に祀ったことを起源とし、後に源頼朝が現在の場所に移設したものだ。

鶴岡八幡宮から由比ヶ浜の海岸まで、およそ二キロメートルにわたって大路が延びている。これを若宮大路《わかみやおおじ》と呼ぶ。大路には三つの大鳥居がある。由比ヶ浜からほど近いところに一ノ鳥居、大路の中ほどに二ノ鳥居、八幡宮の玄関口に三ノ鳥居である。

三人は道場を出ると海岸沿いの道を通り、一ノ鳥居から若宮大路へと入った。

若宮大路の中央通路は、段葛《だんかずら》と呼ばれる石を積み上げて一段高くなった参道となっている（現在は交通事情等により二ノ鳥居から三ノ鳥居の間にしかない）。寿永《じゅえい》元年（一一八二）源頼朝が妻政子の安産を祈願して北条時政らに造らせた参道で、三ノ鳥居に近づくほど道幅が狭くなるように作られている。これは遠近法により道を長く見せるための工夫だそうだ。

参道の両側には桜が植えられ、春には桜のトンネルとなる。残念ながら桜の季節はとうに過ぎてしまったが、深緑の隙間から射す木漏日がとても清々《すがすが》しい気分にさせてくれた。

三ノ鳥居をくぐり、いよいよ社地へ入ると、さらに緑が深くなった。太鼓橋を渡り、右に源氏池、左に平家池を眺め、さらに進むと広場の中央に朱塗りの舞殿《まいどの》が現れた。

お袖に聞くと文治二年（一一八六）義経を慕う静御前が、源頼朝夫妻の前で舞を披露したところだという。

その舞殿の両脇に黒山の人だかりができていた。

「それにしても、今日は人が多いですね」

又八が言った。縁日でもない限りこれほどの人出は珍しいという。

よく見ると彼らは舞殿を見ているのではなく、その向こうにある広場を注目していた。

又八が参拝客に尋ねたところ、北辰一刀流玄精館道場が剣技上達を祈願して剣額を奉納し、さらにこれから奉納試合をするとのことだった。

広場には玄精館の門弟たちが綺麗に整列しており、その数ざっと三百。片山道場とはえらい違いである。

広場の先には急峻な石段があり、岡の上にそびえる豪奢な社殿へと続いていた。

その石段を一人の男が中ほどまで駆け上がり、大声で号令を掛けた。恐らく師範代であろう。門弟たちは号令にしたがって一斉に素振りを開始した。三百を超える門弟の掛け声は、あたりの木々を揺らすほどの迫力である。師範代の掛け声に呼応し、一振り毎に竹刀がびゅんびゅん風を斬った。黒船来航の影響もあり、意気込みは大変なものだ。

「その調子で、メリケンなんかやっつけてくれよ」

観衆の間からも、激励する声が沸き上がった。

「商売敵の稽古なんか見ても、気が滅入るだけです。帰りましょう」

又八が促したが、歳三は、

「もう少しだけ、見させて下さい」

と懇願した。

玄精館に恨みはないが、この中には片山道場を捨てた者が数多くいるはずだ。そういう義をわきまえぬ連中に、一泡吹かせてやりたいと考えていたのだ。

素振りが終ると、彼らを取り巻く観衆から拍手が沸き起こった。

次に師範代が号令を掛けると、門弟たちは一斉に左右に分かれ、石段前に広い空間が現れた。

そして石段下には多くの将几《しょうぎ》が横一列に並べられ、要人たちが現れ腰を下ろした。

「あの真ん中に座っているのが、館長の脇坂十郎左衛門、そして師範代を務めているのが室戸《むろと》清兵衛です」

又八が、指を差しながら教えてくれた。

室戸が館長の脇坂に一礼すると、くるりと向きを変え、

「これより北辰一刀流玄精館道場の奉納試合を始める。白井健吾、戸田又七郎、前へ」

防具に身を包んだ剣士が、竹刀を持って現れた。それを見た歳三は、

「ちょっと御免よ」

と、人だかりを掻き分け前へ出た。

「その試合待った。俺は天然理心流の土方歳三という者だ、一手御指南願いたい」

場内はどよめいた。室戸が怒鳴った。

「馬鹿者、これは我が玄精館道場のめでたい奉納試合である。部外者は立ち去るがよい」

だが、歳三は一歩も引かず観衆に向かって訴えかけた。

「皆様方への無礼は重々承知しております、なにとぞ御容赦願いたい。しかしメリケンの船が来航し、これからどうなるか分からぬ世の中、もはや何々流などと言っている場合ではありますまい。ここは流儀にこだわらず、強い剣術とはなんなのかを考え直す時では御座りませぬか」

こんな大勢を前に啖呵を切ったのは生まれて初めてであったが、武道で養われた胆力が、いつの間にかそれを可能にしていたのだ。

「そうだ、そうだ、やれ、やれい」

観衆の多くが、他流試合をせかす声を上げた。それは野次馬根性丸出しの無責任な声でしかなかったが、室戸が、

「静かにいたせ！」

と叫んだために、やがて罵声へと変わっていった。

初めのうち室戸は、身のほど知らずの馬鹿者が名を売るために飛び入りを申し出たくらいにしか

思っていなかったのだが、こうなると道場の沽券に関わってくる。

門弟たちの間にも動揺の波が広がっているようだった。

室戸は脇坂の許《もと》へ走り指示を仰いだ。すると、適当にあしらって返しなさいとのことであった。

お袖と又八が歳三の許に駆け寄った。

「歳、気でも狂ったの。馬鹿な真似は止めて帰りましょう」

「いや、片山道場を裏切った連中に一泡吹かせてやらねば気がすまん。負けても片山道場の名は出さねえから、やらせてくれ」

「歳、私たちのために……」

お袖の眼に涙が溢れた。

「又八さんお願い、うちの人を呼んで来て」

「しょ、承知しました」

又八は青い顔をして、転げるように走っていった。

それを見た門弟の一人が、室戸に駆け寄り告げ口した。

「あれは直心影流片山道場のお袖です」

「なに、片山道場だと。道場の経営がうまくゆかぬことを逆恨みし、我らに一泡吹かせるつもりか」

怒り心頭に発した室戸は、一人の門弟を手招きした。

「石岡清十郎、相手をしてやれ。足腰立たんよう叩きのめして構わんぞ」

石岡清十郎は玄精館道場では室戸に次ぐ遣い手であった。だがそこへ横槍が入った。

「ちょっくら待っとうせ、わしにやらせてくれんか」

背の高い、浅黒い男である。

それを見た歳三は驚いた。

「あなたは」

「浦賀で会った坂本じゃ。まさかこげなところで、また会えるとはのう」

門弟を掻き分け現れ出でたのは、黒船見物の時に出会った坂本龍馬であった。

「あなたが、ここの門弟だったとは」

「いや、わしは江戸の千葉定吉先生の門下やけど、黒船を見た後に鎌倉に同門の道場があると聞いて、ちょっと厄介になっちょったまでよ」

「そうでしたか、それなら坂本さんにお願いがあります。ちょっと竹刀を貸してくれませんか」

「なに、おまはんは剣術の道具も持たんで来たがかえ」

「事情がありましてね。固いこと言わずに貸して下さいよ」

坂本は、しょうがねえ奴だなあというような顔をして、隣にいた白井健吾の道具を取り上げ歳三に貸し与えた。

第五章　奉納試合

北辰一刀流は現代スポーツ剣道のルーツと言われている。一方、天然理心流は、古流武術を代表する流儀である。現代の視点から考察すると、この試合はスポーツ剣道対古流武術という様相を呈しているのである。

両者は用意を整えると、広場中央で対峙した。

黒ずくめの防具で身を包んだ坂本とは対照的に、小袖の尻をはしょってその上に防具を着けただけの歳三の姿は、観衆の目にはひどく経験の浅い未熟者のように映った。

「あれは、ただの身のほど知らずの馬鹿じゃねえのか」

見物する誰もが、そう思った。

二人は館長の脇坂と審判を務める室戸に礼をすると、さらに互い一礼し、三間の間を取り向かい合った。

あたりは静まり返り、風に揺れる葉音だけがかすかに聞こえていた。

「一本目、始めっ」

室戸の声が響き渡った。

坂本は正眼の構えから、剣先を上下に振って間を詰めてきた。これは「鶺鴒《せきれい》の剣」と呼ばれる。鶺鴒の尾のように剣先を上下に振ることによって居つきを防ぎ、攻撃の起こりを察知されないようにする独特の構えである。

北辰一刀流は足の踏み方もこれまでの古流とは異なっている。前後に足を開き、後ろ足は軽く踵《かかと》を浮かせて立つ。これには瞬発力を発揮しやすいという利点があるのだ。

対して歳三は中段に構え、足は地面にべったりと付ける撞木《しゅもく》の足である。ゆっくり呼吸を繰り返して臍下丹田に気を溜めていった。

坂本はさらに接近し、まもなく一足一刀の間境を越えようとしていた。

歳三は坂本の構えの中に、寸分の隙も見出すことができず焦りだした。

たまらず一歩下がり脇構えに転じた。

その瞬間、坂本が打って出た。瞬息の上段面打ちが、歳三を襲ったのだ。

歳三は状態を崩したが、かろうじて払いのけ、地面を転がりながらも足払いを繰り出し、坂本の攻撃をなんとかくい止めた。

歳三はすばやく起き上がった。しかし坂本の連続技が襲い掛かった。

歳三は防戦一辺倒に追い込まれ、完全に余裕を失っていた。

冷静さを欠いた歳三は上段から力まかせに襲い掛かるが、坂本にがら空きの胴を払われ、一本目は坂本が先取した。

「あ～あ」

場内は、溜息に包まれた。

どうやら観衆は、歳三に期待していたらしい。町人が武士を打ち負かす場面を目の当りにしたかったようだ。

「歳三殿、稽古を思い出せ」

振り向くと圭一郎がいた。又八の知らせを聞いて、急いで駆けつけて来たのだ。

(俺はなにをやっているのだ)

この一月《ひとつき》の間、圭一郎の指導により歳三の剣技は格段に上達していたはずなのだが、いざ試合に臨むと力かませの剣術に逆戻りしているではないか。

(落ち着け、落ち着くんだ)

歳三は自分にそう言い聞かせると、近藤周助の言葉を思い出した。

荒海の　水につれそう浮鳥の　沖の嵐に心うごかず

天然理心流極意「浮鳥《うきどり》の位《くらい》」である。

深く呼吸をし臍下丹田に気を溜める。胆力を養えば平素と変わらぬ心を宿すことができるのだ。

歳三は、徐々に落ち着きを取り戻していった。

両者は、再び中央で構えた。

「二本目、始めっ」

号令とともに坂本は、鶺鴒の剣で近づいてきた。

坂本は、歳三を揺さぶるために、籠手を狙う素振りを見せた。

歳三はそれを冷静にかわした。

少しでも隙を見せれば、また防戦一方に追い込まれてしまう。

（動きを良く見るんだ）

歳三は、冷静に坂本の動きを観察した。

坂本の揺さぶりは二度三度と執拗に続いた。

その都度冷静にかわしていた歳三は、坂本の動きの中にある癖を見つけ出した。

攻めに出る直前、「鶺鴒の剣」の振れが少し大きくなることに気付いたのだ。

その変化は微妙で、しかも一瞬のことであるが、攻撃の起こりを察することができれば、圭一郎直伝の足捌きでかわし、反撃に転ずることが可能である。

歳三は竹刀を上段に構え、足は撞木の型に踏み、坂本の剣尖に全神経を集中した。

足を撞木の型に踏むとは、相手に対して足を「ソ」の字に開き、踵《かかと》は浮かせず足の裏全体をべったり地面に付ける構えを言う。前足に対して後ろ足が垂直に開き、撞木（鐘を叩く丁字形の棒）のように見えることからそう呼ばれるものである。古流剣術のほとんどはこの足を遣う。

坂本はまた一足一刀の間境に達しようとしていた。

その時、振れがわずかに大きくなった。

（来る）

坂本は揺さぶりではなく籠手を狙って鋭い打ち込みを放ってきた。しかし攻めの起こりを察知した歳三は、素早く右へ飛んで坂本の面に強烈な一撃を喰らわせた。

パーン

乾いた音が鳴り響き、二本目は歳三が取った。

観客たちから歓声が湧き上がった。

歳三が使う撞木の足は、横への変化に強く足場を選ばないという利点がある。それに比べ、坂本の真っ直ぐ踏む足は、直線的な瞬発力は発揮するが、横への移動は弱く、また道場のように平坦な足場では良いが、荒れた地面での対応が難しいという弱点があるのだ。

「おまさん、さっきとはまるで別人のような動きをしよるなあ。驚いたがや」

坂本にそう言われた歳三は会釈をして応え、圭一郎の方を見た。

圭一郎は笑顔で頷いてくれた。

お袖はその隣で手を叩いて喜んでいる。

（よし、もう一本だ）

気を引き締め、再び中央に立った。

室戸がなにやら坂本に話しかけている。

「玄精館道場の沽券が掛かっているのだぞ」

と、責め立てていた。

「勝てばいいんじゃろ、わしにまかせておけ」

坂本は煙たそうに言い、再び歳三の前に立った。

「今度はわしの流儀で行かせてもらうわ」

歳三にはどういう意味か分からなかったが、正眼に構えて開始の合図を待った。

「三本目、始めっ」

歳三は坂本の速攻を警戒し八相の構えを取った。

しかし坂本の速攻は起きなかった。それどころか鶺鴒の剣を止め、静かに正眼に構え、足は撞木に踏んでいた。

「わしも、このほうがやりやすいんじゃ」

三本目、坂本は北辰一刀流を捨ててきた。

坂本龍馬は、元々北辰一刀流ではなく、土佐藩校文武館が採用している小栗流剣術を修めている。小栗流は柳生新陰流から派生した流儀であり、直心影流とは遠い親戚のようなものだ。

坂本の雰囲気が、さっきまでとはまるで違っている。防具に隠れて顔は分からないが、激しい気魄が伝わってくる。

歳三はゆっくりと呼吸を繰り返し、攻めに出る機を窺った。

両者、まったく動かず、時だけが過ぎた。

「早く打ち込め」

観衆の中に痺れを切らしてやじる者が現れた。

こうなると不利なのは歳三である。歳三はこの試合に必ず勝ちを収めねばならない。決着つかずに引き分けでは、片山道場の明日はなくなるであろう。

意を決し、歳三がじりじりと前へ出た。

軽く揺さぶりを掛けようかと考えたが、

(生半可な攻撃は、大けがの元だな)

そう思うほど、坂本の気魄は凄まじかった。

(一か八か、素早くやつの右へ飛び面を狙おう)

そのためには、溜めのない一挙動の動作が肝要だ。

振りかぶって打つなどの溜めのある動作は、相手に察知されやすい。それを防ぐには攻撃に出る際、体の各部位が次々と連続して動くような動作ではなく、すべての部位を一挙動で動かす体用でなければならないのだ。

そういう攻撃は、

(打ち込みが、まるで見えなかった)

と、感じさせるほどに素早い。

だが体を一挙動で動かすことは、口で言うほど簡単なものではないのである。歳三は一カ月の稽古である程度はできるようになっていたが、実践で使うのはもちろん初めてであった。

歳三は剣尖を天に向け上段の構えを取った。微動だにせず目を細め、坂本の胸に目付けをした。

歳三は、坂本の集中力が切れる瞬間を待った。しばらくすると坂本の肩が、わずかに下がるのが見えた。

刹那、歳三は坂本の右へ飛び、面に向かって打ち込んだ。

しかし、坂本は後《ご》の先《せん》を狙っていた。歳三から仕掛けるのを待っていたのである。歳三の打ち込みを五分の見切りでかわすと、逆に歳三の面に向かって一撃を放ってきた。

(やられる)

パーン
竹刀の渇いた音が鳴り響いた。

「歳っ」

お袖が悲鳴に近い声を上げた。

だが圭一郎がそれを否定した。

「いや、まだだ」

歳三は間一髪、坂本が放った面への攻撃を倒れ込みながらも竹刀の柄でかわしていたのだ。

素早く立ち上がり八相の構えを取った。

(あぶねえ、こいつはさっきまでの坂本とは違う)

歳三は慎重に坂本の出方を窺った。

しばらく睨み合いが続いた後、今度は坂本が仕掛けてきた。

坂本が軽く突きを放つと、歳三はそれを横に払った。瞬間、歳三の籠手に隙が生まれ、坂本の籠手打ちが飛んできた。しかし、坂本の実の狙いは、その後の面打ちにあった。籠手打ちはフェイントだったのである。

歳三が、籠手打ちに気を取られた瞬間、坂本の竹刀は歳三の面めがけて振り下ろされた。

歳三は咄嗟に坂本へ体当たりを喰らわせた。

退けばやられると思った歳三の本能的な身のこなしだった。そして坂本が後ろへ状態を崩したと見るや、咽喉元めがけて諸手突きを繰り出した。

「ぐわっ」

坂本の体は一瞬宙に浮き、仰向けに落ちた。

「勝負あり」

審判の室戸が、悔しげに判定を告げた。

歓声が湧き上がり、場内は興奮の渦に巻き込まれた。

歳三は大きく息をつくと、倒れている坂本の許へ向かった。

「坂本さん、大丈夫ですか」

坂本は歳三の手を借りて起き上がると、つぶれた声で歳三に言った。

「おまはんは、早よ逃げたほうがいいぜよ」

「えっ」

左右に控えていた門弟が、竹刀を持って一斉に押し寄せてきたのだ。

（くそっ）

歳三は、力尽きるまで戦うまでよと、覚悟を決めた。

大勢の門弟は、竹刀を振り上げ瞬く間に近づいてきた。

その時、割って入った男がいた。圭一郎である。

神技ともいえる足捌きで、門弟たちの竹刀はかすりもしない。逆に圭一郎の目にも止まらぬ打ち込みは確実に門弟たちをとらえていった。いくら竹刀による打ち込みであっても、防具を着けていない相手には戦闘不能なダメージを与えることができるのだ。圭一郎を中心に打ちのめされた門弟たちがあたり一面に転がっていった。

「やめい、見苦しい真似はするな」

門弟たちを掻き分けて、館長の脇坂十郎左衛門が現れた。

脇坂は圭一郎の前に進み寄ると、歳三を見て、

「こちらの方は、片山殿の門弟か」

と訊ねた。

「申し訳御座いません。めでたき日に、とんだ御無礼を」

圭一郎が脇坂に頭を下げた。

そこへ、又八と片山圭介が現れた。

「室戸殿、申し訳御座らぬ。この上は片山圭介、皺腹《しわばら》を掻《か》っ捌《さば》いてお詫びいたす」

と言ってその場に座し、腹を出した。

「いやいや、それには及びませぬ。敗れたのは当方の者が弱かったまでのこと。これは正々堂々と行われた勝負であり、遺恨はござらんよ。だが、これから我が道場の奉納試合があるでな、早々に立ち去ってくれぬか」

「脇坂殿、かたじけない」

片山圭介は、圭一郎と又八に両脇から抱えられ起き上がった。

そこへ、歳三が駆け寄った。

「勝手なことをして、申し訳ありません」

歳三は深く頭を下げ、詫びた。

「いやなに、歳三殿はよくやられたよ。わしは最後のほうしか見られなかったが、久しぶりに胸のあたりが熱くなった気がしたよ」

そう言って、片山圭介はにっこりと微笑《ほほえ》んだ。

「歳三殿、私も同じ思いです」

圭一郎も頷いた。

「歳ったら、無茶なことして。本当に心配したんだから」

お袖は、泣きじゃくっていた。

「さあ帰ろう、これ以上ご迷惑をかけてはならぬぞ」

「はい。しかし父上、あの脇坂殿は大した御仁のようですね」

「そうじゃのう。ただの業突張《ごうつくば》りと思っておったが、そうではないらしい。これだけの門弟を抱えておるのも、あの度量の大きさや、人徳のなせる業なのであろう」

観衆は、彼らを拍手で見送った。

その拍手は、歳三たちだけではなく、玄精館道場へも向けられたものであった。

「ちょっと待ちい」

つぶれた声が歳三を呼び止めた。坂本であった。

「次は、絶対負けんがや」

にっこり笑って手を出した。

「また会いましょう。坂本さん」

歳三は握手を交わし、その場を後にした。


試合から三日経ち、歳三は旅立つことにした。

皆が片山家の門前に揃い、歳三と別れの挨拶を交わした。

「歳、こっちへ足を延ばすことがあったら、必ずうちへ顔を出すのよ」

「ありがとう、お袖さん」

「御礼を言うのはこっちのほうよ。なにせ歳のお陰で、門弟が増えたんだから」

鶴岡八幡宮での一件で、十名の入門者が現れたのだ。

玄精館に比べれば雲泥の差ではあるが、とりあえず道場廃絶の危機は免れたのだ。

「今度会う時に、歳三殿の腕前が、どれほど上達されているか楽しみです」

「圭一郎様のお陰で、剣の奥深さを知ることができました。さらに修行して必ずまた参ります」

歳三は鎌倉を後にした。

その後、歳三は、行商で地方へ赴くと、行く先々の道場に他流試合を申し込んだ。流儀にとらわれず、他流の長を取り我が短を正すという圭一郎の教えを実践し、歳三の剣は進化を続けたのである。

第五章　奉納試合

第六章　浪士組募集

歳三が剣の修行に励む中、世の中は大きく揺れに揺れた。

翌安政元年（一八五四）一月、ペリーは再度来航し日米和親条約締結に成功すると、開港された下田と箱館を視察して帰国した。

この時、できれば和親条約だけではなく、通商条約まで結びたいとの思惑であったが、日本全権林大学頭《はやしだいがくのかみ》より、

「内乱が起こる」

と強く拒絶され、通商は次なる課題としたのだ。

そもそもペリー来日の主たる目的は捕鯨船団の補給基地確保であり、当初の目的が達成できたのだから御の字なのであった。今では、捕鯨に反対するアメリカも、当時はクジラを捕っていたのだ。ヤンキーホエラーズと呼ばれるアメリカ捕鯨船団が、マッコウクジラを捕獲し、角張った頭の部分にある脳油を採取していた。肉は食用とせずそのまま海中に捨て、脳油だけを本国に持ち帰り、機械の潤滑油や灯油として使っていたのである。

アメリカはマッコウクジラを産業の道具に使い発展を遂げたと言っても過言ではない。現代においては捕鯨反対を唱えているが、結局クジラを政治の道具に使っているわけで、今も昔もあまり変わらないように見える。

それから二年後の安政三年（一八五六）七月になると、駐日総領事としてタウンゼント・ハリスが、ペリーの残した課題（通商条約）を果たすべく来日した。

その頃の日本は、イギリスとフランスから清国のような植民地にしようと狙われている情勢にあった。そのため大老に就任した井伊直弼は、早急にアメリカと手を組まなければ清国の二の舞になると考え、天皇の勅許なしに通商条約を締結した。現実を見据えた井伊の適切な判断であったが、全国の尊皇攘夷派の目には天皇を蔑《ないがし》ろにした振舞としか見えず、井伊は江戸城桜田門外で暗殺されてしまうのである。

この事件を機に政治をテロで変革しようとする風潮が日本中に広まり、京では武市半平太率いる土佐勤皇党などが「天誅」と叫んで幕府要人を斬殺するという事件が横行するようになった。

そんな文久三年（一八六三）一月、歳三は二十九歳になっていた。

この十年の間、世上《せじょう》は異国の脅威に振り回され、ますます混迷の様相を呈していたが、歳三自身には好機が訪れることはまったくなかった。

剣の修行に励んでみても、本当に侍になれるものかと焦りと空しさが募るばかりであった。

一方、剣の師であり、莫逆の友でもある島崎勝太（三十）は、妻ツネをめとり、天然理心流四代目宗家を襲名し、名を近藤勇と改めていた。

江戸市ヶ谷甲良《こうら》屋敷にある試衛館道場には、貧しいながらも歳三をはじめ近藤を慕ってきた数名の仲間が和気藹々《あいあい》とした日々を過ごしていた。

この頃の試衛館主要メンバーは、塾頭の沖田総司（二十二）、井上源三郎（三十五）、山南敬助（三十一）、永倉新八（二十五）、原田左之助（二十四）、斎藤一（二十）、藤堂平助（二十）など、後の新選組幹部たちである。


冬の寒さが厳しい一月のある夜、試衛館の近藤の許に日野から歳三がやってきた。近藤は沖田と共に奥の居間に座りながら火鉢の上で大福を焼いていた。厳つい顔に似合わず近藤は甘いものに目がないのだ。

「土方さんいらっしゃい」

沖田が笑顔で迎えてくれた。

「歳、良いところに来たな。寒い冬は、熱い茶に大福が一番だ。お前も一つ食うか」

ぷうっと膨れ上がり、少し焦げたところから餡《あん》がはみ出ている大福を放ってきた。

「頂きます」

歳三は甘党というわけではないが、近藤といると甘い物を食べる機会が増えてしまう。

「あちち」と、両手の平で大福を飛ばしながら歳三が言う。

「幕府が浪士を募集している件、源三郎さんから聞きました」

源三郎とは歳三と同様に試衛館に出入りしている井上源三郎のことである。

源三郎の話によると、このたび将軍家茂《いえもち》公が上洛するにあたり、幕府が京の治安回復のため浪士を募集するとのことであった。

源三郎がなぜこの情報を持ちえたのかというと、井上家は代々八王子千人同心を務める家柄なのである。

「八王子千人同心」とは、その昔、織田信長に敗れた武田家臣団を徳川家康が密かに八王子周辺に匿《かくま》い、甲州口の守りとしたことが始まりで、その名のとおり千人で組織されている。平時は農民として暮らしているが、徳川恩顧の気持ちが強く、事ある時は一命を賭して徳川のために尽力する気概を持っている。源三郎の兄松五郎がこの千人同心であり、将軍上洛の護衛役として同行することがすでに決まっていた。浪士を募集するとの報も、この兄を通して伝えられたことなのだ。

「その話なら私たちも昨日源三郎さんから聞きました。一人五十両の支度金が支給されると聞いて、まだ決まったわけでもないのに他の皆さんはさっそく飲みに行ってしまいましたよ」

「それで静かなのか」

「土方さんも本当は飲みに行きたいんじゃありませんか」

「まあな、でも近藤さんの講武所への採用が取り消しになった件もあるしな」

講武所とはペリーが帰国した後に幕府が作った軍事教練施設である。旗本や御家人の子弟を集め、神田小川町の広大な敷地で剣術、柔術、兵学、砲術等を教えていた。発案者は剣豪男谷精一郎である。当初幕府は貴賤に関わりなく有能な人材を教授方として採用するとの触れ込みであったが、採用が内定していた近藤は結局農民の出であるとの理由で採用を取り消されるという出来事があったのだ。

苦笑しながら近藤が言う。

「今回の話は上総介《かずさのすけ》殿が取り纏めているとのことだから、明日詳しい話を聞いてくるつもりでいるが、俺はあの件のせいで、みんなのように素直に喜ぶことはできんよ」

上総介とは幕府講武所の剣術指南役松平上総介のことである。上総介は気さくな人柄であり、屋敷が試衛館に近いため近藤たちと懇意にしていた。

「わかりました。それでは明日、近藤さんが戻ってから皆で話し合いましょう」


翌朝、近藤は講武所に向かった。試衛館から講武所までは半里ほどである。講武所に着くと玄関から剣道場に向かった。幾度か訪れたことがあるため内部の造りには詳しい。廊下で数名の門弟とすれ違った。講武所は気風が荒く厳しい稽古で知られており、皆鋭い眼光を発している。遠くで「ドーン」という砲術訓練の音がした。

広い剣道場の中央に、朝稽古を済ませたばかりの上総介を発見した。稽古着からは汗が湯気となって立ち昇っていた。

「おう、近藤。来たか」

武道家らしい大きな声だ。

「実はお伺いしたいことがありまして」

「そろそろ、来る頃だと思っていたよ」

上総介は近藤を連れて師範部屋へと向かった。

「ちょっとそこで待っていてくれ、すぐ着替えるから」

近藤は畳の上に腰を下ろし、火鉢に手を翳《かざ》した。

上総介は羽織・袴に着替え始めた。当年とって四十五歳。壮年期をやや下りかけてはいるが、むだのない筋肉が隆々としている。

「待たせたな」

火鉢を挟んで近藤の対面に腰を下ろした。

「突然の訪問お許し下さい」

「堅いことを言うな。用件は浪士募集のことか」

「はい」

「この度、上様が御上洛されるが、知っての通り京の町は非常に物騒だ。そこで、先に京へ行ってもらい攘夷派の不穏分子を一掃するため浪士組なるものを組織することになった。募集人員は五十名、支度金及び旅費として一人五十両ずつ支給する」

「浪士組ですか。なぜ幕臣ではなく浪士なのです」

「これからの時代、浪士などからも尽忠報国の志を持つ、優れた人材を登用したいとのことだ。だがこれはお前が一番よく知っておるとおり建前でな、幕府にちょっと入れ知恵をした者がおるのだ、名は清河八郎と聞いておる。京の浪士は江戸の浪士に片付けさせれば良いであろうと言うのじゃ。おたがい殺し合っていなくなってくれれば、幕府としてはこの上ない」

「そんなことだろうと思いました。この頃は江戸市中にも攘夷を唱える危ない輩が多い、そいつらを金で釣りいなくなってもらおうということですな」

「あからさまに言うな」

「しかし働き次第では本当に武士として取り立ててくれることもあるのでしょうか」

「実績次第だろうな。幕府は共倒れを望んでいるわけだから、かなりの結果を残さねばならんな。お前も行くのか、京に」

「分かりません。道場の連中とよく話し合ってみます」


その夜、試衛館の居間で火鉢を取り囲み八名が車座になった。

この日ばかりは飲んだくれている者は一人もいなかった。

近藤は火鉢で大福を焼きながら、昼間上総介から聞いた話を皆に聞かせた。

「上総介殿から聞いてきた話は以上だ。皆はどう思う」

一番年長の井上源三郎が言う。

「つまり、我らは体よく追い払われるわけだな」

「平たく言えばそうだ。ただこれを足掛かりとして幕府に我らの働きを強く示すことができれば、仕官の道が開けるかもしれないということだ」

歳三が熱く言う。

「この機会を逃すわけにはいかぬ。参加すべきだ」

皆と違い、出自が農家である歳三と近藤の思いは格別だった。

腕組みをして思案を巡らしていた山南敬助は、

「試衛館道場もこの分では長くは持つまい、いっそのこと道場をたたんで京で一花咲かせるか」

その意見に藤堂平助、原田左之助、沖田総司も賛成した。

近藤が結論を出す。

「よしわかった。我らは浪士組に参加しよう」

「オゥー」

部屋に歓声が響き渡った。

沖田が気を利かせて酒を持ってきた。

「こうなると思って用意しておきましたよ」

「我らの新たな旅立ちに祝杯だ」

近藤が音頭をとった。

こうして彼らは京へ上ることを決意した。

第七章　入洛

後日、近藤は応募者名簿を作成した。

そのメンバーは、近藤勇、山南敬助、土方歳三、沖田総司、沖田林太郎（総司の義兄）、永倉新八、藤堂平助、原田左之助、佐藤彦五郎、斎藤一、井上源三郎、大槻銀蔵、佐藤房次郎、中村太吉郎である。試衛館に居候している者のほかにも、天然理心流の門弟数人が参加を希望したのだ（このうち斎藤一は名簿に名前があるものの、その後、単独行動をとっており、浪士組に加わるのは入洛後のことになる）。

近藤は名簿ができ上がると、早速上総介に渡そうと講武所へ出向いて行った。だが驚いたことに、その時すでに上総介は浪士組取締役を辞任していたのだった。

上総介の下には予想していた募集人員を大幅に超え、二百五十余名もの応募が殺到した。当初、幕府の予算見積額は、五十名程度の応募があると見込み、一人につき五十両として総額二千五百両の支度金を用意していた。しかし応募者はその五倍にも及んだのだ。幕府は全員を京に追い払いたいと考え、上総介に予算はこれ以上出せぬが、後はうまいことやってくれと丸投げしてしまったのだ。上総介は激怒した。今の役所もそうであるが、見積もりが甘すぎるのである。いい加減な仕事をしておいて、その尻拭いを自分に押し付けるとはなにごとかと、役目を降りてしまったのだ。

同じく浪士取締役を務める山岡鉄舟と鵜殿鳩翁《うどのきゅうおう》は困惑したが、最終的に二百三十四名に絞り、一人当たりの支給額を十両に下げ解決を図った。当然、応募した浪士たちは激しく抗議したが、

「金に目が眩《くら》みおって、お前たちはそれでも尽忠報国の志士なのか」

と、一喝されるとなにも言えなくなってしまった。

この時代は月に一両二分の稼ぎがあれば親子五人が生活できた時代である。十両でも相当の金額なのだ。ましてやうまくすれば仕官できるかもしれないため、泣き寝入りする者がほとんどであった。


二月八日早朝、浪士組員二百三十四名と幹部役員三十名、総勢二百六十四名が小石川伝通院に集合した。天候に恵まれたが、頬を伝う風は冷たく息が白い。

この晴れの日、歳三は総髪の髷に羽織・袴、腰には大小二本を差していた。恰好だけは一人前の武士である。大刀は昨日、小野路村の寄場名主小島鹿之助から拝借したものだった。無名の刀ではあるが、初めての大刀は腰にずしりと重量感があった。ちなみに近藤も児島家から鎖帷子《かたびら》を拝借していた。

「歳、どこから見ても本物の侍だぞ」

近藤が歳三の肩を叩きながら言う。歳三は頭を掻きながら照れた。

歳三の役者のような顔立ちはなにを着ても様になるのだが、あたりを見渡すと、とても侍には見えぬ者が多かった。浪士以外にも商家の出の者もいれば、博徒、ごろつき、山伏だった者もいるらしい。七五三に見える者から山賊に見える者まで様々である。

浪士組は一隊当たり約三十余名の小隊に分けられ、七隊編成とし、各隊には二名ないし三名の小頭が置かれた。試衛館のメンバーは、近藤が先番宿割の役に任命され、その他の連中は三番隊平隊士として配属された。三番隊の小頭は芹沢鴨（三十四）と新見錦（二十八）が務めることとなった。

「静粛に」

浪士組取締役である山岡鉄舟が号令を発した。境内は静まり、全員山岡に注目した。この男は身の丈六尺六寸（約二メートル）もある大男で、後ろに位置した隊士にもはっきりと顔を確認できるほどであった。

「これより我らは尽忠報国の志を抱き、京の治安回復のため上洛する」

「オゥー」

全員が呼応し、山岡ら幹部役員を先頭に一番隊から順に出発した。

こうして彼らは中山道を一路京に向かったのである。

浪士組全員が不安や希望が入り混じる複雑な心境ではあったが、青空の下、清々しい旅立ちであった。

初日は大宮、二日目は鴻ノ巣に宿を取り、旅は順調に進んでいった。

事件が起きたのは三日目の本庄宿であった。

本庄宿は中山道随一の宿場である。

近藤は池田徳太郎と共に先番宿割の任に当っていたのだが、旅籠に空き部屋が少なく、部屋割りに困窮を極めていた。そこで近藤は仕方なく、試衛館の連中が多くいる三番隊の芹沢班を後回しにして部屋割りを行ったのだ。もしもの時は身内だから勘弁してくれるだろうとの考えからだが、それがいけなかった。この芹沢が大変な曲者だったからだ。

芹沢は力士のような巨漢である。色白で目が細く、ふてぶてしさがある。宿屋の軒下にある腰掛に座りながら、近藤から事情を聞かされた。

「なに、宿がないだと」

鉄扇で肩を叩きながら、近藤をジロリと睨んだ。

「申し訳御座らん。八方手を尽くしましたが、どうしても見つからないのです。ここは我らと共に納屋にて一夜を過ごして下さらんか」

近藤が芹沢に低姿勢で懇願した。

「近藤とか言ったな、貴様は部屋割りもろくにできぬ愚か者か」

と、鉄扇で近藤の頭をコンコンと叩いた。

それを見た沖田が芹沢に食って掛かった。

「芹沢さん、近藤先生がこれほど頼んでいるのに、なんだその態度は」

「やめろ総司」

近藤は芹沢に深々と頭を下げた。

「落ち度はすべて私にあります。なにとぞ御容赦願いたい」

芹沢は、舌打ちをし、

「今夜は冷えそうだな、しっかり暖をとらんとな」

と言って配下の平間重助、平山五郎、野口健司らに命じ、焚木を集めさせた。

近藤がほっと胸をなでおろした途端、芹沢は信じられない行動に出た。

「焚木を辻の真ん中に置け」

と命じ、旅籠が立ち並ぶ往来で焚木に火を点けた。

火はパチパチと音を立てながら次第に勢いを増していった。

驚いたのは本庄宿の人たちである。えらいことになったと、周りで騒ぎ始めた。

「芹沢さん」

近藤は芹沢を止めようとしたが、

「貴様、俺に逆らう気か」

立ち上がって近藤を見下ろした。

芹沢の細い目の奥に、狂気と殺気が満ちていた。

「お前は聞くところによると、百姓あがりの田舎剣法遣いだそうだな」

近藤は黙したまま、じっと芹沢を見つめている。

「そのイモ剣法とやらを俺に見せてみろ」

一触即発の緊迫した状況の中、芹沢の子分である新見錦が、

「まあまあ芹沢先生、こんな奴を斬っても刀の錆になるだけですよ」

と宥《なだ》めた。

「ふん、それもそうだな」

芹沢は鼻で嗤《わら》いながら、焚火の脇に置いた腰掛の上に胡坐《あぐら》をかいた。

「おい、火が弱いぞ」

手下の新見や野口らが、旅籠の板戸を外して火にくべた。

旅籠の主人はやめてくれと泣いてすがるが、新見は蹴り飛ばし宿の物を次々と燃やしていった。

焚木は見る見る燃え上がり、あたりに火の粉を飛ばしながら勢いを増した。周りで見ていた宿場の者は恐怖に震え、ただただ見守るばかりであった。

その人波の陰で殺意の炎を燃やす男がいた。歳三である。赤い炎が歳三の顔を染めている。

近藤は歳三が放つ殺気に気がついた。

（歳、辛抱しろ。ここで刃傷沙汰を起こせば俺たちの夢は水泡に帰す）

近藤の気持ちを察し、歳三はじっと耐えた。

そこに近藤と同じく先番宿割の役目を務める池田徳太郎が走ってきた。

「近藤君、宿の手配がついたよ」

池田は芹沢の機嫌を宥め、部屋に案内していった。

この一件は歳三の心に芹沢への深い宿怨となって残った。

その後、旅は順調に進んだ。芹沢に気をつけていれば、特に問題は起こらないのである。江戸を出立してから十六日目となる二月二十三日の夕刻、一隊はついに入洛を果たした。

鴨川を渡り三条通りを西へ進んだ。京に馴染みのある隊士の話では御所や二条城も近いらしい。通りの両側には商家が立ち並び、なかなかの賑わいを見せていた。同じ賑わいでも江戸の賑わいとはかなり趣が異なっている。江戸は八百八町というが、京は八百八寺《はっぴゃくやでら》という。実際には八百よりもはるかに多い二千もの寺社があり、そのせいで賑わいの中にも落ち着いた風情が感じられた。街の景観ばかりではない、京の町衆にもどことなく気品が感じられる。その町衆が奇異の視線を送っていた。二百六十余名の無頼の輩が、隊列を組んで往来を行く姿が異様に見えたのだろう。江戸から来た歳三には、自分たちがえらく田舎者であるように思われた。

さらに半里ほど進み、やっと浪士組本部となる壬生村の新徳寺に到着した。

「諸君、長旅ご苦労であった」

幹部役員からの労《ねぎら》いの言葉があり、さらに宿舎の説明があった。それによると宿舎は、近隣に住む郷士たちの邸を間借りしたものであり、それらに分宿するとのことであった。幹部役員は新徳寺本堂や南部亀二郎邸、近藤や芹沢の組の者十三名は八木源之丞邸、他は前川荘司邸などといった宿割りとなった。歳三にとって芹沢と同宿になったことはまさに災厄だった。

早速、十三人は八木源之丞の邸に向かった。

八木邸に上がると母屋の東側にある離れに通された。

「狭えなあ」

原田左之助が露骨に不満を表した。計算してみると一人当たり約一畳分しかない。確かに狭い。

「すんまへんのう」

案内した使用人が恐縮した。

「文句をいうな左之助」

近藤が苦笑しながらたしなめた。

「あそこに見えるのが二条城どす」

使用人が窓の向こうを指さして教えてくれた。

「なに」

全員が窓の向こうに注目した。

日はかなり沈みかけていたが、夕闇の中に二条城がぼんやり影を残していた。

二条城は徳川家康が慶長八年（一六〇三）に、京都御所の守護や将軍上洛の際の宿所として造営した城郭である。

「あれが二条城か」

皆の心にはついに京へ来たのだという実感が湧き上がっていた。

第八章　清河八郎

幕府に浪士組結成を献策した清河八郎は、庄内藩清川村の出身で本名を斎藤元司という。清川村出身なので清河八郎の変名を使っているのだ。

造り酒屋を営む父は書画骨董に通じ、著名な文化人とも交流が深くかなりの教養人であった。その父の教育のおかげで幼少の頃より英明の誉れ高く、後に江戸にて東条一堂、安積艮斎《あさかごんさい》らに師事し、さらに昌平坂学問所にて学び、これ以上学ぶことはないだろうと言われるまでになった。また遅まきながら剣の修行にも励み、北辰一刀流千葉周作の玄武館道場において中目録を修めている。正に文武両道の英傑である。

清河は神田お玉ヶ池に「文武指南所」（通称清河塾）を開いた。やがて、この塾には攘夷思想を持った志士たちが集まるようになり「虎尾《こび》の会」が結成された。幕臣山岡鉄舟もその一人である。

万延元年（一八六〇）、虎尾の会の一員である薩摩藩士伊牟田尚平《いむたしょうへい》、樋渡八兵衛《ひわたりはちべえ》らが、米国通辞官ヒュースケン暗殺事件を起こした。これは彼らが独断で起こした事件であり、清河自身は関与していないのだが、彼はこの一件により幕府に目を付けられることになった。

ある日、清河が日本橋を歩いていた時のこと、数人のごろつきが因縁をつけ激しく罵《ののし》ってきた。これに腹を立てた清河は、そのうちの一人を斬った。この事件は幕府が清河を陥れるための罠であり、斬られた男は幕府の密偵であったと言われる。こうして清河はお尋ね者となり、諸国を逃げまわることとなってしまった。

清河には蓮《れん》という妻がいた。貧しさのために遊郭に身を売られた遊女であったが、清河が見初《みそ》めて身請したのである。

蓮は元の名を高代《たかよ》といった。蓮という名は、遊郭という泥池の中で、白く清い花を咲かせる蓮《はす》にたとえて清河が名づけたものであった。

その蓮が、清河が逃亡したことで捕らえられてしまった。

蓮は激しい拷問を受けたが、決して口を割ることはなかった。蓮は色里から自分を救ってくれた清河の愛にこたえ、苛烈な拷問の末に獄死してしまった。

最愛の妻を亡くした清河は、幕府に激しい復讐の念を燃やした。その清河がなぜ幕吏《ばくり》として浪士組を率いるようになるのか。それは策士清河が考え出した、大胆かつ巧妙な策謀であった。

逃走中の清河は、まず幕府政事総裁職の松平春嶽《しゅんがく》（慶永《よしなが》）に急務三策と称する建言書を提出した。要約すると、次のようなことが述べられている。

「今は身分を問わず優秀な人材を集めて対処すべき時である。たとえ罪を犯した者であっても高い志を持つ者は大赦を以って許し、治安維持に役立てるべきである」

幕府はこの建言書から、都の凶悪な浪士は江戸の浪士に片付けさせればよいと考えたのである。

これは清河自身がこのような建言書を出せば幕府はそう考えると予測し、また大赦により自分の罪も許されるとの計算であった。かくしてその読みはまんまと的中したのである。幕府は浪士組結成に乗り出し、その纏め役に清河を採用したのだ。しかし清河の策はこれで終わりではなく、むしろこれからが本番なのであった。


浪士組が京に着いたその夜、彼らは各宿舎で横になり疲れを癒していた。

八木邸でも近藤や芹沢ら十三名が銘々くつろいでいる。その中で芹沢だけは八木家の使用人に酒を買ってこさせ、したたかにでき上がっていた。

そこへ知らせの者がやってきた。新徳寺に至急集合せよとのことだった。

皆は飲んだくれて眠っている芹沢を残し寺へ向かった。

到着そうそうなにごとかと新徳寺本堂に入ると、清河八郎をはじめ数名の幹部が本尊を背に仁王立ちに構えていた。

すでに集まっていた者たちは不安を抑え切れないのか、がやがやと憶測が飛び交っていた。

「静粛に！」

山岡鉄舟の一喝で堂内が静まり返った。

「長旅で疲れているところ申し訳ないが、心して聞くように」

山岡に続いて清河の演説が始まった。

「遠く古《いにしえ》の時代より日《ひ》の本《もと》『日本国』は帝《みかど》の国である。その神の国が今、未曾有《みぞう》の大問題に直面している。諸君は日本の将来を憂い、夷狄《いてき》を打ち払わんとする憂国の士であると私は信じているのだが、そこでだ」

急に声を荒らげた。

「明日、帝に宛て攘夷断行の建白書を提出する。勅許《ちょっきょ》を得た後は天皇直属の軍となりて、攘夷を決行いたす所存である」

堂内にどよめきが起きた。

これこそが、清河が考えた策謀の狙いであった。清河は悲願の攘夷断行を幕府に集めさせた浪士組で決行しようと目論んでいたのである。

役員の中で驚いているものは数人しかいない、役員のほとんどは既に清河に丸め込まれているらしい。

「明日、この者たちが学習院に建白書を提出する」

浪士たちの中から六名が立ち上がった。

あらかじめ弁才のある者を選んでいたらしく、すべて御膳立てはできているようだ。

「我ら一命に代えても建白書を納めてまいります。もしも受け入れてもらえない時は、門前で腹を切ります」

と言って着座した。

「御一同、異議は御座らんな」

清河が一同を見渡した。

浪士組の中には攘夷思想を持つ者が多いため、そのまま清河に賛同する者もいた。また金目当てだけの志を持たぬ者には清河に反駁《はんばく》できる者などいるはずもなかった。

近藤らは本堂の一番後ろに座っていた。

「歳、困ったな。どうする」

近藤たちも基本的には攘夷論者である。攘夷を決行したい気持ちは一緒であった。しかし、ここで清河らがしようとしていることは、明らかに幕府を騙す詐欺行為である。賛同することはできない。

歳三は冷静に成りゆきを見守っていた。

「俺たち以外は清河の野郎に取り込まれている感じです。多勢に無勢。ここで逆らっても勝ち目はないようです。しばらく様子を窺いましょう」

近藤たちは、ひとまず新徳寺を後にした。


翌朝、六名は学習院に赴き建白書を提出した。

学習院は弘化四年（一八四七）京都御所建春門の通りを挟んで向い側に建てられた公家の学問所であり、当時、攘夷思想を持った公家や諸藩の活動家の集会所になっていた。

学習院への建白書提出は、すんなりと受理された。

一方、八木邸では芹沢や近藤たち十三名が車座になって密談していた。

一人酒を飲みながら芹沢が言う。

「このままでは、なにもしないうちに江戸へ逆戻りだぞ」

「でしたら清河を斬りますか」

腰巾着の新見が芹沢の機嫌を窺うように言って斬るまねをした。

すると、原田が、

「斬っちまおうぜ」

と叫びだした。それに賛同する者は多かった。

だが、歳三は、

「しかし、ほとんどの連中は清河の息がかかっている」

と、慎重論を唱える。

すると新見がにやにやしながら言う。

「臆したのか、土方君」

「なに」

そこへ、一番年長の井上源三郎が、中に割って入った。

「幹部役員全員が清河とぐるというわけではあるまい。鵜殿鳩翁《うどのきゅうおう》殿は今回の事件はまるで寝耳に水という顔をしておった。ここは鳩翁殿と接触してみることが得策ではないかな」

それを聞いて、近藤が決をとった。

「芹沢さん、それでよろしいですか」

「まあ、君たちに任せるよ」

近藤は早速、南部亀二郎邸にいる鵜殿鳩翁を訪ね、相談をもちかけた。

「我々は幕府の命により将軍上洛に備え、都の治安を回復するために遣わされた者のはず。ここで幕命に背き、勝手に攘夷断行に及ぶことは武士として義がたちませぬ。ぜひともわれらを京に留め置き願いたい」

それを聞いた鵜殿は、近藤の手を取り喜んだ。

「おお、そうかありがたい。わしも清河らの暴挙は腹に据えかねておったところじゃ。君たちのような志のある者がいて嬉しいよ。早速君らの処遇について伺いを立てることにしよう」

三月三日、清河の計画は順調に進み、関白鷹司輔熙《たかつかさすけひろ》より攘夷断行の達しと日章旗を賜る運びとなった。さらに後日、江戸より知らせが届いた。それは老中板倉周防守《すおうのかみ》より攘夷断行のため江戸へ帰還せよとのことだった。

清河は感慨無量だった。

(とうとう幕府に攘夷の決断をさせた。蓮《れん》、見ているか。回天の偉業を達成する時まであとわずかだ)

そして新徳寺本堂に浪士組を集め、高らかに宣誓した。

「我らは江戸へ下り、横浜の外国人居留地を襲撃する」

攘夷派の同志は歓声を上げ沸き立った。

しかし、その歓声を裂くように、近藤がすっくと立ち上がって言った。

「清河さん、俺たちは京に残るよ」

　水を差された清河は激怒した。

「君たちにはこの国を守ろうとする気概はないのか」

　そこへ鵜殿鳩翁が清河の前に立ちはだかった。

「この者たちは、あくまで幕府に義を尽くし、都の治安回復に務めたいと申す者でござる。この度、京都守護職松平容保《かたもり》公預かりとあいなった」

　清河は（やられたな）と思いつつ、

「いいでしょう。京の警備も必要です。分かりました、この国は私たちで守ります」

　そう言い残して新徳寺を出て行った。

　三月四日、徳川十四代将軍家茂が三代将軍家光以来二百二十九年ぶりに上洛を果たすが、それと入れ替わるように三月十三日、清河は一隊を率いて江戸へ下った。

　幕府が攘夷に踏み切るなど始めから嘘である。すべては清河を江戸に誘《おび》き寄せる罠であった。江戸に着いた清河は上山藩金子与三郎の招きで酒を飲んだその帰り、幕臣佐々木只三郎ほか六名の刺客に襲われ暗殺されてしまった。外国人居留地襲撃計画は夢と消え、蓮のもとへと旅立ったのだ。

　新選組小説ではなにかと悪役扱いされることの多い清河八郎であるが、彼もまた日本の将来を憂い、命を賭して活動した熱き志士であることを忘れてはならない。

　清河八郎の墓は浪士組が江戸を発つときに集合した小石川伝通院にあり、妻蓮の墓と並んでひっそりと佇んでいる。享年三十四歳。

第九章　殿内義雄

京都残留を希望した者は近藤たちの他にも数名おり、最終的には二十四名が残ることになった。彼らには初めから派閥が存在しており、その内訳は次のとおりである。

（殿内派）殿内義雄、家里次郎、根岸友山、遠藤丈庵、神代仁之助、鈴木長蔵、清水五一　計七名。

（芹沢派）芹沢鴨、新見錦、粕谷新五郎、平山五郎、平間重助、野口健司、佐伯又三郎　計七名。

（近藤派）近藤勇、土方歳三、山南敬助、沖田総司、井上源三郎、永倉新八、藤堂平助、原田左之助、斎藤一　計九名。

その他、どの派閥にも属さない阿比留鋭三郎《あびるえいざぶろう》を合わせて総計二十四名となる。

このうち斎藤一と佐伯又三郎は江戸での浪士募集に加盟した者ではなく、京で新たに加わった者である。また、近藤と共に上京した試衛館のメンバーである沖田林太郎、佐藤彦五郎、大槻銀蔵、佐藤房次郎、中村太吉郎は、故郷に妻子がいたり家の後継ぎであるなどの理由で近藤が日野へ帰している。

この三派の中で幕府から取纏役を任ぜられた殿内義雄が主導権を握っていた。

殿内義雄（三十四）は上総出身で、昌平黌《しょうへいこう》に学び、多彩な国事活動を重ねてきた人物である。また家里次郎（二十四）は、京都で根強い勢力を持つ儒者の家里新太郎の義弟だった。殿内派に属する人物はひとかどの学問を修めた者が多く、近藤や芹沢たちを見下して仲間とは思っていない節があった。

ある日のこと、歳三と井上源三郎が居酒屋で飲んでいると、衝立《ついたて》の向こうから殿内派の清水五一と神代仁之助の声が聞こえてきた。聞くともなしに聞こえた話は、とんでもない内容だった。殿内派の遊興費は会津藩から頂戴した金の一部を勝手に着服したものであるとのことだった。清水たちは酔った弾みで、口を滑らせたのである。

「聞き捨てならん」

歳三は衝立を蹴り倒して、二人に詰め寄った。

「今の話、誠か」

清水と神代は一気に酔いが醒めた。

蒼白になった二人は慌てふためき草履も履かず、転げるように逃げていった。

歳三と源三郎は至急八木邸に戻った。

近藤派と芹沢派の全員を召集して、歳三がさっきの一件を報告した。

「やはりそうであったか」

近藤は薄々気が付いていたようだった。

気の短い原田は「斬れ斬れ」と騒ぎ立てた。

芹沢派の新見や粕谷なども同調して頷いている。

近藤派と芹沢派が一緒になれば人数的には殿内派の倍以上である。歳三は、このときばかりは芹沢たちが同じ宿舎であることを有り難く思った。

「会津公より頂戴した金を横領するなど言語道断、殿内には腹を切らせよう」

歳三が厳しい態度を見せた。

「まあまて歳、確たる証拠があるわけではない、酒の上での戯言と言われればそれまでだ」

近藤が穏便に済ませようと反対した。

すると芹沢が、

「近藤君は優しいんだなあ。なんなら俺が斬ってやろうか」

と言い出した。

「芹沢さん、殿内は幕府が直々に任命した我らの纏め役です。それを斬ったとあっては我らも江戸へ戻されるかもしれません」

「ならばどうする。このまま殿内の横領を見て見ぬ振りをするのか」

「そんなつもりは御座いません。ただ、殿内には一度だけ弁解の余地を与えようと思います」

「ふん、まあ好きにやってくれ」

近藤は歳三と沖田を連れて、殿内のいる中村小藤太邸へと向かった。

殿内は玄関先の板の間で無愛想に用件を聞いた。

「こんな夜更けに何の用だ」

「実は、殿内さんについてよからぬ噂がありまして」

近藤が低姿勢で話を切り出した。

「ほう、どんな噂だ」

「会津公より頂いた金子を着服しているとの噂なのですが、覚えは御座いませんか」

「馬鹿馬鹿しい、身に覚えなどない」

「清水たちが言っているのを聞いたんだよ」

歳三が殿内に食って掛かった。

殿内はじろりと歳三を見た。

「お前、土方と言ったな。俺に嫌疑を掛けるのなら、それ相応の証拠を見せろ。清水が何を言ったかは知らんが、どうせ酒の上での戯言であろう」

殿内はあくまで白《しら》を切り通すつもりらしい。

歳三はぐっと拳を握り締めた。

「分かったよ、そっちがそのつもりなら結構だ。近藤さん、帰ろう」

まったく話し合いにならなかった。二人は中村邸を後にした。

「あの野郎の態度はまったく頭にくるぜ」

歳三は憤懣《ふんまん》やる方ない気持ちでいっぱいであった。

「しかし、殿内に釘を刺すことはできただろう。今度またやるようだったら、その時は俺が斬る」

近藤は「斬る」という言葉をさらりと言ってのけたが、その言葉に歳三はぞくっとする凄みを感じた。原田とは違い、普段の近藤はそんな言葉を軽々しく使うことはないからである。近藤の「斬る」は、まさしく最後通告の斬るなのである。

それから数日後、壬生を数名の会津藩士が訪れ、殿内と近藤が接待をした。

彼らは壬生寺で狂言を見物し、和やかなひとときを過ごした。

「すっかり馳走になった。こんな接待をさせては先日渡した手当では少なかろう」

手当と聞いて、殿内の顔色が変わった。明らかに(しまった)という顔つきであった。近藤は手当など受け取っていない。殿内の横領は未だに続いていたのだ。それは明らかに殿内横領の裏づけとなる言葉であった。

真相を察して、近藤が口裏を合わせた。

「御厚情、痛み入ります」

近藤は殿内暗殺を決意した。

その夜、近藤は八木家の居間に近藤派、芹沢派の一同を集めた。

「私と沖田で始末します」

それを聞いた芹沢は、

「殿内に情けを掛けたお前さんが始末をするのが筋だ、よろしく頼むよ」

そこへ偵察に行っていた原田が戻ってきた。

「殿内の野郎、旅支度をしているぜ。今やらねえと仲間を大勢集めてくるんじゃねえか」

それを聞いた芹沢が近藤を見て言う。

「勢力が逆転したら、俺たちがやばくなるな」

近藤は立ち上がった。

「総司、行くぞ」

「はい」

二人は脇に置いた刀を手に取ると部屋を出て行った。

その後を歳三が追った。

「近藤さん。俺にもやらせて下さい」

「気持ちはうれしいが、ここは俺と総司でやる。お前は寝てろ」

歳三の肩を叩いた。

「土方さん、私のことも信用してください」

沖田がいつもと変わらぬ笑顔で言った。

「しかし……」

実のところ歳三は人を斬ったことがない。徳川幕府開闢《かいびゃく》以来二百六十年もの長い間、太平の世が続いてきた。侍といっても人を斬ったことがないのが当たり前の時代である。それは近藤と沖田も同様であった。本来、人が人を斬るなど許されざる行為であるが、義のために刃《やいば》を振るうことは歳三が侍になるためにはどうしても越えなければならないハードルなのである。歳三の心は年下の沖田に先を越される焦りと、人を斬ることへの抵抗感で揺れていた。

近藤は殿内襲撃を絶対にしくじるわけにはいかなかった。殿内は賊徒に殺害されたように偽装し確実に闇に葬らねばならない。そのためには目立たぬように人数はできるだけ少ないほうが良い。この場合、相棒に選ぶなら歳三ではなく剣技で勝る沖田を選ぶのは当然であった。

「……分かりました」

歳三もやっと諦めがついた。

「歳、そう焦るな。こんなことはいずれ嫌というほど味わうさ」

近藤がそう言うと、二人は夜の闇へと消えて行った。


亥《い》の刻《こく》（午後十時頃）、旅姿の殿内は四条大橋を渡っていた。

鴨川の流れを聞きながら足元を提灯で照らして歩いていると、目の前に大きな人影が現れた。明かりをかざすと、近藤の顔が赤く照らし出された。

「近藤、お前、何をしている」

「殿内さんこそ、こんな夜更けにどこへ出かける気ですか」

「どけ、邪魔だ」

殿内は近藤の脇を通り抜けようとしたが、

「通すわけにはいかないのですよ」

近藤は殿内の前に立ちはだかった。

殿内は気迫に押され二、三歩後に引き下がった。

すると後ろにも人の気配を感じた。

肩越しに後ろを見ると沖田総司が立っていた。

沖田は何も言わず、すでに刀の柄に手を掛けていた。

「おのれ」

近藤に提灯を投げつけ、刀の柄に手を掛けようとした。

その瞬間、青白い閃光が走った。

近藤の剣が殿内の額を割ったのだ。

さらに総司が殿内の胸を貫いた。

断末魔の声を上げる間もなく、殿内は絶命した。

翌朝、鴨川の河原で殿内の骸《むくろ》が発見された。

その知らせを聞いて殿内派の連中は慌てふためいた。殺ったのは、芹沢・近藤派の連中以外に考えられないからだ。彼らは蜘蛛の子を散らすように、京から逃げ出していった。

第十章　金戒光明寺上覧試合

四月十五日のこと、会津藩公用方松坂三内より書状が届いた。

表に「壬生御住居各様」とあり、次のことが書かれていた。

「主人肥後守《ひごのかみ》（松平容保《かたもり》）が御一同にぜひお目にかかりたいと申しております。つきましては明十六日九つ（正午）、金戒光明寺にお越し願いたい」

浄土宗大本山金戒《こんかい》光明寺は、その昔法然上人がこの地で開眼したとされる塔頭を十九も有する大寺院である。京都守護職を務める会津藩主松平容保はこの寺を本陣として使用していた。

翌日、近藤たちは全員正装に身を包み、金戒光明寺に赴いた。

本堂に案内されると、大勢の会津藩士が左右に分かれ座していた。

中央に通され、しばらく待っていると松平容保が現れ一同平伏した。

「遠慮はいらぬ、面《おもて》を上げよ」

近藤はすでに一度、容保に目通りが叶っていたが、歳三は初めてであった。

容保は育ちの良さを感じさせる上品な顔立ちであった。

この時歳三は知らなかったが実は同じ年である。

「君たちの腕が見たい」

容保が単刀直入に言った。

「承知仕りました」

近藤は困惑した様子を曖気《おくび》にも出さず、平伏して答えた。予想外のことであったが、容保が自分たちの腕前を知りたがるのは当然である。そのくらいは読んでおくべきであった。

「お支度は次の間にてお願いいします」

案内されてついて行くと、剣術道具一式が用意されていた。

「皆さんにはこれより試合をして頂きます」

試合のことなど書状には書いていなかったが、それが容保の狙いだった。一種の抜き打ち試験である。実戦で果たして使い物になるのかどうかを試合で見極めたいのだ。前もって予告しなかったのは、試合が通り一遍の型稽古にならないための手立てであった。

「近藤は各自の技量が分かっているだろうから、試合の組合せはお前に任せるよ」

芹沢が言った。芹沢は普段の稽古に参加したことはない。それに比べて近藤は率先して皆に稽古をつけ、各自の実力を知っている。試合の組合せは近藤でなければ決められないのだ。

「分かりました。それでは皆、上覧試合の順番を言うぞ、最初は歳と藤堂がやれ」

二人とも真剣な眼差しで頷いた。

「二番手は永倉と斎藤、三番手は平山と佐伯、四番手は敬助と総司だ。五番手には川島が棒術を披露しろ。最後は愛次郎と内蔵之介に柔術を頼む。以上だ」

ここで、歳三が提案をした。

「近藤さん、剣術の試合は竹刀ではなく木刀を使ってはどうだろう。木刀は危険だが、与える印象は大きいはずだ」

近藤はニヤリと笑って、

「よしそれで行く。全員気を引き締めて掛かってくれよ」

「オゥー」

各自が襷《たすき》を掛け得物を手にすると本堂へと向かった。

本堂では会津藩士が全員壁を背に座り、中央に試合会場ができていた。皆、鋭い眼光を近藤たちに向けている。ここにいる藩士たちは太平の世に惰眠を貪《むさぼ》った者たちではないのだ。会津五流と称される武術を極めた者ばかりで、選りすぐりの強者《つわもの》ばかりであった。ひ弱に見える藩主も武道にはひとかどの慧眼《けいがん》を持っていた。

本堂の入り口近くに座り、近藤が挨拶をした。

「支度が整いまして御座ります」

「では拝見しよう」

「それではまず、土方歳三と藤堂平助の剣術を御覧頂きます」

「平助、派手に行くぞ」

歳三が小さく声をかけた。

「はい」

平助の目が輝いている。

二人は本堂中央に進み、容保に爪甲礼をしたあと、互いに礼をして正眼に構えた。近藤は少し離れて審判を務める。

緊迫した静けさの中、

「始め」

と号令が響きわたった。

歳三はそのまま正眼の構えをとるが、藤堂は下段正眼に構えを移した。

藤堂は近藤の人柄に惹かれて、試衛館に入り浸るようになった者で、もともとは北辰一刀流の遣い手である。下段正眼とは通常の中段よりやや低く、剣が床と平行になるように構えるもので、北辰一刀流では基本の構えなのだ。

一方、歳三は天然理心流を標榜しているが、ほとんど我流剣法である。若い頃、行商の合間に各流派の道場に出入りし、独自に工夫した剣術である。そのため未だに天然理心流の免許は授かってはいなかった。しかしそれが彼の力量を表しているわけではない。当時、剣聖と称された直心影流の男谷精一郎も言っている。

「自流にこだわるは井の中の蛙である。流派にこだわることはない、剣は剣術でいいのだ」と。

歳三は流派を超え、独自に強い剣を磨いてきたのだ。

藤堂は下段正眼に構えた剣先を上下に振りながら、じりじりと間合いを詰めてきた。北辰一刀流ではこれを「鶺鴒《せきれい》の剣」と呼ぶ。鶺鴒が尾を上下に動かすように剣先を振り、居つきを防ぐのである。

一方、歳三は正眼のまま目を少し細め、藤堂の手元や剣先に目付けをし、動きを窺っていた。歳三の読みでは、藤堂は持ち前の駿足を活かして籠手を打ちにくると考えていた。

藤堂は間合いを詰めながら歳三の隙を窺っている。

歳三がわざと籠手に隙を作ってやると、藤堂は素早く攻撃に転じた。

だがそれは予想を裏切り、籠手ではなく、立て続けに三本の突きが歳三の咽喉元を襲ってきた。

一本目は木刀でかわしたが、二本目、三本目は首を左右に振ることで、辛うじてかわした。

藤堂は三本目の突きがかわされた時に、歳三の頭部に隙が生じたのを見逃さずすかさず面打ちに出た。だが、これを歳三は鍔元で受け止め、そのまま鍔迫り合いに持っていくと、藤堂の腹に蹴りをぶち込んだ。みぞおちを蹴られた藤堂はたまらず、後ろへ転げながら逃げた。

すかさず歳三は藤堂の面打ちにいったが、藤堂は苦悶しながらもこれをかわし、八相の構えに立て直した。

試合中に蹴りを入れることは、現代スポーツ剣道ではありえない反則だが、そもそも武道とは殺し合いの術であり、己の身を守るためには、ありとあらゆる技を使うのが本道である。古武道では鍔迫り合いになった場合、蹴りを入れるくらいは序の口で、指がらみで相手の指を折ったり、目潰しをくらわせるなども常套手段なのだ。

白熱した試合に会津藩士たちも息を呑んで展開を見つめていた。藩主容保も目を凝らして勝負の行方に注目している。その様子に近藤は内心ほくそ笑んだ。

二人は正眼に構えた。藤堂は落ち着きを失ったようで、鶺鴒の剣で構える余裕がなくなっていた。歳三が少しずつ間合いを詰めていった。

藤堂は精神的に追い詰められていた。為す術なく闇雲に上段から襲い掛かった。歳三はそれを下から払いのけ藤堂の肩を打った。

「それまで」

近藤が終了を告げると、会津藩士たちから拍手が巻き起こった。容保の表情も得心がいったようである。二人は容保に礼をして満足気に隊列に戻った。

「次は永倉新八と斎藤一の試合を御覧頂きます」

近藤が告げると、永倉と斎藤が立ち上がり中央へと進んだ。

容保に礼をしたあと互いに向き合い礼を交わした。

この二人の試合は元試衛館の連中にも興味深いものだった。試衛館では沖田総司、永倉新八、斎藤一、この三人が三強と目されており、その内の二人が対戦するからだ。これまで誰が一番強いのかは定かではなかったが、この試合によって一人は脱落するのである。

永倉は神道無念流の遣い手である。対して斎藤は上にも下にもなにもつかない正統派の一刀流を遣う。

「始め」

再び近藤の号令が響いた。

永倉は木刀をだらりと下段にたらし、少し顎を上げ、薄目で斎藤の出方を窺っている。体のどこにも余計な力が入っていない、まったくの自然体である。

一方、斎藤は下段正眼の構えである。静かに切っ先を相手の中心線に向け、そのまま相打ち覚悟で斬り掛かる必殺の構えである。斎藤にはなにか不吉な予感を抱かせる不気味な雰囲気が漂っていた。

斎藤はするすると間合いを詰めていった。永倉は微動だにせず変わらぬ落ち着きを見せている。さらに斎藤は間合いを詰めた。だが一足一刀の間境に差し掛かったところで足をピタリと止めた。いつもの斎藤なら、なにも考えずにそのまま打ち込んでいるところだが、斎藤の勘がそれ以上の前進を止めたのである。

斎藤の剣は端《はた》から見ればただ闇雲に打ち込むだけのように見えるのだが、実は相手の体に現れる微細な変化を無意識のうちに察知し、それにより攻撃パターンを変える正しく本能の剣であった。永倉の無機質な構えには人間らしい動静がまったく感じられず、それが斎藤の心に迷いを生んだのだ。

斎藤にわずかな隙が生まれた瞬間、永倉は素早く逆袈裟を放ち、さらに顔面めがけて打ち込んだ。斎藤は後ろへ飛び退き、さらに横へ転がり間一髪のところでかわした。

永倉はまた無表情にだらりと下段に構える、心は変わらず空のままである。

斎藤の顔を一筋の滴《しずく》が流れた。永倉の切っ先は額の皮一枚を斬っていたのだ。

血を見た斎藤はニヤリと微笑んだ。いよいよ死神の血が騒いだらしい。

斎藤は構えを捨てた。右手に木刀を握り、だらりと下ろしている。

斎藤が使う一刀流には夢想剣という秘伝がある。

その昔、一刀流創始者である伊藤一刀斎が、剣の妙理を得んがために鎌倉の鶴岡八幡宮に七日七夜の参籠《さんろう》をしたことがあった。しかし、満願の夜になっても夢かなわず、むなしく立ち去ろうとしたその時、背後からもののけが襲ってきた。一刀斎は、目に映らずとも気配により敵と察知し、一刀のもとに斬り捨てたという。この経験により、一刀斎は夢想剣を開眼したのであった。

まだ若い斎藤（二十）は、夢想剣を会得するまでには至っていないのだが、彼の天稟《てんぴん》がそれに近いものを可能にしていたのだ。

隙だらけに見える斎藤の構えに、いきなり永倉がみぞおちめがけて片手突きを放った。斎藤は半身になり受け流すが、さらに永倉の連続攻撃が襲った。だが斎藤の本能は冴えた。永倉を見ずとも次々と攻撃をかわし、わずかな隙を見つけて諸手突きを打ち放った。木刀の切っ先は永倉の顔面を襲ったが、頬をかすめただけに留まった。頬には摩擦で生じた一筋の火傷の痕が走っていた。

審判を務める近藤は、これではどちらかが死ぬまで決着がつかぬではないかと冷や冷やしていた。

二人は再び三間離れて対峙した。

永倉が下段に構える。斎藤もだらりと剣を下ろす。

それっきり両者は動かなくなった。

永倉はこちらから仕掛けてもすべてかわされるため、後の先を狙うことにしたのだ。つまり斎藤の打ち込みを外して、そこに生まれた隙を突く戦法である。勝つためにはそれ以外に手はないと考えたのだ。斎藤の方も永倉の狙いを察しているため、うかつに手は出せなかった。

時間だけが過ぎた。

だがこの時間の経過が勝敗を分けた。

永倉は相変わらず無念無想の境地にあるが、斎藤は違っていた。時間が経つにつれ、この試合は個人的に優劣を決めるための勝負ではなく、松平容保に我等の腕前を見せねばならぬ勝負であることを意識しだしたのである。

容保自身が相当な剣の遣い手であれば、この場における両者の駆け引きを察して、かえって好印象を持つだろうが、そうでない場合は心象を悪くする恐れがあった。斎藤は攻めに出ることを決めた。

斎藤は、まともに打ち込んでは永倉が得意とする龍尾剣《りゅうびけん》（相手が打ち込んできた剣を払い上げて袈裟に打つ）にやられると考え、一刀目は虚（フェイント）を放ち、二刀目で打つ戦法にでた。

斎藤は素早く片手突きを繰り出した。

永倉は斎藤の読み通りそれを払い上げようとした。

斎藤は木刀を素早く引き、永倉のがら空きになった足を払いにでた。

「エイヤー」

だが、永倉の方が一枚上手だった。

永倉は木刀を逆手に持ち替えて床に突き立て、足払いを受け止めた。そして逆手のまま斎藤の籠手を払い上げた。

木刀が天井高く舞い上がり、床に転がった。

「そこまで」

堂内に拍手が沸き起こった。

二人の剣技は容保を始めとする会津藩士たちの心をしっかりと摑まえていたのだ。

近藤は上機嫌だった。

残りの試合も好評のうちに終り、上覧試合は無事終了した。

「そなたたちの技量、しかと見届けた。市中の警護よろしく頼む」

容保直々の言葉を賜った。

それ以来、近藤たちは自らを「壬生浪士組」と名乗り、京の治安維持活動に励むのであった。

第十一章　八月十八日の政変と新選組誕生

孝明天皇は上洛した将軍家茂を京都御所に呼びつけて、

「いつまでに攘夷を行うのか」

と期限を迫った。

追い詰められた家茂は已むを得ず、

「五月十日までに実行致します」

と約束させられてしまうのだが、果たせぬままにその日を迎えることとなった。

そんな幕府に代わり、攘夷断行に踏み切った藩があった。長州藩である。関門海峡航行中のアメリカ商船に砲撃を加えたのだ。

長州藩は逃げ去るアメリカ船を見て、

「外国など恐れるに足らん、弱腰の幕府に代わり追っ払ってやった」

と有頂天になった。

長州藩は続いて二十三日にはフランスの商船を、二十六日にはオランダの軍艦を砲撃し、いずれも追い払うことに成功した。この報は瞬く間に全国に伝わり、攘夷論は最高潮の盛り上がりを見せた。

しかしそれも長くは続かなかった。

六月一日、アメリカの軍艦が関門海峡に現れ、下関目掛けて艦砲射撃を行った。さらに五日にはフランスの軍艦が追い討ちをかけ、長州は甚大な被害を被《こうむ》る結果となってしまったのだ。

長州は焦った。このままでは長州一国が諸外国を相手に戦争する事態となってしまう。早急に徳川を滅ぼし、日本全体が一致団結して攘夷にあたらねばならない。

そこで長州藩士桂小五郎は有力な攘夷派の公卿三条実美《さねとみ》らを取り込み、倒幕に向かって過激な行動に出た。それは「大和行幸」である。天皇には攘夷祈願のためと称して大和に詣でてもらい、そのまま錦の御旗を立てて江戸に攻め込む計画を企てたのだ。

一方、長州の陰謀を察知していた薩摩藩は、会津藩にある計画を持ちかけた。それは京都御所から長州藩士を一掃しようとするものであった。

会津藩主松平容保はそれに同意すると公武合体派の中川宮《なかがわのみや》に働きかけ、孝明天皇から長州藩を追い出すための勅諚をもらうことに成功した。孝明天皇は攘夷論を堅持しているが倒幕の意思はなく、攘夷は公武一和で臨むべきと考えており、長州藩の運動は過激すぎると思っていたのだ。

八月十八日明《あけ》七つ（午前四時）、一発の砲声が轟いた。それを合図に薩摩、会津、淀藩が京都御所にある九つの門すべてを封鎖した。

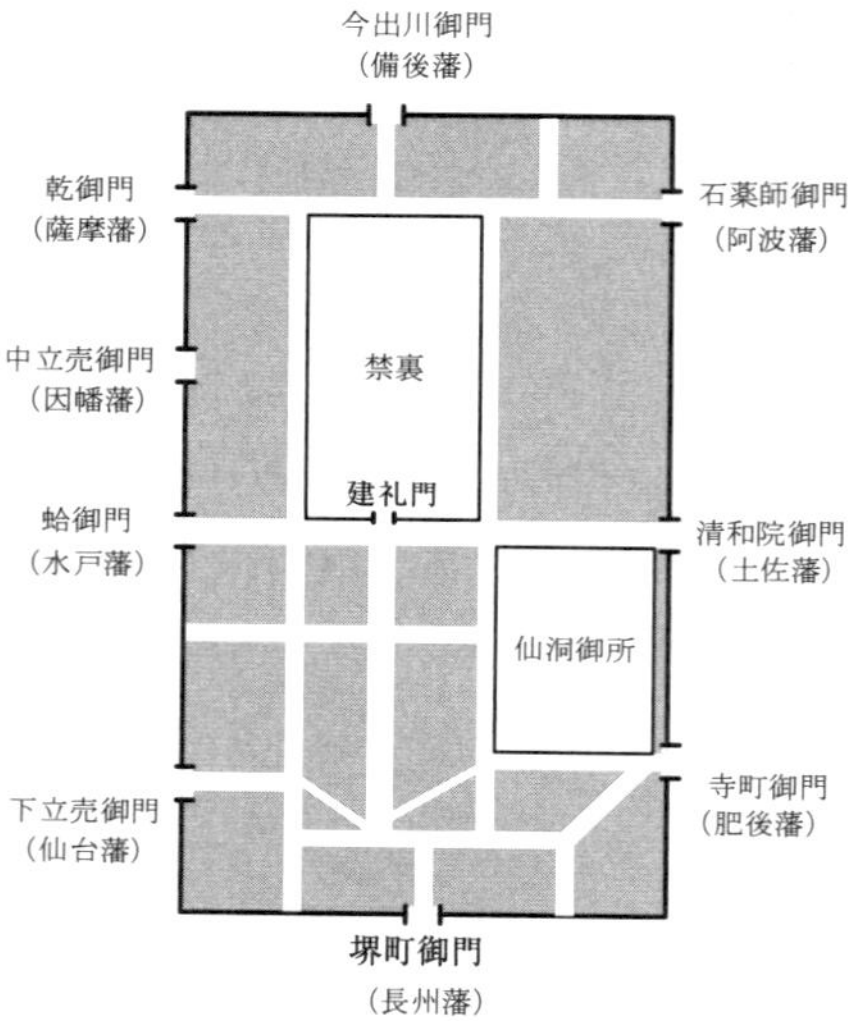

京都御所略図

京都御所の九つの門は「九門警備」といって各藩が警備にあたっている。長州藩の持ち場は御所の南側にある「堺町御門」なのだが、長州勢は追い出され、堺町御門の内と外で会津薩摩連合軍と睨み合いになった。また朝廷からの使者が一斉に三条実美を始めとする長州派の公卿の邸に走り、謹慎せよとの命が下された。

この時、壬生浪士組はというと、ことは秘密裏に進められていたため、なんの知らせも受けていなかったのだが、砲声により異変に気付き、新徳寺本堂に集合し情報収集に努めていた。

このころの壬生浪士組は隊士の募集を行い五十名ほどに増えていた。

隊の編成は次の通りである。

局長　芹沢鴨、近藤勇

副長　土方歳三、山南敬助、新見錦

助勤　沖田総司、永倉新八、斎藤一、井上源三郎、原田左之助、藤堂平助、平山五郎、野口

健司、平間重助、他

調役並監察　島田魁、川島勝司、他

その他　平隊士約三十名。

（当初、局長は新見錦も含めて三人体制であったが、新見は不祥事を起こして、副長に降格されている）

また、はっきり壬生浪士組と分かるように、袖に白い山形模様の入った浅葱《あさぎ》色（少し緑がかった水色）の羽織を揃え、全員が着用していた。

「土方さん。私たちに出動命令が来ますかね」

沖田が不安げに聞いてきた。

「ぜひ来てもらわんと困るな」

上覧試合からかれこれ四カ月になる。自主的に都の見廻りを行っているが、直接会津藩から仕事を依頼されたことは一度もない。この事態においてなんのお呼びも掛からないということは、容保は浪士組を認めていないことになる。

正午近くになってようやく壬生浪士組も出動せよとの命令が下された。

「皆、初仕事だ。気を引き締めて掛かれよ」

近藤の檄が飛び隊士たちの士気が上がった。歳三も冷静を装っているが興奮気味であった。隊士たちは額に鉢金《はちがね》を巻いた。近藤と芹沢にいたっては小具足を着用し、さらに烏帽子をかぶるといった扮装《いでたち》である。壬生浪士組約五十名は二列縦隊で出陣した。

ところが、蛤《はまぐり》御門から京都御所へ入場しようとした時のこと。門を守衛していた会津藩士数名が近藤たちの前に槍の穂先を向けてきた。

「貴様たち、何者だ」

聞かれて近藤が答える。

「我々は、会津藩お預かりの壬生浪士組です。御所警護の命を受け、参上仕りました」

「そのような知らせは受けておらぬ。立ち去れ」

会津藩の中でも壬生浪士組を知るものは限られており、まだまだ知名度は低いのである。御所の中へ入ろうとする怪しい者を止めることは、守衛として当然の行為だった。しかし、芹沢にはその態度がカチンときたようだ。

「仕事に熱心なのは大いに結構なことじゃのう」

そう言って、持っていた鉄扇を広げ、目の前に突き出された穂先をパタパタと扇ぎだした。

「貴様、愚弄いたす気か」

すかさず近藤が、

「失礼致しました。われらは公用方野村佐兵衛《さひょうえ》殿からの知らせを受けて駆けつけた者。ぜひ、野村殿に事の次第を伺って頂きたい」

近藤の真摯な振舞いに、守衛の一人が野村を呼びに行った。

しばらくして野村が現れた。

「すまんな、守衛たちの無礼な態度を許してやってくれ。この者たちも悪気があったわけではないのだ」

「いえ、こちらこそ」

「君たちはこれを掛けてくれ」

野村から黄色い襷《たすき》が渡された。

「これは会津藩の目印だ、この襷を掛けていれば今のようなことはない。君たちには建礼門《けんれいもん》前の守備に就いてもらう、私の後ろについて来てくれ」

壬生浪士組は野村の後ろについて初めて天皇家の聖地に足を踏み入れた。

広大な敷地の中は広い通りが東西南北に走っており、通りに面して築地塀《ついじべい》がはるか向こうまで続いていた。

「土方さん、ここに帝《みかど》が住んでおられるんですよね」

沖田が緊張した面持ちで言った。

「そうだな、身が縮む思いだよ」

「土方さんでも緊張することがあるんだ」

「あたりまえだ」

こんな厳かな場所は初めてである。先頭の野村の後ろを歩く芹沢でさえ、いつもと違う固い表情であった。

野村の案内により、禁裏南側にある建礼門の前へやって来た。

「君たちはここを守備してくれ」

野村はそう言うと、いまだに睨み合いが続いている堺町御門のほうへと走っていった。

ここから堺町御門へは南へ五町（約五百五十メートル）ばかりの距離である。もし、堺町御門が破られれば、禁裏の入口として一番近いこの門に、長州藩が攻め上ってくるのは必至であった。

壬生浪士組は赤地に白い字で誠忠と書いてある提灯を掲げ、建礼門を背に陣を張った。

芹沢と近藤の両局長は具足櫃《ぐそくびつ》の上に腰を下ろし、腕組みしながら堺町御門のほうをじっと見つめた。

夕刻になり野村が再び姿を現した。

「お前たちに朗報がある」

隊士たちはざわめいた。

「隊の名前が決まったのだ。いつまでも浪士組ではいかんだろう。これからはお前たちのことを『新選組』と呼ぶ。これは武家伝奏《ぶけてんそう》より賜った名だ、決して汚すなよ」

隊士たちから歓声が上がった。

武家伝奏とは朝廷の中にある役職の一つで、武家と朝廷を繋ぐための窓口的な役割を担っている。従って新選組の名は形としては朝廷より頂いたことになる。

「これは肥後守様（容保）のお計らいによるものですね」

歳三が野村に聞いた。

「まあな」

新選組の名はかつて会津藩の軍制に存在した名であった。容保が朝廷にお願いして、わざわざ朝廷から頂いたように計らったものだった。

「肥後守様は、我らのことをお忘れではなかったのですね」

「ああ、そうだ」

歳三は笑みを浮かべ、野村に深く頭を下げた。

「新選組」。新しく選ばれた者は、正にこれからの時代を動かしていく先駆者たらんことを期した名であった。肥後守は彼らのことをそれだけ買っていたのである。

日が暮れようとする頃になり、雨が降り出してきた。

長州藩はどうすることもできず退去することを決め、京から出て行くことになった。同時に攘夷派の公卿にも京から追放との沙汰が下され、七人の公卿が長州へと落ちていった。世にいう七卿落ちである。

この騒動は戦闘に発展することはなかったが、新選組の門出となる一件であった。

第十二章　芹沢鴨粛清

朝廷より新選組の名を賜ったことで、隊の規律を守るために厳しい法度が作られた。以下の四カ条からなる。

（新選組隊規）

一　士道に背くまじきこと
二　局を脱するを許さず
三　勝手に金策いたすべからず
四　勝手に訴訟取り扱うべからず

この四カ条に背くときは切腹を申しつくる。

（注）子母澤寛氏の『新選組始末記』は、この他に第五条として「私の闘争を許さず」とあるが、小樽新聞の記者が永倉新八本人から取材して執筆した『新撰組永倉新八』では上記四カ条が

記されているのみであるため、本書でも法度は四カ条のみとした。また一般にはこの規律は局中法度と呼ばれているが、この名称は新選組隊士が実際にそう呼んでいた記録がなく、子母澤氏が命名したものではないかといわれていることを合わせて付記しておく。

新選組局長芹沢鴨は本名を下村嗣次《つぐじ》といい、常陸国行方郡芹沢村の富農の倅である。神道無念流免許皆伝の腕前を持ち、色白で背が高く、でっぷりとした体格に、細く吊り上った目が印象的だ。性格は豪胆で、短気。横暴が目立つ。前述した中山道本庄宿での焚火騒ぎは、数多《あまた》ある悪行の一つにすぎない。

大坂で力士と乱闘事件を起こし一人を斬殺する。鴻池善右衛門《こうのいけぜんえもん》から金子二百両を押し借りし着服する。姉小路公知《あねがこうじきんとも》の愛妾に手を出す――など枚挙にいとまがない。正にやりたい放題であった。芹沢は出自が農民であることから、それを隠すために、異常に見えるほどの勇猛ぶりを見せつけようとしてしまうのである。同じ身の上の歳三や近藤には、その気持ちはわかるのだが目にあまるものがあった。

前述した八月十八日の政変が起こる少し前のことである。その夜、数人の取巻きと芸妓《げいぎ》をはべらせ、すっかり御満悦の芹沢が、四条大橋近くの鴨川沿いを巨体をふらつかせて歩いていた。すると向こうから隊士の一人佐々木愛次郎が美しい女を連れて歩いてくるのが見えた。

佐々木愛次郎（十九）は三カ月《みつき》ほど前に入隊した新参である。後に書かれた永倉新八の手記には「古今の美男なり」と評されるほどの美少年であった。その美少年にこれまた器量よしのあぐり（十七）という恋人がいた。そのあぐりを伴い佐々木が向こうからやってくるのである。芹沢には祇園から流れてくる三味や太鼓の音が、二人を祝福しているように聞こえた。いつも白粉《おしろい》臭い女ばかりを相手にしている芹沢には、あぐりがなんとも眩しく輝いて見えた。

「おい、愛次郎」

「局長」

「お前も隅におけん奴だなあ」

あぐりをじろじろと舐め回すように見た。

「御紹介が遅れました。この娘はあぐりと申します」

「お初にお目にかかります。あぐりと申します」

「あぐりか、いい名だ。いくつになる」

「はい、十七になります」

まだ若いが落ち着いた物腰で、しかも楚々とした美しさが感じられた。

「うまいことやりおって、せいぜい可愛がってやれよ」

芹沢は細い目をにやつかせ、不気味な笑みを浮かべて去った。

この日はなにごともなく治まったのだが、次の日の夜、愛次郎は芹沢の部屋に呼ばれた。

「局長、お呼びでしょうか」

「うむ、入れ」

部屋には芹沢の他に新見、平山、平間、佐伯といった取巻きもいた。

愛次郎が刀を脇に置いて正座すると、芹沢から驚くべき言葉を聞かされた。

「昨夜のあの娘、おれに抱かせろ」

愛次郎は絶句した。

「今、なんと」

「俺に抱かせろと言ったんだよ」

愛次郎は突然大きな選択を迫られたのだ。死を賭して芹沢を斬るか、逆に屈して下僕になり下がるかだ。愛次郎はこれでも剣の腕は立つほうである。しかし、芹沢ら五人を相手に到底勝ち目はなかった。

取巻きが愚劣な笑みを浮かべる中、必至に勇気を奮いたたせ脇に置いた刀に視線を移した。

「まさか、俺の言うことが聞けねえって言うんじゃねえだろうな」

芹沢の言葉には明らかに殺気が籠っていた。

愛次郎は動けなかった。

「俺の話はそれだけだ。体に磨きをかけておけと、あぐりに伝えておけ」

新見たちがあざ笑う中、愛次郎は部屋を後にした。

「愛次郎ちょっと待て」

途方にくれた愛次郎を佐伯が追い駆けてきた。

「いくらなんでも局長はひどすぎるぜ、お前、今すぐここから逃げろ、殺されるぞ」

「佐伯さん」

「局長は目をつけた女は必ず物にしねえと気がすまねえお人だ、このままだとお前たち二人とも殺されるぞ」

「えっ、あぐりもですか」

「そうだ、自由にならねえ女は殺すぜ。昔、女郎を斬って利根川に蹴り込んだと言ってたことがあったぜ」

その話は愛次郎も聞いたことがあった。とたんに顔が蒼くなった。

「今手持ちの金はこれしかねえが取っといてくれ、旅には金が一番の頼りだ」

「佐伯さん、恩にきます」

「水臭せえなあ、それより俺が繋ぎをつけてやる、娘はどこにいるんだ」

「二条衣棚《ころもだな》にある八百屋です」

「わかった、お前は支度して壬生寺に隠れていろ、俺が娘を連れてくる。人目につくなよ」

「わかりました。よろしくお願いします」

愛次郎は冷静さを失っていた。もはや佐伯の言う通り、芹沢の手が届かないところへあぐりと二人で逃げるしかないと思った。

愛次郎は手早く旅支度を済ませ、壬生寺のお堂の中に身を潜めた。

風はなく、月光が境内をこうこうと照らしている。

虫の音が愛次郎の気持ちをかき乱すように鳴り響いた。

四半刻ほど経ち、境内の入り口に人影が現れた。

(佐伯さんなのか)

しかしあぐりらしい女の姿はどこにもない。

(あぐりは来てくれなかったのか)

不安にかられ、お堂から出て声を掛けた。

「佐伯さんですか」

すると、影の主がすっと白刃を閃かせた。

さらに影は三つ現れ、横に広がった。

暗くて顔が見えなくとも、それが芹沢一派であることは明白であった。

「うわぁ」

愛次郎はお堂から飛び出し全力で逃げた。

影たちは無言のまま追ってくる。

月明りの中、必死で逃げる愛次郎であったが朱雀千本の辻に出たところで追いつかれてしまった。

愛次郎は刀を抜き、闇雲に振り回した。

「なんの真似だ」

「お前、邪魔なんだよ」

「なに」

「佐伯を待っているようだが、あいつは局長のために娘を呼びに行ったぜ」

愛次郎はこの時になってやっと佐伯もぐるであったことに気がついた。

（俺はなんて馬鹿なんだ。あぐりの居所を聞き出すための猿芝居に引っかかるとは）

「すまんが死んでくれ」

隙をつき新見が愛次郎を袈裟に斬った。

続いて平山と野口が腹を刺した。

「ぐわぁ」

血に塗《まみ》れ、激痛にもがき、竹藪の中に倒れこんだところをさらにめった刺しにされ、愛次郎は息絶えた。

「皆の者、任務ご苦労であった」

芹沢が鉄扇で扇ぎながら現れ、愛次郎の骸《むくろ》に蹴りを入れて死んでいることを確かめた。

しばらくすると、佐伯があぐりを伴いやって来た。

「局長、連れてまいりました」

「うむ」

「愛次郎様の一大事と聞いてやって参りました。愛次郎様はどこにいらっしゃるのですか」

「そこじゃ」

芹沢は竹藪の中を指差した。

あぐりは指されたほうを見ると、愛次郎が倒れていた。

「愛次郎様」

駆け寄ったあぐりが見たものは、無残に切り刻まれ、白目を剝いて絶命した愛次郎の骸であった。

「ひっ」

「心配するな、これからはお前の面倒はわしが見る」

そう言って芹沢があぐりを押し倒した。愛次郎の骸を横に、芹沢はあぐりを己《おの》がものにしてしまったのである。


前川邸の近藤と歳三のもとに知らせが入ったのは、翌朝のことであった（この頃、近藤派の隊士は八木源之丞邸から前川荘司邸に居《きょ》を移している）。

現場へ急行した歳三の前には、愛次郎とあぐりの骸が転がっていた。辱めを受けたあぐりは愛次郎の跡を追い、舌を嚙み切って自害したのであった。

歳三にはそれが誰の仕業であるのかすぐにピンときた。

「芹沢のやつ」

怒り心頭に発し、芹沢の許へ向かおうとしたが、近藤が袖を摑んで止めた。

「歳、どうするつもりだ」

「芹沢を斬る」

「止めろ。確たる証拠もなく副長が局長を斬ったとなればただでは済まん。気持ちは分かるがここは我慢しろ」

「しかし……」

歳三には、二人が不憫でならなかった。これまでの件も含め、芹沢への憎悪の念はもはや我慢の限界を超えていた。

（あいつは必ず俺が斬ってやる。だから成仏してくれよ）

歳三は固く誓った。


芹沢の横暴は続いた。

八月十三日、芹沢ら五人が葭屋町中立売《よしやまちなかたちうり》通りにある糸問屋大和屋を訪ねた。

「わしは尽忠報国の士、新選組局長芹沢鴨である。京の治安をあずかる我らに献金いたせ」

「御冗談を」

大和屋はにべもなく断った。

「お前、尊攘派の天誅組に一万両を渡したそうだな。なんならその首、ここで刎ねてもいいんだぞ」

「そんな証拠がどこにあるんどす。あんたら、巷でなんと言われてるか知っとりますか、壬生狼《みぶろ》やで。あんたらみたいな狼に、金をやるくらいなら土蔵ごと燃やしてしまったほうがましや」

「無礼者」

新見が刀の柄に手を掛け斬ろうとしたが、芹沢が、

「新見、止めておけ。俺たちは恐れ多くも朝廷より名を頂いた新選組だからな、ゆすりたかりとは違うのだ。しかし大和屋、今の言葉、忘れるなよ、きっと後悔することになるぜ」

そう言い残して芹沢は立ち去った。

深夜寝静まった頃。覆面に黒装束の数名が、大和屋の板戸を蹴破り侵入した。彼らは店の商品である生糸や家財を通りに放り出して火をつけ、さらに土蔵の中にも火を放った。この放火事件は大火事にならずに済んだが、大和屋の受けた被害は相当なものであった。

大和屋は奉行所に新選組の芹沢の仕業だと訴えて出た。しかし、奉行所は取り扱いに困り、新選組を管轄する会津藩に詮議を任せることにした。

会津藩公用方野村左兵衛は近藤と歳三を内密に呼び出した。

「私は近藤君や土方君のことは高く買っているのだが、一部のならず者のおかげで新選組の評判はすこぶる悪い。先日起きた大和屋放火事件も芹沢の犯行に相違あるまい。ついてはだ」

野村の声が急に小さくなった。

「内々に芹沢を処断してほしい」

言われた二人は、驚きもせず、

「御意のままに」

そう答えた。

野村に呼ばれた時点で、こうなることは予想していたのだ。

歳三は屯所に戻る道すがら、近藤に懇願した。

「近藤さん、芹沢は俺に斬らせて下さい」

「大丈夫か、歳」

「あの野郎の始末は、絶対に俺の手でつけたいんです」

歳三は真剣な眼差しを近藤に送った。

「分かった、お前にまかせよう」

歳三は屯所へ戻ると早速、芹沢粛清のシナリオを練った。計画は芹沢だけを暗殺するのではなく、芹沢派全員を一掃するものであった。愛次郎の件に関わった者はすべて抹殺する。これが歳三の考えだった。

まずは芹沢の右腕とされる新見錦から取り掛かった。

歳三は近藤派の幹部連中を集め、新見が勝手に金策していないかどうかを内々に調べさせた。その結果、商家から数件の押借《おしかり》をしていたことが発覚した。さらに越前藩の矢島藤十郎からも芹沢の名を使って二十両もの金子を借用していることが分かった。

歳三は沖田、山南、井上、原田を引き連れ、新見が遊興にふけっている祇園の「山緒」に向かった。

部屋の障子を勢いよく開けると、芸妓と戯れる新見と平隊士数名がいた。

「土方、なんの真似だ」

「新見、隊規違反だ、腹を切れ」

「なんだと」

「新選組隊規、勝手に金策いたすべからずだ。このとおり証拠もある」

新見の顔に矢島藤十郎から預かってきた証文を押し付けた。

歳三は部屋にいた芸妓や、平隊士を部屋から追い出して襖を閉めた。

新見は刀を取ろうとしたが、山南と井上がそれを許さず、両脇から押さえ込んだ。

代わりに沖田が新見の脇差を取った。

「新見さん、あんたたちはやりすぎたんですよ」

そう言うと、新見の腹を突き刺した。

翌朝、近藤が新徳寺本堂において全隊士を前に、新見が隊規違反により切腹した旨を報告した。

「新見副長の件はまことにもって残念である。わしとしてもこれ以上隊士を失いたくはない、皆も日頃の行いには充分に気をつけてくれよ」

副長であっても隊規に背けば処断される。今回の件により隊規は絶対であるとの認識が隊中に広まり、一石二鳥の運びとなった。

この時点で佐伯又三郎は何者かの手により斬殺されていたため（下手人は長州藩士久坂玄瑞説と芹沢説がある）、残るは三人となった。歳三は一気に片を付けようと計画した。

九月十八日、島原揚屋町の「角屋《すみや》」で新選組の会合が開かれた。

不逞浪士取締りに関する報告や近藤からの労《ねぎら》いの言葉のあとは、お決まりの宴会となった。

歳三は殺意を胸の奥に潜め、芹沢に酒を勧めた。

「局長、おひとつどうぞ」

「おお、すまんなあ」

芹沢は杯に注がれた酒をぐいっと一気に飲み干した。

「局長、新見さんのことは大変残念に思っています。新見さんは我々の前で立派に腹を召されました」

「そうか、まあ身から出た錆だ。仕方あるまい」

（自分のことを棚に上げやがって、よく言うぜ）

歳三はそう思いながらも、芹沢にたくさんの酒を飲ませようと苦心した。

一方、近藤はゲンコツを口に入れるという特技を披露していた。

場内は爆笑の渦に包まれた。今夜起きる惨劇を平隊士たちには微塵も感じさせない雰囲気作りをしていたのだ。

しばらくするとほろ酔い気分になった芹沢がむっくりと立ち上がった。

「土方君、俺は先に失礼するよ、お梅が待っているものでな」

芹沢の愛妾お梅が八木邸で帰りを待ち侘びているのだ。また平山と平間の愛妾桔梗《ききょう》屋の吉栄《きちえい》、輪違《わちがい》屋の糸里も一緒であった。

顔を真っ赤にした芹沢は平山と平間を従え、小雨が降る中を駕籠に揺られて帰っていった。

ほどなくして歳三が近藤に目配せをした。すると、

「諸君、今日はこのくらいでお開きにしよう」

近藤の号令で閉会となった。

前川邸に戻ると近藤派の八人が車座になり、顔を突き合わせて密会が開かれた。

近藤が全員の顔を眺め回して、

「手筈どおり今宵決行する。心して掛かってくれ」

すると歳三が、

「芹沢は俺に斬らせて下さい」

と改めて念を押すように言った。

「土方さん、そういう仕事は僕たちがやりますよ」

沖田がそう言って気を遣ってくれるが、

「いや、俺に任せてくれ、お前たちはあとの二人を頼む」

と一歩も譲らなかった。

歳三には芹沢だけは絶対に自分が斬らねばならぬとの強い思いがある。それは佐々木愛次郎の件を始めとする数々の宿怨であり、芹沢を葬ることは正義であるとの確信であり、新選組の副長が人を斬ったことがないという心のしこりであった。

皆は歳三の気持ちが分かっていたため、それ以上なにかを言う者は現れなかった。

「よし、この任は歳、総司、原田と山南さんに頼む。部屋が狭いから四人以上は無理だろう。あとの者は待機しろ。もし斬り合いになった時は天井が低いゆえ、刀は振り回さずに突いて攻めろ。いいな」

近藤の指示に全員が頷き、決行の時を待った。

深夜になり天候が悪化した。風が強くなり、雨も降り出した。

芹沢たちが寝静まった頃を見計らい、土方、沖田、原田、山南の四人が八木邸裏の塀を乗り越え庭に忍び込んだ。全員、黒い着物の下に鎖帷子を着込み、頭には鉢金を巻いている。庭の木々がざわざわと揺れ、音を消すには好都合であった。

歳三は静かに縁側に上がると、障子戸の腰の高さにはめこまれてあるガラスを通して中の様子を窺った。

部屋が暗くて分かりにくいが手前に芹沢とお梅が寝ており、奥にある衝立の向こうにも誰かが寝ているのが見えた。平山か平間のどちらかであろう。

酒に溺れ房事に耽った芹沢のいびきは強風の中でもはっきりと聞こえてきた。

歳三は一つ大きく息をすると、後ろの皆にコクリと首を縦に振って合図した。

全員がゆっくりと刀を抜き、逆手に握り直した。

歳三は全員が用意できたことを見届けると、すばやく障子を開けて、布団の上から芹沢の胸を突き刺した。

「うおおっ」

芹沢はカッと目を見開き、苦悶の表情でのたうち回った。

歳三の初太刀は心臓を外れて腹部に刺さり、致命傷には至らなかったのだ。

芹沢は激痛に顔を歪めながらも、歳三に蹴りを喰らわせ、その隙に刀を取った。

腹からは多量の血が流れていた。暗い部屋でもみるみる布団が血で染まっていくのが分かった。

二人は激しい斬り合いになった。刀がぶつかり火花が飛んだ。

芹沢は縁側に出て隣の部屋に逃げようとした。

後ろから歳三が斬り掛かったが、刀が鴨居に当ってしくじった。歳三も焦っていたのだ、突けという近藤の忠告を思い出す余裕がなくなっていた。

しかし芹沢にも運がなかった。文机《ふづくえ》に足を獲られて転倒してしまったのだ。

歳三はすかさず飛び掛かり、背中から何度も突き刺した。

「ぐあー」

断末魔の叫びを上げ、芹沢は絶命した。

芹沢と同衾《どうきん》していたお梅は沖田が刺し殺した。衝立の影で寝ていた平山は山南と原田が仕留めたが、共にいるはずの芸妓吉栄は運良く厠《かわや》へ立っており、そのまま邸から逃げ出していた。平間と糸里はさらに奥にある部屋で寝ていたため、騒ぎで目が覚め行方をくらました。

四人は刀を鞘に納めると前川邸へ戻った。

歳三はまだハアハアと息を切らせている。髪を振り乱し、顔や着物には返り血がべっとりと付いていた。

「首尾はどうだ」

近藤が聞いた。

「芹沢は仕留めたが、平間と女二人を逃した」

山南が落ち着いた口調で答えた。

歳三はまだ息を切らせている。

「そうか、だが平間は二度と戻っては来るまい」

「騒ぎを聞きつけた邸の者に顔を見られました」

沖田が言った。

「それは、他言せぬよう俺から言っておこう」

近藤はそう言うと、歳三の肩を叩いた。

「歳、これでおまえも免許皆伝だな」

「近藤さん」

「赤飯でも炊くか」

「俺は生娘ですか」

みんなの顔に笑顔が戻った。

「みんな御苦労であった。風呂に入ってゆっくり休んでくれ」

後日、芹沢と平山は、尊攘派の不逞浪士に襲われたことにされて葬られた。

第十三章　池田屋事件

　翌元治元年（一八六四）四月のこと、近藤には一つの迷いがあった。それは、彼自身が攘夷思想の持ち主だということである。攘夷派の不逞浪士を次々に取り締まり、幕府からもそれなりに認められてきてはいたが、夷狄を打ち払い国を守らんとする気持ちは攘夷派の志士と同じなのである。攘夷思想を持ちながら攘夷派浪士を取り締まらねばならぬという葛藤に近藤は悩んでいた。

「なあ歳、おまえはどう思う」

　夜、酒を酌み交わしながら、歳三に疑念をぶつけてみた。

「近藤さんの気持ちは分かりますが、今はお役目をまっとうするより他はないと思います」

「俺も頭では分かっちゃいるんだが、どうもな」

　江戸試衛館にいた頃は甘いものばかり食べていた近藤も、最近は酒を口にすることが多くなった。

「話は変わりますが、市中見回りの隊士からの報告で、最近町で長州藩士らしき者を見たとの知らせを受けています」

「京を追放になった長州が、密かに戻っているというのか」

「まだ確かな情報ではないのですが、原田も桂さんを見たと言っていました」

桂とは長州藩士桂小五郎のことである。

近藤がまだ江戸で試衛館道場を開いていた頃、桂ははるばる長州から試衛館の近くにある練兵館《れんぺいかん》道場（神道無念流の斎藤弥九郎が創設）へ修行にきていたのだ。桂が剣の達者であったことから試衛館道場に来た道場破り対策として、何度か助っ人にきてもらったことがあった。

「あの桂くんとは今じゃ敵同士になっちまったな。試衛館の頃が懐かしいよ」

その気持ちは歳三も同じである。しかし、今は回顧の想いに浸っている場合ではないのだ。

「明日より市中見回りを強化しようと思います」

「分かった、そうしてくれ」

近藤の気が晴れないまま、数日が流れた。


四月二十二日のこと。新選組諸士《しょし》調《しらべ》役兼監察《やくけんかんさつ》の山崎烝《すすむ》が近藤と土方の許《もと》に報告に上がった。諸士調役兼監察とは情報収集や探索、並びに隊内部にも目を光らせる役目である。

「昨日起きました火事の際に不審なる者を捕縛し拷問に掛けましたるところ、京に潜伏している長州藩士の数はざっと二百五十名にも上ることが分かりました」

「長州藩士だけで二百五十か、他藩の脱藩浪士なども合わせると大変な数だな」

近藤が、腕を組みながら眉間にしわを寄せた。

「今の新選組の数では、対応できません」

歳三が冷静に示唆した。

「そうだな、それで潜伏先は吐いたか」

「それが、強情な奴でそこまでは」

「分かった、引き続き締め上げてくれ、探索のほうも頼む」

「承知しました」

報告を終え山崎は引き返した。

「歳、すまんが廻状を作って町中に回してくれ。怪しい者を発見したらすぐに新選組に知らせるようにとな、俺は会津藩に今の話を相談してくる」

近藤はそう言って黒谷の会津藩本陣へ向かった。

京都には地方からやってくる参拝者が多く、それらに混じって浪士たちが入り込んでくるのである。参拝者に化けた不逞浪士をすべて見つけ出すことなど、五十名足らずの新選組には無理な話であり、ぜひとも会津藩の力を借りなければならなかった。近藤は、その時がきたら会津藩も応援を出してくれるように頼みにいったのである。

その後、山崎らが探索を続けた結果、尊攘派の大物宮部鼎蔵《みやべていぞう》の下僕を捕まえることに成功し、宮部の潜伏先が薪炭商を営む桝屋《ますや》であることを白状させた。

知らせを受けた歳三は、武田観柳斎《かんりゅうさい》以下七名を桝屋に向かわせ、主人の桝屋喜右衛門をしょっ引くと同時に、屋敷の中にあった書状等をすべて押収した。さらに屋敷の中をくまなく捜索したところ、驚いたことに大量の火薬と鉄砲二十三挺、具足十組が発見された。

前川邸に連行された喜右衛門は、土蔵の中に吊るされ、竹刀でさんざん打ち据えられた。しかしなかなか強情な人物で仲間のことは一切口に出さなかった。

「どうだ吐いたか」

歳三が入ってきた。

「こいつは本名を古高俊太郎といって同志たちに便宜を図っていたことは吐いたが、それ以上のことはしぶとくてしゃべらねえ」

ハアハアと息を切らせながら原田が答えた。

「降ろせ」

歳三の指示で古高は土間に降ろされた。

歳三は古高の目の前に押収した書状を突き出すと、

「おい、ここに書かれている『烈風を期とすべし』とは、どういう意味だ」

と問い質した。

古高はそっぽを向いたまま黙秘を続けた。

黙して語らぬ古高を歳三は蹴り上げた。

「おまえら、京に火を放つつもりじゃねえのか」

書状を分析した結果、容易ならざる企てがおぼろげながら見えてきていたのだ。

「えっ」

と周りにいた隊士たちにどよめきが起きた。

「生ぬるいな、足に釘を打て」

歳三の命令で藤堂が五寸釘を持ってくると、さすがに古高の顔が蒼ざめた。

藤堂が古高の両足を重ねて甲の上に五寸釘を当てると、原田が木槌を打ち降ろした。

「ぎゃあ」

古高が悲鳴を上げて悶絶した。

「逆さに吊るせ」

古高は天井から逆さに吊るされると、足を貫いた釘に蠟燭が差し込まれ火が灯された。その上でさらに原田の竹刀による打ち据えが再開された。

「ぐわあ、白状する、勘弁してくれ」

さすがの古高も、堪りかねて白状する気になった。

自供によると、計画は六月七日の祇園祭りの夜に、京の町に風上から火を放ち、混乱に乗じて中《なか》川宮《がわのみや》と京都守護職松平容保を急襲し、さらに孝明天皇を拉致して長州へ連れていくという過激な計画であった。

歳三は至急、近藤に報告した。

「七日と言えば、あさってじゃねえか」

計画の全容を聞いてさすがの近藤も驚きを隠せなかった。

「当初の計画では七日ですが、古高が捕まった以上、今日にでも決行するやもしれません」

「一刻の猶予もないということだな。よし会津にこのことを知らせ、応援を頼んでくる。新選組は出陣の準備に取り掛かってくれ」

近藤は馬を飛ばして黒谷へ走った。

知らせを受けた容保は桑名、彦根、備中中山藩、並びに京都町奉行所へも出動するよう手配をしてくれた。近藤は会津藩と詳細な打ち合わせを行い、夕刻になって屯所へ戻ってきた。屯所には隊士全員が揃っていた。近藤が全員を前に段取りを説明した。

「会津藩と新選組は今夜五つ（午後八時）に祇園石段下にある町会所に集合し、新選組は四条より北へ上り、会津藩は二条より南へ下り探索することとなった。これより少人数に分かれて目立たぬ格好で祇園の町会所へ向かってくれ」

新選組は計画を悟られぬよう、普段着のまま二、三人ずつに分かれて町会所へ向かった。具足などは俵などに入れて隠し、荷車で運搬した。

最後に近藤と歳三が町会所へ着いたのは暮れ六つ（夕方六時）であった。

町会所の隊士は、すでに戦闘準備を整えていた。

幹部隊士のほとんどは額に鉢金を巻き、鎖帷子を着込み、その上に新選組隊服であるだんだら羽織を羽織っていた。平隊士は自前の着物の上に剣術の稽古で使う竹胴を巻いていた。だんだら羽織は平隊士の間では人気がなく、この頃は誰も着なくなっていたのだ。

「歳、人数が少なくないか」

歳三が数えると町会所へ集まった者は三十四名であった。平隊士の中には実戦経験のない者が多く、初めての斬り合いに怖気づき脱走した者が続出したのだ。

「逃げた奴は今更どうしようもないが、後で見つけたら腹を切らせる」

歳三が厳しい目で全員を睨んだ。

さらに半時（一時間）が経過した。日は間もなく暮れようとしていた。

「風が出てきましたな」

町会所の前にある八坂神社で願を掛けてきた井上源三郎が言った。

旧暦六月五日は新暦でいうと七月八日である。蒸し暑さを伴った風が勢いを強めていた。

「まだ刻限には早いが、会津を待っていると先に火を点けられる恐れがあります」

歳三が出動を促した。

だが、近藤は躊躇《ためら》った。

「この人数で探索ができると思うか」

敵の潜伏先が特定されていれば、そこへ総員を投入することができるが、潜伏先が分からない以上、隊を分割して広い範囲を探索しなければならない。この場合、たとえ潜伏先を発見できたとしても、少人数で多勢を相手に斬り合うことになる恐れがあるのだ。

「しかし、この風では急いだほうがいい。火が放たれてからでは手遅れになる」

まるで近藤を急かすように、八坂神社の木々がざわざわと音を立てていた。

（この風で火を点けられては、京の町はひとたまりもないな）

近藤は決断した。

「よし、俺たちで行く。皆、覚悟はいいな」

「オゥー」

全員、真剣な眼差しを近藤に向け、出陣の声を上げた。

出動するにあたり近藤は隊を近藤隊と土方隊の二つに分けた。

近藤隊は、沖田、永倉、藤堂など十名で構成され、鴨川の西岸にある木屋町通りを北上し三条通りに出る経路で探索する。

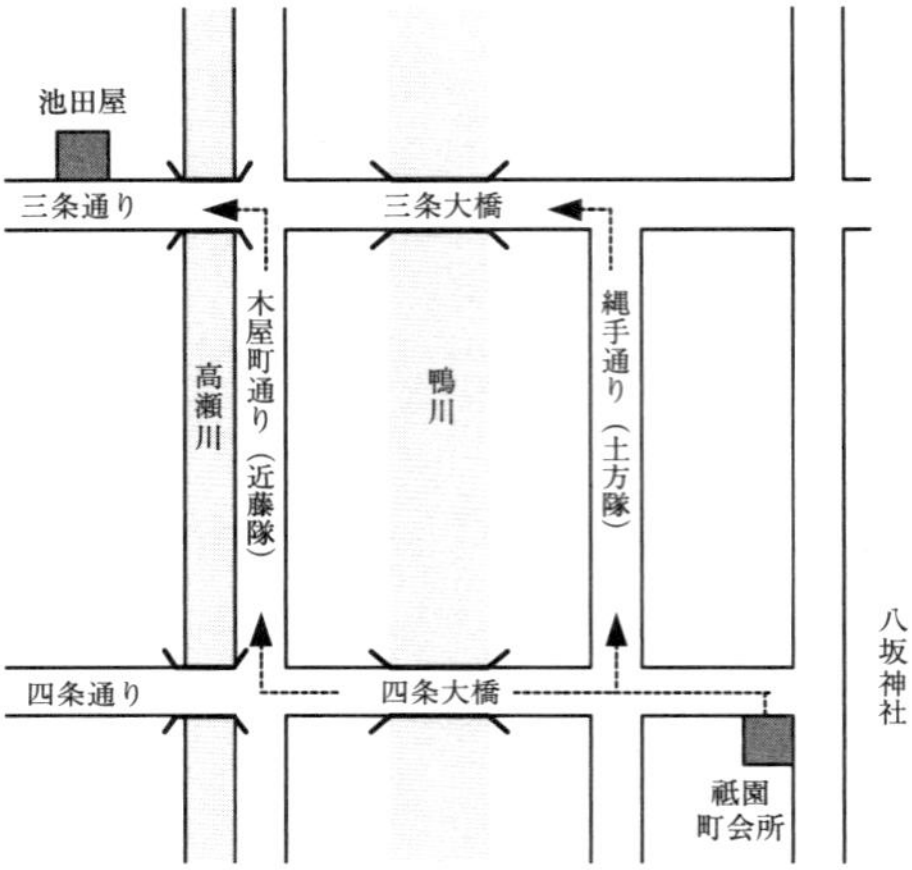

池田屋周辺の略図

土方隊は井上、原田、斎藤など二十四名で構成され、鴨川の東岸にある縄手通りを北上し、同じく三条通りに出る経路である。土方隊が探索する縄手通りには尊攘派が潜伏していそうな宿や店が多く、臨機応変に対応できるようにとの配慮から、人数を増やしてあるのだ。

「新選組の御用改めである」

彼らはそう叫んで尊攘派が潜伏していそうな店や旅籠などを一軒一軒念入りに調べた。

土方隊はさらに隊を二分した。井上源三郎率いる隊を派生させ広い範囲をくまなく捜し回った。

近藤隊は不審者を一人も見つけられないまま、

三条通りまで出た。

「このまま左に折れて、三条通りを探索する」

さらに探索を続行した。

近藤が三条通りの探索を開始した直後のこと、二軒先にある旅籠「池田屋」の二階の窓が開け放たれ、そこから長州藩士らしき者が涼んでいるのを藤堂が発見した。

「局長、あれを」

「池田屋に数名いるようだな」

近藤の指示で全員が物陰に隠れた。

「土方さんたちを待ちますか」

「いや、あっちも忙しいだろうから我々だけでやろう。俺と、沖田、永倉、藤堂は正面から乗り込む、谷、浅野、武田は表を、奥沢、安藤、新田は裏に回れ。手に余るようなら斬って捨てろ」

「はい」

近藤は態勢が整ったことを確認すると自ら先頭を切って乗り込んだ。

「新選組の御用改めである」

それに驚いた主《あるじ》の池田屋惣兵衛が二階に向かって叫んだ。

「新選組や、新選組の手入れやで」

近藤は惣兵衛の襟首を摑んで放り投げると、抜刀して二階へ駆け上がった。

左の部屋の襖を開けると、予想を超えて二十数名もの志士がいた。

(こりゃ、大変だな)

だが、近藤の胆力はこのくらいでは怯《ひる》まない。

「新選組局長近藤勇だ。おとなしく縛《ばく》に就け」

志士たちは近藤の乱入に狼狽するが、刀を手にして一斉に抜刀した。

「手向かい致せば容赦なく斬る」

一人の志士が左から斬り掛かった。

近藤はその剣を払いのけると返す刀で袈裟に斬った。

「ぐわっ」

あたり一面に鮮血が飛び散り、その光景を目の当りにした志士たちはたちまちパニックに陥った。志士といっても普段は国事ばかりを議論していて実戦経験がない者がほとんどである。たちまち蜂の巣をつついたような騒ぎになった。

隣の部屋では数人の志士と沖田が斬り合いになっていた。敵は死にもの狂いで斬り掛かってくる。道場の稽古とはまるで勝手が違っていた。数人の相手がめちゃくちゃに振り回す刃を必死でかわし、やっとの思いで一人に傷を負わせた。だがその時、突然沖田の体が変調をきたした。沖田は激しく咳き込み喀血したのだ。

それを見て近藤が駆け寄った。

「総司、しっかりしろ」

近藤は沖田を背にして剣を構えた。

吐血した血でだんだら羽織の前が真っ赤に染まっている。

「総司、歳が来るまでの辛抱だ。気をしっかり持て」

その隙に数名が二階から中庭へ飛び降りた。

そこには藤堂がいた。

藤堂は数名を相手に刀がボロボロになるほど打ち合ったが、剣をかわし損ねて額を割られてしまい、顔面が血だらけになった。致命傷には至らなかったが意識が朦朧とし、目に血が入って大苦戦を強いられた。

一階の階段脇にいた永倉がそれを目撃し、救援に向かった。

志士たちは藤堂を捨てて永倉に斬り掛かった。

そのうちの一人が隙を見て、表口から逃げようとしたが、そこに待ち構えていた谷万太郎が槍で仕留めた。

一方二階では近藤が沖田をかばい苦戦を続けていた。

近藤一人ではすべての志士を相手にできず、多くの志士が二階奥にある階段を下りて裏口から飛び出していった。

裏を固めていた奥沢栄助、安藤早太郎、新田革左衛門は突然それらに襲われて、奥沢は即死、残り二人は深手を負い（後日死亡）、裏口から多くの志士を逃がす結果となった。

その時、騒ぎを聞きつけた土方隊、井上隊が到着した。

通りを走ってきた彼らは、躊躇せずにそのまま池田屋に突入した。

「近藤さーん」

歳三が二階へ駆け上がり一人を斬った。

会津藩の刀工第十一代和泉守兼定《いずみのかみかねさだ》が鍛えし二尺八寸の刀は、抜群の切れ味を見せた。芹沢粛清に用いた刀は使い物にならなくなったため、会津藩を通して新調したものだ。

形勢は圧倒的に新選組有利となった。

武田観柳斎が二階に駆け上がると、天井が破れて一人の志士が落ちてきた。武田はしめたとばかり、すかさず斬り斃した。

島田魁は槍で戦いに臨んでいた。敵に柄を切られてしまうが、すかさず刀に持ち替え斬り伏せた。

この戦いで肥後藩士宮部鼎蔵など五名の志士が死亡した。

騒ぎが一段落したころ、会津など諸藩の兵が駆けつけた。

「逃げた者が十数名おります」

会津藩に近藤がそう報告すると、逃亡者の探索が始まった。

各地で捕り物が展開され、長州藩吉田稔麿が斬殺されるなどこの夜だけで九人が死亡（後日死亡した者を含めると十一人）、二十三人が捕縛された。

ちなみに長州藩桂小五郎は、

「その時、たまたま対馬藩の邸に赴いていたため戦闘に参加できなかった」

というようなことを言っているが、実際は屋根伝いに逃走して助かったものらしい。

この一件により、新選組の名は世に広まることとなった。京の町を救った彼らの活躍は郷里へも伝えられ近藤は鼻高々であった。だがこの一件で得られた名声は攘夷派の不逞浪士を取り締まる専門家としての名声である。

　攘夷思想の持ち主でありながら、攘夷派浪士を取り締まらねばならぬという近藤の悩みは益々大きくなるのであった。

第十四章　禁門の変

八月十八日の政変により京を追放された長州藩は、天皇の許しを乞うため嘆願・陳情を繰り返していた。だがそこへ池田屋事件の報が届き、藩内は大変な騒ぎとなった。

「この上は、武力をもって入京するより他にない」

長州藩は一路京へ向けて進軍した。

総勢二千の兵は京を三方から囲むように布陣した。来島又兵衛《きじままたべえ》率いる主力部隊千二百は嵯峨天龍寺（御所の西方約十キロメートルの位置）に、久坂玄瑞《くさかげんずい》、真木和泉《いずみ》らの兵三百は天王山（御所の南西約十六キロメートル）に、福原越後《ふくはらえちご》の兵五百は伏見（御所の南方約十キロメートル）に陣を張った。

長州藩は布陣を完了した後も陳情を続けた。

「我々は天皇に反旗を翻す者では御座いません。これまでのことはすべて国を思ってのことなのです。我らの望みは入京を許してもらうこと、諸国一致で攘夷を行うことであります」

これに対して御所守衛総督である一橋慶喜《ひとつばしよしのぶ》は、

「国元へ帰れ」

と突っぱねるばかりであった。

実はこの時、統率力のない一橋慶喜は諸藩を纏めきれずにいたために、できるだけ戦は避けたい状況にあったのだ。

陳情を繰り返す長州藩であったが、この最中《さなか》、国元より火急の知らせが飛び込んできた。昨年、関門海峡で長州から発砲を受けた諸外国が、連合艦隊を組織して迫ってきているとの知らせであった。このままでは長州一国が孤立して外国と戦うことになる。事態は益々急を要する展開となった。

さらに悪いことに、薩摩の西郷隆盛が国元より呼び寄せた兵四百五十が京に到着した。西郷はこれで薩摩が幕府軍の主導権を握れると確信し、長州征伐を強く主張した。すると薩摩に追従して諸藩も長州征伐に乗り出してきた。

一橋慶喜は薩摩に助けられた形となって立つ瀬がなかったが、とりあえず長州と一戦を交える態勢が整い、戦に突入した。

七月十九日、新選組は竹田街道九条河原の銭取橋《ぜにとり》の袂《たもと》(御所の南方約六キロメートルの位置)に、会津藩兵二百と共に布陣した。

赤い布地の四辺を白い山形で囲み、その中心に「誠」の文字を染め抜いた隊旗を掲げていた。

「みんな、よく聞けー」

近藤が新選組全員を前にして大きな声で呼び掛けた。

「いいか、これは池田屋のような町中での斬り合いとは訳が違う。正しく戦そのものだ。各自軍中法度を肝に命じ、勝手な行動は慎むように」

軍中法度とは、新選組が新たに作った戦場での心得である。

このような大きな戦では、一人の勝手な行動が隊を全滅させてしまう恐れがある。ひいては戦全体の勝敗に及ぶこともあり得るのだ。戦場では勝手な行動は絶対に慎まなければならない。

軍中法度の内容は次の通りである。

一、持ち場を守り、式法を乱さず、進退は組頭の下知に従うこと。
一、敵味方の強弱批判は一切禁止する。
一、戦場において美食は一切禁止する。
一、昼夜に限らず急変があっても騒いではならない。静かに命令を待つこと。
一、私恨ありとも戦中において、喧嘩や口論をしてはならない。
一、出勢前に兵糧を食し、鎧一式及び槍・太刀の目釘の点検をすること。
一、組頭が討死したる時は、その組の者はその場にて戦死すること。もし臆病によりその場から逃げたる者は斬罪微罪申し渡す。
一、戦場において、組頭以外の死体は運び出さず、終始その場を逃げずに忠義を果たすこと。
一、合戦勝利後に騒ぎ出してはならぬ。下知あるときはそれに従うこと。

かなり過激な条文が含まれている。組頭が戦死したら、組の者は全員その場で戦死しろというのはあまりにも理不尽であり、不満に思う隊士も少なくなかった。

深夜になり、南の方角より砲声が鳴り響いた。いよいよ、戦闘が始まったらしい。しばらくすると、大垣藩の急使がやってきた。

「長州藩福原越後の隊と伏見藤森《ふじのもり》付近において交戦中」

藤森はここより南へ一里弱（約三キロメートル）のところである。

知らせを受けて会津藩兵二百と新選組は至急藤森に急行したが、残念ながら新選組の出番とはならなかった。駆け付けた時には長州の福原越後の隊はすでに敗走した後だった。

近藤は大垣藩に追い討ちを掛けようと持ちかけたが、何分暗闇の中ゆえ深追いは禁物であると反対され、次の指令を待つことになった。

しばらくして東の空が白みを帯びてきた。

「歳、腹が減ったな」

将几に腰を掛けた近藤が腹を擦りながら言った。

「そろそろ飯にしますか。出勢前に腹拵えをしろと、軍中法度にもあることですし」

「わははは、そうじゃ、まことに良い法度であるな」

早速平隊士に命じ、用意していた握り飯を配らせた。

近藤が握り飯を二つ三つと腹に詰め込んでいると、北の方角から、微かな砲声が風に乗って聞こえてきた。

「今のは大砲の音じゃないか」

近藤がそう言うと傍にいた永倉と原田が握り飯を片手に持ち、器用に民家の屋根に駆け上った。

「御所の方から煙が上がっているぞ」

永倉が指を差して叫んだ。

「なに御所だと、全員整列しろ」

近藤は握り飯を口へ押し込むと、隊列を整えた。

すぐに会津藩より伝令が来た。

「これより急ぎ御所へ向かう」

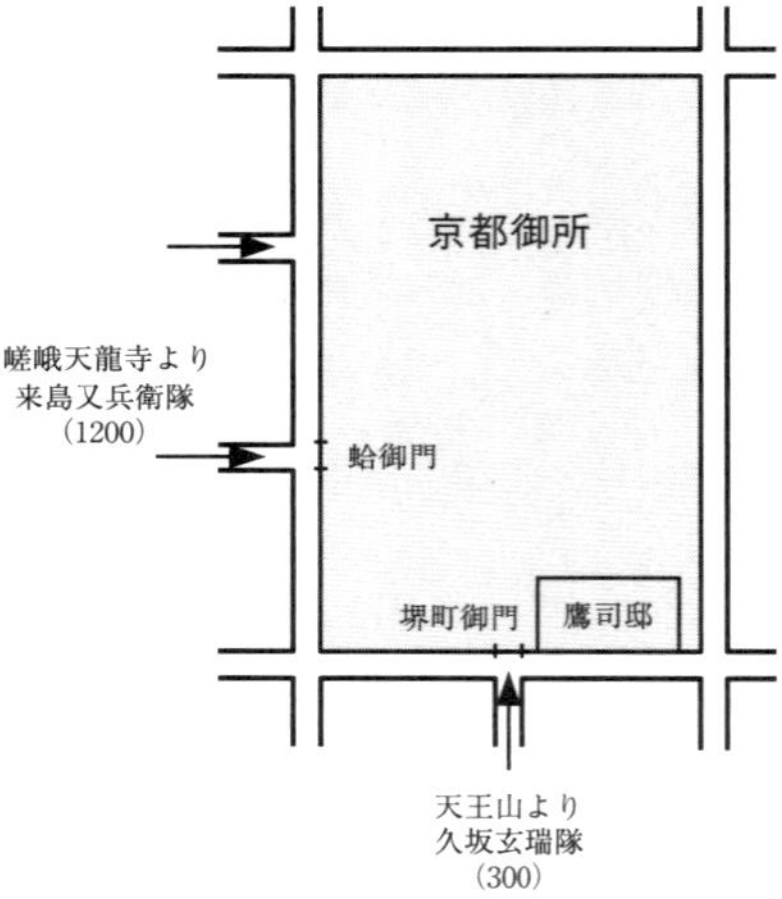

禁門の変

新選組は会津の後ろに付いて御所へと急行した。

先ほどの砲声は、やはり長州藩が御所に向かって発砲したものだった。これで長州藩は完全に逆賊となってしまった。この時の砲撃により、御所にいた睦仁《むつひと》親王（後の明治天皇、当時十三歳）は、砲弾が炸裂した衝撃により気を失われたと伝わる。

御所の西側、烏丸《からすま》通りに面した蛤御門前では嵯峨天龍寺から進軍した長州の豪傑来島又兵衛の隊と会津藩が激戦を繰り広げていた。

来島隊の銃撃は凄まじく、会津藩は苦戦を強いられ、蛤御門は突破されそうな勢いであった。そのため一時は天皇を御所から連れ出して避難させてはどうかとの動きもあった。

ところがそこへ、西郷率いる薩摩軍が現れ、来島隊の側面に大砲を撃ち掛けた。さらに藤森からきた会津藩と新選組が斬り込みを掛けたため、形勢は一気に逆転し、来島隊は総崩れとなった。

また久坂玄瑞は、かつて懇意にしていた関白鷹司政通の屋敷に押し入り、長州側の言い分を帝《みかど》に建言してくれるようにと懇願したが、結局聞き入れてもらえず、幕府軍が放った炎の中で自刃した。

その火は燃え広がり二万八千戸を焼き尽くし「虫よりも泣く人多し京の秋」と詠《うた》われるほどの大火となった。

その後、新選組は会津藩とともに天王山で残党狩りを続けた。

大敗を喫した長州藩は涙を呑んで国許に引き上げて行った。

第十五章　攘夷か開国か

長州の災厄はさらに続く。前年、下関で長州藩から砲撃を受けたアメリカ、フランス、オランダが、イギリスを加えた十七隻の連合艦隊を編成して報復攻撃を始めたのだ。これにより長州は甚大な被害を被ったばかりではなく、外国と戦っても到底勝つことはできないという現実を嫌というほど思い知らされ、攘夷論を捨て去るに至った。

攘夷が不可能であることを思い知らされていた藩がもう一つあった。薩摩藩である。生麦事件（薩摩藩による英国商人斬殺事件）が原因で薩英戦争を経験しているのだ。こちらは長州と違い互角の戦いを繰り広げたが、やはり西洋軍事力の強さを思い知らされることとなった。後に日本をリードする両藩は、ほぼ同じ頃に開国論へ転換していったのである。

「兵は東国に限り候《そうろう》」との持論を持つ近藤は、九月、武家伝奏坊城俊克《ぼうじょうとしかつ》の身辺警護として江戸へ下った折、来る長州征伐に備えて新選組隊士の募集を行った。この時、藤堂平助の強い薦めにより、伊東大蔵《おおくら》という人物と会見することとなり、深川佐賀町にある北辰一刀流『伊東道場』を訪ねることになった。

道場主の伊東を師と仰ぐ藤堂は、この日のために江戸へ先乗りして、伊東にぜひ新選組へ入隊するようにと説得に当たっていたのだ。

道場に出向いた近藤は、藤堂の案内で奥の座敷に通された。

伊東はこの時三十歳。歳三と同じ年である。つまり近藤より一つ年下となる。

常陸国《ひたちのくに》志筑《しづき》藩の脱藩者で水戸学、国学、歌道に通じ、色白で細面。一見すると学者のような風体《ふうてい》であるが、江戸に出る前は神道無念流を遣い、水戸弘道館で師範を務めた経歴を持つ。

「初めてお目にかかります。新選組局長近藤勇です」

「伊東と申します。新選組の武勇伝は、江戸でもよく耳に致しております」

近藤は照れ隠しに鼻の頭を掻いた。

「本日伺ったのは、ここにいる藤堂が、敬愛する伊東殿をぜひ新選組に推挙したいと申すもので、参上致した次第です」

「詳しい話は藤堂から聞いております。私も国の行く末を案じる者として、なにかお役に立てることはないかと考えておりました」

伊東は半年前に起きた水戸天狗党の挙兵（尊皇攘夷運動）に参加したかったのだが、恩師から道場を受け継いだばかりであったことなどの諸々の事情により叶わず、それを心残りに感じていたのだった。そこへ新選組の話が舞い込んできたのである。

「では、入隊下さるか」

「一つ、近藤殿に確認しておきたいことが御座います」

「それは」

「新選組は不逞浪士を捕らえるばかりがお役目なのでしょうか」

「今は都の治安を守るために不逞浪士の取締りをしておりますが、新選組の理念はあくまでも攘夷です。かつて、私も伊東殿と同じように江戸で道場を開いておりましたが、その道場をたたんで上洛したのは、いつの日か攘夷の魁となって夷狄を討ち払わんがためなのです」

伊東はかつて近藤が自分と同じ立場にあり、道場を捨ててまで攘夷を果たそうとしていると知って気持ちが固まった。

「分かりました。近藤先生のお世話になります」

伊東は微笑を浮かべると、近藤に深々と頭を下げた。

「こちらこそ、よろしくお願いします」

近藤も、伊東の誠実な人柄が気に入り頭を下げた。

伊東は名を甲子太郎と改め、実弟・三木三郎、師範代の内海次郎と中西昇、友人の加納鷲雄《わしお》、篠原泰之進、佐野七五三之助《しめのすけ》、服部武雄らと共に新選組に入隊することとなった。

伊東の道場を後にした近藤は、かねてよりその面《つら》を一度拝んでおきたいと思っていた人物宅へと足を運んだ。下谷《したや》和泉橋通りにある幕府医学所の頭取《とうどり》松本良順《りょうじゅん》である。良順の父は佐藤泰然《たいぜん》といって順天堂病院（後の順天堂大学医学部）を創立した西洋外科の大家である。良順は幕医松本良《りょう》甫《ほ》の養子となり松本姓を名乗るようになったもので、年は近藤より二つ年上であった。

「頼もう」

玄関口で叫ぶと、間もなく医服の男が出てきた。

「失礼ですが、どちら様でいらっしゃいますか」

「貴殿が松本良順殿か」

「いえ、私は良順先生の助手で御座います」

「新選組の近藤勇という者だ。松本先生は御在宅か」

新選組の近藤と聞いて助手の顔は蒼ざめた。

「は、はい。ただ今呼んでまいります」

助手は先生と叫びながら、良順の許へ転げるように走って行った。

邸の奥では良順と数人の門下生が雑談に花を咲かせていたが、新選組の近藤が来たとの知らせに一同騒然となった。

「先生が斬られる」

そう言う者もいたが、良順は、

「幕府に仕える新選組が、幕府の医者を斬るわけがなかろう」

と一同を鎮め、応接に向かった。

「私が松本良順ですが、どのような御用件でしょう」

松本は大柄な体格に丸顔で、髪は薄いが顎に偉そうな鬚を生やしている。貫禄では近藤に引けを取らない。

「新選組局長近藤勇という者です。お初にお目にかかります」

良順は近藤と聞いて無頼の豪傑を想像していたが、想像を裏切られたことに内心ほくそ笑んでいた。

「ここではなんですから、どうぞお上がり下さい」

近藤は奥の座敷に通された。

傍らに差料を置き、良順と差し向かいに座った。

「本日は、松本殿に一つ伺いたい義が御座り、参上仕りました」

「ほう、それはいったいどのようなことで御座いますかな」

「松本殿は西洋人と親しくされていると聞き及んでおりますが、これから攘夷が行われようとしている時勢に、どのようなお心得でいるのか、その存念を伺いに参りました」

近藤は顔に微笑《えみ》を浮かべているが、返答次第では首が飛ぶぞという殺気をはらんでいた。良順もそれはしっかり感じ取っていた。

「近藤殿は、西洋人がそんなにお嫌いですか」

「このままでは日本は、清国の二の舞になります」

「確かに、今のままではそうかもしれません。だが、外国と戦をして、果たして勝てますかな」

「我らが負けるとでも……」

近藤の顔から微笑が消えた。

今にも近藤の剣が良順の首を刎ね飛ばしそうな雰囲気だった。

だが良順は一歩も引かなかった。

「これでも、ですかな」

そう言うと、懐から短銃を取り出し、胸の前にちょこんと構えた。

「近藤殿は、剣の腕前には相当自信がおありのようだが、果たしてこれに勝てますかな」

近藤は鋭い目つきで良順を睨んだ。姿勢を微かに前へ傾け、脇に置いた剣を抜くタイミングをじっと窺った。

張り詰めた空気の中で、近藤の指がピクリと動いた瞬間、良順が引き金を引いた。

カチリ、撃鉄が降りただけで、弾は発射されなかった。

「御安心なされ、実弾は入ってはおりませぬ」

近藤はニヤッと笑い、

「先生も冗談が好きですな」

二人に笑顔が戻った。

「近藤殿、西洋と日本を比べると、正に鉄砲と刀です。今の日本では西洋には勝てません」

近藤は返す言葉がなかった。確かに、あの状況では良順を斬ることは叶わなかったであろう。たとえ被弾した後に、気力で一太刀浴びせたとしても、相打ちでは本末転倒なのである。国が滅んでしまっては元も子もない。

「日本は早急に西洋の文明を取り入れ、国力をつけねばなりません。もはや気力や体力だけでは、どうにもならない時代になっているのです」

松本はさらに西洋文明がどれだけ発達しているのかを、近藤に話して聞かせた。淡々と語る松本の言葉には説得力があった。

「日本人は井の中の蛙です。もっと世界を知らなければなりません」

絶対に負けないという強い精神力があれば、夷狄を打ち破ることは可能であると盲信していた近藤は、頭を殴られたような衝撃を感じていた。

近藤はしばらくの間、うつむいてじっと考えていたが、やがて、

「先生のおっしゃる通りかもしれません」

と、すこし寂しげな表情を浮かべて呟いた。

「私は正直に言って、新選組のしていることが正しいことなのか分からなくなってきました。先生、これからもいろいろと御指導ください」

長州と薩摩が開国に目覚めた頃、近藤もまた新しい考えに目覚めようとしていた。

第十六章　山南敬助の脱走

前川邸の一室で、江戸から戻った近藤が、歳三と沖田に松本良順の話を聞かせていた。

「俺は今まで攘夷が正しいと信じて疑いもしなかったが、松本先生の話を聞いて日本は直ぐにでも開国しなければならないように思えてきたよ」

近藤は、松本良順から発達した西洋文明の話を嫌というほど聞かされていた。近藤の話はさらに続く。

「松本先生から世界地図を見せてもらったよ。それを見ると日本はちっぽけな島国なんだ。世界には日本の何倍もある国がたくさんある。また、西洋では一度にたくさんの人や物を載せて走る鉄の乗り物があったり、テレグラフといって遠くに離れた人と話ができる箱があるそうだ」

近藤は日本が立ち遅れた小国であることを思い知らされていた。

「長州や薩摩が、開国に転じたことを考え合わせても、それが正しい考え方なのかもしれませんね」

話を聞いていた歳三も、次第に感化され始めていた。

「だろう、松本先生に拳銃を突きつけられて実感したよ」

「そうなると剣は捨て去られ、鉄砲や大砲の時代が来るということですか」

「認めたくはないが、近いうちにそうなるだろうな」

近藤は複雑な表情を浮かべた。

歳三が沖田に言う。

「総司、松本先生の話は山南さんには言うなよ、あの人は筋金入りの攘夷論者だからな」

「はい、普段は静かでおとなしい人ですけど、そういうことに関しては頑固ですからね」

「山南さんの具合は、少しは良くなったか」

「最近は、かなり回復してきているようです」

歳三と同じく新選組の副長を務める山南敬助は、奥州仙台の生まれで、年は近藤よりも一つ上である。どういう経緯があったか知らないが仙台藩を脱藩して江戸へ遊学、大久保九郎兵衛の許で小野派一刀流を学んだ後、近藤との立ち合いに敗れ、以後試衛館に居候するようになった。山南は一年前に大坂の呉服商・岩城桝屋に乱入した浪士と斬り合った際に深手を負い、多量に出血したことが元で各臓器に支障をきたし、ひどく衰弱した状態が続いていたのだ。色白で丸顔、性格は穏やかで人当たりが良く、沖田などは兄のように慕っているが、己の主義主張は絶対に曲げない一徹な面も備えていた。

「話は変わるが、また長州が動き出したようだ」

近藤の顔が厳しい表情に変わっていた。

幕府は一度、長州征伐に乗り出したが（第一次長州征伐）、それでは外国に付け入る隙を与えてしまうため、藩主毛利敬親《たかちか》父子の謹慎、三家老の切腹、山口城の取り壊しなどの降伏条件を飲ませて許したのであった。しかしそれからたった一カ月足らずで、長州藩の主戦派高杉晋作が奇兵隊などを使って保守派を制圧。藩政の実権を握って倒幕に乗り出してきたのだ。

「幕府は甘すぎるんです。こないだの長州征伐で完膚なきまでに叩き潰すべきだったんだ」

沖田が畳を殴りつけながら言った。

「次の長州征伐に備えてもっと隊士の数を増やす必要があります」

歳三が提言した。この時点で隊士数は約七十名である。大きな戦となるとせめてこの倍は欲しかった。

「それだと、ここは手狭になるな。もっと広い屯所が欲しい」

「それならいいところがあります」

「ほう、どこだ」

「西本願寺です」

「西本願寺か。あれくらい広ければ申し分ないな」

「しかも、あそこは長州に加担する動きを見せていたことがあり監視する意味でも一石二鳥です」

「なるほど、それは名案だ」

「ただ山南さんは反対するかもしれません。僧侶から寺をぶん捕るとはなにごとかと、そう言うに決まっていますす。あの人はそういう正義感は人一倍強いですから」

「山南さんか。困ったもんだな」

近藤と歳三には、山南の真っ直ぐ過ぎるところが少し疎《うと》ましくもあった。

翌日、幹部隊士に召集をかけ、屯所移転の件について会合を開いた。

そこには山南も列席していた。血の気が足りず青い顔をしているが、副長の責務を果たすべく床から起き上がってきたのだ。

近藤が話を終えると、案の定山南は反対した。

「僧侶を脅かして寺を乗っ取るとは、それが新選組のやることか」

山南は、かつての近藤がそうであったように、攘夷の魁とならんことを切望し京都に残留した志士である。それがいつまでたっても攘夷派浪士の取締りばかりしている新選組に、絶望を感じていたのだ。

「山南さん、新選組はこれから長州と戦をするのだ。屯所は長州とつながりがあるかもしれん西本願寺にするのが一番良かろう」

近藤が山南の意見を突っぱねた。

「侍として恥ずべきことだと思わんのか」

「山南さんは長州の味方をするのか」

山南にはそれ以上言葉を返すことができなかった。長い間、床に臥《ふ》し、なんの役にも立てていない自分が、これ以上逆らうことに気がとがめたのだ。

山南は頭《こうべ》を垂れたまま立ち上がると、部屋を後にした。

その山南に同情の目を向ける者がいた。入隊したばかりの伊東甲子太郎である。

会合が終ると、伊東は山南を見舞った。

「山南さん」

山南は床の上に胡坐《あぐら》をかいていた。

「ああ、伊東さんか」

「新参者の私ですが、山南さんの気持ちはよく分かります」

「ありがとう。あなたのような人が入隊してくれてうれしく思うよ」

そこへ沖田が現れた、やはり山南のことが心配なのだ。

「山南さん、気を落とさないで下さい」

「ありがとうよ総司。ところで集議はどうなった」

「西本願寺への移転が決まりました」

「そうか……。決まったか」

そう言いながら、首をうなだれた。

「なあ総司、お前はどうなんだ。今の新選組で満足か。新選組はまさしく幕府の犬でしかなくなったと思わんか」

「私は……」

「なんだ、はっきり言ってみろ」

「私はみんなに言い争いをして欲しくないんです。昔の、試衛館にいた頃のままでいて欲しいと」

沖田の目は涙で潤んでいた。

「そうか、そうだな」

山南は沖田の肩を叩いた。

「でもな総司、近藤は江戸から帰ってきて少し変わったと思わんか。江戸に行く前までは、あいつもいつまでも攘夷に踏み切れずにいることを悩んでいるようだったが、今ではどうだ、なんの躊躇《ためら》いもなく攘夷派浪士を取り締まっている。俺にはまるで開国を標榜しているかのように見えるくらいだ」

「それは……」

「お前、何か知っているな」

沖田の目は、動揺を隠し切れなかった。

「何があった。言ってくれ総司」

突き詰められた沖田は、山南と伊東に、松本良順の話を打ち明けてしまった。

「そういうことか」

それから一カ月後、一通の手紙を残し、山南は屯所から姿を消した。

その手紙を見つけたのは沖田であった。

沖田は近藤の許へ走り、手紙を見せた。

「先生、山南さんが」

近藤は書面を広げ、一読した。

「脱走か」

「私のせいです。松本先生の話をしたから」

「そうか松本先生の話をしたのか。総司、山南さんを連れ戻せ」

「連れ戻した後、山南さんはどうなるんですか」

局中法度によると、局を脱した者は切腹である。

「今ならまだ脱走を隠しておくことができるかもしれん」

「はい」

沖田は馬に跨ると、急ぎ山南の後を追った。一刻も早く連れ戻さなければ、山南は切腹である。沖田は中山道を東に向けて馬を走らせた。山南の体では、まだそれほど遠くまで行っているとは思えない。案の定、山南は一つ先の大津宿で見つけることができた。

「山南さん、お願いです戻って下さい」

沖田は馬から飛び降りると、山南の袖にすがり付いた。

「今すぐ戻れば、近藤さんは目をつぶるそうです。お願いです、戻って下さい」

沖田は、土下座して山南に懇願した。

（総司……）

山南も観念していた。体がいうことをきかず、これ以上の逃亡は無理だと感じていたからだ。それに沖田をこのまま帰しては、沖田がわざと逃がしたのではないかと疑われてしまう。

「総司、分かったよ、観念するよ」

山南はその場に倒れ込んだ。体力の限界であった。

沖田は人を呼び、山南を近くの旅籠に運んだ。

その日の晩は大津宿に一泊し、翌日山南を馬に乗せて屯所へ戻った。

屯所では、山南が脱走したのではないかとの噂が広がっていた。

近藤は気を利かせて、

「山南さん、お帰りなさい。御苦労さまでした」

と山南の脱走をごまかそうとしたが、

「いや、おれは脱走したのだ、潔く腹を切る」

と、山南は平隊士もいる皆の前で公言した。

局を脱した者は切腹である。公言した以上はもはや取り返しがつかない。ここで山南に情けを掛ければ平隊士に示しがつかなくなり、新選組の統率が乱れる。

「山南さん」

沖田が慌てて止めようとしたが、あとの祭りだった。

「総司、ありがとよ。だが侍としてのけじめはきちんとつけなければならん」

これは山南自身が新選組の厄介者になりたくないということと、近藤への最大の諫言であった。

「総司、介錯を頼む。俺の最後の頼みを聞いてくれるな」

沖田は涙を呑んで承知した。

歳三も山南の潔さに、本物の侍の姿を見ていた。

(すまない、山南さん、屯所移転の話などするんじゃなかった)
歳三は心で詫びていた。
死を賭して新選組に警鐘を鳴らした男は、ひとり気高く去って行った。

春風に吹さそわれて山桜　ちりてぞ人におしまる丶かな

(伊東甲子太郎詠)

第十七章　西本願寺

慶応元年（一八六五）三月十日、新選組は西本願寺本堂の北側にある北集会所へ強引に引っ越した。山南の死を賭した諫言があっても、長州征伐を前に隊士の大幅増員は急務であり、どうしても広い屯所が必要なのだ。

西本願寺への移転を完了すると、近藤は早速隊士募集に取りかかった。歳三は上京して以来、初めて江戸へ下り、五十二名の隊士を採用してきた。また京都周辺でも募集を行い、隊士総数は百三十余名に膨れ上がった。

この大増員に伴い、組織の再編成が行われた。

局長は近藤勇。副長は山南の死により歳三が単独で務めることになった。伊東甲子太郎には参謀という特別職が与えられた。

隊は一番から十番までの組に分けられ、各組長の下には二名の伍長と十名の隊士が配置される編成となった。

各組長は次のとおりである。

一番組長・沖田総司、二番組長・永倉新八、三番組長・斎藤一、四番組長・松原忠司、五番組長・武田観柳斎、六番組長・井上源三郎、七番組長・谷三十郎、八番組長・藤堂平助、九番組長・三木三郎、十番組長・原田左之助。

西本願寺に移って三カ月ほど経った閏五月二十二日、再度長州征伐を奏上するために将軍家茂が上洛した。この時、家茂に同行して幕医松本良順も京へやってきたのだが、それを知った近藤は、早速松本を西本願寺屯所へ招待した。

二条城から近藤が松本を連れてやってくると、玄関先で歳三が出迎えた。

「松本先生、お初にお目にかかります。土方歳三といいます」

「君が土方君か、噂通りの男前だな」

「恐縮です」

「それにしても、立派な屯所だねえ」

「以前は農家の邸を間借りしておりましたが、隊士の数が増えたため、三カ月ほど前にこっちへ移りました」

「そうですか。では屯所の中を拝見させて下さい」

「どうぞ此方《こちら》へ」

松本は草履を脱いで中に入ったとたん、悪臭に気が付いた。しかし、嫌な顔は見せずに歳三の後ろを付いいて歩いた。

平隊士たちの部屋は、もともと大広間だったところを竹矢来《たけやらい》を組んでいくつもの小部屋に区切ったものだった。

各部屋は汚く散らかっており、その中で隊士がだらしなく寝そべっている姿が見えた。

「近藤殿、新選組のみなさんは昼間からこうして寝ているのですか」

「お恥ずかしい限りですが、彼らは病のために臥《ふ》せっているのです」

「なんと」

総員百三十余名のうち、半数近くの者が病人だという。

松本は驚いた。

「近藤殿、外見は立派な屯所ですが、中はあまりにも汚すぎます。ちゃんと掃除をしていますか」

「各自にまかせています」

「風呂には入っていますか」

「まあ、たまには」

「あきれたもんですなあ」

松本の歯に衣着《きぬ》せぬ物言いは、少し歳三の癇にさわったが、

「面目ありません」

と、頭を下げた。

「隊士がこれほどいても、戦の時に役に立たなくては話になりません。病は不衛生が原因でしょう。ネズミやダニなどは病気を運んでくるものです。掃除をして、毎日風呂に入るよう心掛けて下さ

い」

近藤は江戸の試衛館時代からこんな生活をしていたため、不衛生が病気になるという観念は持っていないのだ。それは歳三も同じであった。

「あと、豚を飼育することをお勧めします」

「豚ですか」

「豚を食べて滋養をつけて下さい」

松本の指示に従い、早速豚が飼われるようになった。

その日以来、松本は頻繁に屯所を訪れ、逐一生活改善を指示するようになった。松本の指導で屯所内は徹底的に清掃され、食生活も改善されていった。すると一カ月も経たないうちに、ほとんどの病人が回復していった。

「歳、松本先生は大したもんだろう」

「はい。正直言って、最初のうちはあの遠慮を知らぬ物言いに腹が立ちましたが、今では感謝しています」

歳三も次第に松本の信奉者になっていった。

この後、新選組は松本良順と隊ぐるみの付き合いをしていくようになるのだが、あくまでも攘夷にこだわる伊東甲子太郎の一派は新選組からの分離を考えるようになっていった。

第十八章　御陵衛士

　ある日の晩、歳三は近藤の部屋で酒を飲んでいた。

「歳は土佐の坂本龍馬という男を知っているか」

「坂本龍馬ですか。昔会った奴がそんな名前でしたが」

「いつのことだ」

「初めて会ったのは黒船が来た時に浦賀で、二度目は鎌倉八幡宮です。北辰一刀流を習いに土佐から出てきたそうで、一度立ち合ったことがあります」

「で、勝ったのか」

「まあ、なんとか」

「ふーん、しかし世間は狭いもんだなあ」

「気性のさっぱりとしたいい奴でしたよ。その坂本が何か」

「うむ、薩摩と長州をくっつけようとしているらしい」

「薩摩と長州を」

「そうだ、今や薩摩は密貿易と贋金《にせがね》作りで底知れぬ財力を蓄えた上に、イギリスが後ろ盾になっている。その薩摩が幕府に見切りをつけて、長州と手を組めば倒幕は可能かもしれん」

「しかし薩摩は長州にとって不倶戴天《ふぐたいてん》の敵。手を組むとは思えませんが」

「だが、坂本の仲立ちで、新式の武器弾薬が大量に薩摩から長州へ流れているそうだ」

坂本龍馬は日本初の貿易会社「亀山社中」を設立し、薩摩の武器を長州へ、長州の米を薩摩へ運び、薩長同盟の実現へ向けて奔走していたのだ。

「あの坂本が、そんな真似を」

鎌倉八幡宮での勝負は歳三が勝ったものの、こんな形で仇を取られるとは思いもよらなかった。

（あのときの仕返しのために……。まさかな）

坂本は、敗れはしたがその態度は潔いものであった。浦賀で初めて会った時の屈託のない笑顔は、私怨のためにそんな企てをする人間には見えなかった。むしろ新選組にとって坂本の本当に恐ろしいところは、私欲がなく、純粋に目的に向かって突っ走る、その一途さであった。

「不穏な奴なら、すぐ近くにもいますよ」

「だれだ」

「伊東さんです」

「歳、それは考え過ぎだろう」

「いえ、伊東さんはせっかく捕らえた長州の浪士をこっそり逃がしています。もしかしたら長州のやつらと繋がっているかもしれません」

「最近は松本先生の影響で、俺もお前も開国派へと変わりつつある。それに対して伊東さんは水戸学を学んだ人だ。尊皇攘夷思想がとても強い。ありえん話ではないが」

「どうします」

「隊の中には伊東さんを慕う者も多いからな、下手をすると新選組の分裂を招く恐れがある。今は様子を見よう」

「わかりました」

　歳三もそれ以上は強く言わなかった。それは近藤が伊東を新選組に勧誘しておきながら、その直後に思想転換をしたことを知っているからだ。歳三としても伊東が自然に開国論を唱えるようになることを期待し、しばらく様子を見ることにした。


　将軍家茂は天皇から長州征伐の許しを得ようと何度も参内を繰り返した結果、九月二十一日になってようやく勅許を得ることができた。ただし武力行使する前に、最後通告として尋問使を派遣し、長州に反逆の意志が本当にあるのかどうかを見極めることになった。

　尋問使として白羽の矢が立ったのは大目付の永井尚志《なおゆき》である。永井が広島まで出向いて、長州藩士に面会することになったのだ。広島で行われることになったのは長州藩領にまで踏み入ると暴動の恐れがあったためである。

　この時、永井の護衛役として新選組が同行することになった。近藤は自らが広島へ赴く決意をして、伊東甲子太郎、武田観柳斎、尾形俊太郎ら、弁舌に長けた文学師範三名と諸士《しょし》調役兼監察《しらべやくけんかんさつ》

（情報収集役）の五名を供に選出した。

この出張に近藤は死を覚悟して臨んでいた。広島は長州の目と鼻の先である。池田屋事件以来、長州は新選組に対して激しい憎悪を抱いている。護衛が新選組であることが知れれば、なにが起きるかわからないのだ。近藤は万が一の時に備えて遺書を書き残した。それは自分が死んだ時は天然理心流は沖田総司に継がせ、新選組は土方歳三に任せるという内容だった。

尋問使一行は十一月四日に京を発ち、十六日に広島入りを果たした。そして二十日国泰寺《こくたい》で会見が行われた。長州から代表としてやってきたのはまだ若い宍戸《しし ど》備後助《びんごのすけ》であった。

永井は宍戸に、山口城を再築している疑いがあること、武器買い入れをしていること、農兵などを組織して調練を行っていることなど、幕府が摑んだ調査結果を次々と尋問した。

しかし宍戸は、

「それは根も葉もない噂にすぎません」

と、ことごとく突っぱねた。

「それならば長州領内を案内し、証拠を見せろ」

と、永井は要求するが、

「長州領内に入るとなにが起きるかわかりません」

宍戸はかたくなに拒絶した。

結局会見は平行線を辿ったまま物別れに終った。

その後、尋問使一行は岩国経由で長州入国を試みるが、岩国藩にも拒絶され、何の成果も上げることができず京へ帰還した。

明けて慶応二年一月、長州の態度に業を煮やした幕府は、一方的に毛利敬親《たかちか》・定広《さだひろ》親子の隠居、十万石削封などの処分を決めて、老中小笠原長行《ながみち》と大目付永井尚志を広島へ向かわせた。この時、新選組も前年に引き続き同行している。この出張で近藤に随行した者は伊東甲子太郎・尾形俊太郎・篠原泰之進の三名である（他に探索方として山崎烝・吉村貫一郎が先行して広島入りしている）。

一行は二月三日に広島へ到着した。

処分を申し渡す場に長州側から現れたのは毛利敬親親子ではなく、あの宍戸備後助だった。宍戸の態度はあいかわらず幕府を愚弄したものであった。小笠原は腹を立てながら処分を申し渡した。宍戸は追って書面にて返答すると言い残し、場を後にした。

会談が終ると伊東が近藤に申し出た。

「先生、私と篠原が長州に潜入して謀反の証拠を摑んでまいりましょうか」

すると近藤は、

「しかし、新選組であることがばれると非常に危ないですよ」

と長州潜入を止めようとした。

だが伊東は、

「このままでは埒《らち》があきません。ぜひ行かせて下さい」

と強く迫った。

この時、近藤の脳裏には、伊東が長州とつながっているかもしれないという歳三の言葉が浮かんでいた。

（歳の言ったことは本当かもしれんな）

しかし今はなんの証拠もなかった。それよりも伊東は長州謀反の証拠を本当に摑んできてくれるかもしれない。そんな淡い期待をこめて近藤は許可を出した。

老中小笠原長行は後日、長州からの返書を受け取ったが、それは処分に対し承諾とも拒絶ともとれる曖昧なものであった。業を煮やした小笠原は長州に謀反の意ありと受け止め帰京した。

近藤も小笠原と共に三月十二日に帰京したが、伊東たちが戻ったのはそれより半月も遅い三月二十七日であった。

「伊東さん、長州の様子はどうでしたか」

戻ってきた伊東に、早速近藤が長州の様子を尋ねてみた。

「長州に、謀反の意は御座いません」

「それは誠ですか」

「私が、この目でしっかりと見てきました。山口城も取り壊されたままです。高杉晋作などの主戦派が藩政を牛耳《ぎゅうじ》っているなどはでまかせのようです」

と涼しい顔で答えた。

「そうですか」

近藤は一応納得したような顔をして見せたが、隣にいた歳三は、

（こいつは、絶対に嘘を言っている）

と、伊東をまったく信用していなかった。事実、伊東は京で助けた長州藩士を頼りに、各地を回って顔つなぎをしていたのだ。

一方幕府は、小笠原長行から長州に謀反の企てありとの報告を受け取ると、早速長州に向けて軍を差し向けた。第二次長州征伐である。この戦争は四境《しきょう》戦争ともいわれ、幕府軍は石州口、芸州口、大島口、小倉口の四方向から長州領内へ侵攻を開始した。幕府軍十五万に対して長州軍はたったの三千五百である。この戦力比では到底長州に勝ち目はないと思うのが普通であるが、長州軍は高杉晋作や大村益次郎といった天才的軍師の活躍と、洋式化した軍制や薩摩から買った最新式の武器を活かし、つぎつぎと幕府軍を蹴散らしていったのである。

七月二十日、幕府軍を大きく揺るがす事件が起きた。将軍徳川家茂が大坂城で病没したのである。幕府軍はこれを機に総崩れとなり、勝海舟が乗り出して停戦交渉が行われる事態にまでなった。幕府はたった三千五百の長州軍に敗れ、完全に権威を失う結果となったのである。

「歳、俺たちは長州を甘く見ていたな」

歳三は近藤よりこの知らせを聞いて愕然とした。

「長州は、やはり幕府軍の攻撃に備えて着々と準備を進めていたんですね」

「うむ、となると伊東さんの報告は、やはり嘘だったということになる」

「これは、完全な裏切り行為です」

「そうだな。だが伊東さんを信奉する隊士は結構多いからな、今切腹を申し付ければ、新選組は二分してしまうだろう。今はまずい。もう少し時期を待て」

「分かりました。ただし手は打っておきませんと」

「手とは」

「伊東一派に間者を潜り込ませます」

「ふむ、そうだな。お前にまかせるよ」

歳三は、斎藤一を呼んで伊東らの動きを探るよう密命を与えた。

一方、伊東にしても近藤に嘘がばれたことは百も承知していた。もし問い詰められたならば、戦うしかないとの覚悟も決めていた。だが、百戦練磨の近藤を相手に無事で済むはずもなく、できるだけ血を流さずに新選組から離脱することを考えていた。その機会はすぐに訪れた。

十二月二十五日、将軍家茂の後を追うように孝明天皇が崩御された。この時、山陵奉行戸田忠至《ただゆき》の建言により、遺体は火葬とはせず、古式の葬儀方法を復活させ、天皇陵墓を造って土葬にすることが決まった。

伊東は、これは利用できると考えた。朝廷に働きかけ、陵墓を警護する御陵衛士になれば、新選組から自然に離脱できると踏んだのである。

伊東は篠原泰之進《たいのしん》らに朝廷工作をまかせると、自分は新選組分離後に備えて、その頃九州の筑前太宰府周辺に集結していた志士たちと顔つなぎをしておきたいと考えた。

伊東は早速近藤のところへ行き、九州を視察させてくれと懇願した。近藤には、彼らが旅先で何をする気でいるのか、おおよその見当はついていたが、内部抗争は避けたいとの思いから許可を出した。

慶応三年一月十八日、伊東は新井忠雄《あらいただお》らを伴って九州へ旅立った。九州では、久留米藩の真木外記《まきげき》・水野渓雲斎《けいうんさい》、土佐藩の土方久元・中岡慎太郎といった面々と接触した。

一方、篠原泰之進らは戒光寺の僧堪然《たんねん》の協力を得て、武家伝奏より御陵衛士を拝命することに成功した。伊東は九州から戻ると、早速同志を引き連れて近藤に新選組分離の話を相談した。

この時のメンバーは伊東甲子太郎、三木三郎、篠原泰之進、加納鷲雄《わしお》、新井忠雄、毛内有之助《もうないありのすけ》、阿部十郎、服部武雄、藤堂平助、富山弥兵衛、内海次郎、橋本皆助、斎藤一、その他総勢十七名である。このうち斎藤一は歳三が放った間者である。

「近藤先生、内々に事を運びまして恐縮なのですが、このたび、武家伝奏より孝明天皇陵御陵衛士の職を拝しました」

「ほう、御陵衛士ですか」

近藤は、微笑を浮かべて腕組みしながら聞いた。歳三は近藤の脇で伊東を睨みつけていた。伊東はさらに話を進めた。

「尊攘派の情報を得るためには新選組から分離して行動したほうがなにかと都合が良いかと存じます。なにとぞ我らを御陵衛士として別行動をとらせて頂きたいのですが」

（大した役者だな）

ぬけぬけと嘘を言ってのける伊東に、

と近藤は思ったが、内紛を起こさずに伊東が出て行ってくれることは望ましいことであるとも考えていた。

「承知した。そういうことであれば新選組からの分離を許可しましょう」

「ありがたい」

「ただし条件があります」

「条件とは」

「新選組も御陵衛士もこれ以上隊士の異動はしない、それを破った者は脱走扱いに処すということです」

「つまり切腹というわけですか」

「そうです」

伊東は新選組から一度に大勢が抜けると近藤は許可しないだろうと考えて、この人数に絞っていたのだ。本当は連れて行きたい仲間はもっとたくさんいた。

近藤にしても、これ以上隊士が減っては困ると考えていた。第二次長州征伐では新選組の出番はなかったが、近いうちに再び長州との大きな戦が起こるであろうと予測していたからだ。

伊東は少しの間、思案して、

「わかりました」

と返答した。

残留させる者は、しばしの間、新選組の動きを伝える間者になってもらい、いずれ別の手で救出しようと考えたのだ。
こうして伊東たちは血を流すことなく、新選組から分離していった。

第十九章　七条油小路の変

伊東が近藤との間で交わした「隊士の異動を禁ずる」という約定は、近藤が単に隊士流出を防ぎたい思いで提示した条件であったが、これが思いも寄らぬ悲劇へと発展していった。

それは伊東たちが新選組から離脱して三カ月ほど経った慶応三年六月のこと、新選組が幕臣に取り立てられると決まったことが発端となった。この時幕臣になることを嫌った伊東派の新選組隊士茨木司ら十名が、伊東の許へと脱走したのだ。

伊東は茨木らに向かって、

「もう少し待ってくれないか。今は近藤との約定により受け入れることはできないのだ。近藤には私が執り成すから、おとなしく帰ってくれ」

と諭《さと》すのであったが、茨木たちは承服しなかった。

行き場を失った彼らは、翌日会津藩の屋敷に駆け込み、新選組からの離脱を認めてくれと嘆願書を提出した。

近藤は会津藩からこの知らせを聞いて、急ぎ迎えにいったが、進退きわまった茨木ら四人が腹を切って果ててしまったのだ（のこり六人は後日追放になっている）。

これを伊東たちは近藤が無理やり詰腹を切らせたものと受け取った。

「いくら約定を違えたとはいえ、腹を切らせるとは、言語道断である」

御陵衛士たちは近藤暗殺を企てるようになっていった。

十一月にもなると暗殺計画は現実味を増していた。日常生活を細かく調べ上げ、最も良い襲撃の機会を探り出した。それは近藤が単身で妾宅に赴く時であった。

御陵衛士に間者として潜入していた斎藤一は、これを知らせようと近藤の許へ走った。脱走した際に斎藤は、わざと伊東の机の引き出しから五十両の金を盗み、自分は近藤の許へ走ったのではなく、女と共に逃げたのだと思わせる細工をしている。

知らせを聞いた近藤は、

「そうか、伊東さんたちは本気なんだな」

と関係修復が困難であることを悟り、幹部隊士全員を広間に集めて会合を開いた。この時、新選組は不動堂村に建てられた新しい屯所へ引っ越していた。西本願寺の僧侶に屯所を造ってやるからそっちへ移ってほしいと懇願され、喜んで移ってきたのだ。新しい屯所は大身旗本並の立派な邸であった。

「先手必勝です。こちらから仕掛けましょう」

険しい表情を浮かべて歳三が言った。

「しかし、俺は伊東さんを新選組に誘った時に、攘夷の魁になると言って誘ったわけだしな、申し訳ないよ」

「先生は優しすぎます」

沖田が身を乗り出して言った。

「うーむ、それに天子様の陵を守る御陵衛士を斬ったとあっては、ただではすまんだろう」

「俺たちの仕業であることは隠します。策は私に任せて下さい」

歳三が冷酷な表情を見せた。

近藤はしばらく腕組みをして考え込んでいたが、やがて意を決して命を下した。

「ここまで拗《こじ》れたからには、仕方ないんだろうな……。歳、あとは任せるよ」

「承知」


歳三は伊東宛に手紙を送った。

その手紙の主旨は、

「新選組の中には御陵衛士に移りたいと申す者が多く、かの約定について改めたいと考えているゆえ、御足労だがお越し願いたい」

というものであった。

伊東は手紙を読み終えると、歳三が招待した近藤の妾宅へと向かった。御陵衛士の中にはきっと近藤の罠に違いないと止める者もいたのだが、近藤を甘く見ていた伊東は、

「大丈夫、大丈夫」

と言って、一人で近藤の妾宅へ向かったのだ。

「伊東さん、お久しぶりです」

玄関先で近藤が出迎えた。

「近藤さんもお元気そうでなによりです」

伊東は奥座敷へと案内された。

座敷には数人の幹部隊士がおり、伊東との再会を祝して早速酒宴が始まった。

「近藤さん、例の約定の件ですが」

伊東は近藤の杯に酒を注ぎながら約定の話を切り出した。

「例の約定は無効に致しましょう」

近藤はにっこり笑ってそう答えると、伊東に返杯を勧めた。

「そうですか、それはありがたい」

「伊東さんは人望が厚くて羨ましいですな」

近藤はさすがに心が痛んだが、思ってもいない言葉を次々と口に出した。

やがて夜は更け、宴会はお開きとなった。

「伊東さん、今日は久しぶりに会えて本当に嬉しく思いました。これからも、仲良くやりましょう」

「こちらこそ、よろしくお願いします」

そう言って、伊東は近藤の妾宅を後にした。

近藤が生きている伊東の姿を見たのはこれが最後だった。

「歳、ほんとうに殺るのか」

「近藤さん、心を鬼にして下さい。今殺らなければ、いずれ殺られるんです」

歳三としても伊東の笑顔を見た後では心が痛んだ。しかしすでに刺客は放たれていたのだ。

伊東はおぼつかない足取りで寒空の下、木津屋橋通りを東に向けて歩いていった。あたりは静まり返って誰もいない。久しぶりに近藤たちと飲んだ伊東の心は晴れ晴れとしていた。思想の異なる近藤とは、いずれ激突する宿命にあることは充分わかっていたが、今夜だけはそんな血腥《なまぐさ》いことは忘れられる気分であった。

それは油小路へとさしかかった時に起きた。

伊東が詩を吟じながら千鳥足で歩いていると、右側にある板塀の隙間から槍が繰り出された。

(うっ)

槍は伊東の首を突き刺していた。

伊東は、即死こそ免れたが首からドクドクと多量の血が流れ出た。

槍に続いて暗闇から三人の黒装束の者が白刃を閃かせて襲い掛かった。

生温かい血が胸元へ流れるのを感じながら、伊東も抜刀して応戦した。

「うぬら、近藤の手の者か」

賊は無言のまま斬り掛かった。

伊東も必死で抵抗したが、出血がひどく次第に気が遠くなっていった。

そして本光寺門前にさしかかったところで、一人に背中を突き刺された。

「ぐあぁ」

それに続き、残りの二人も一斉に伊東の体を突き刺した。

伊東は、最後の力を振り絞り、

「この、奸賊ばらがー」

と叫んで、息絶えた。

しばらくして暗闇の中から黒装束の者三十余名を引きつれた歳三が現れた。

「御苦労だった」

そう言うと伊東の亡骸に手を合わせた。

「次の手筈に取り掛かる」

歳三はあくまでも非情に振舞った。

馬丁を町役人に変装させ、御陵衛士のいる月真院に向かわせた。

「こちらの伊東さんが、何者かの手によって斬殺されました」

知らせを聞いた御陵衛士の連中は愕然とした。

この時、月真院にいた御陵衛士は三木三郎・服部武雄・藤堂平助・加納鷲雄・毛内有之助・富山弥兵衛・篠原泰之進の七人であった。

やはり近藤の罠であったのかと、改めて自分たちの甘さに腹が立った。

彼らは遺体を引き取るための駕籠を用意して、現場へ急行した。

その頃、歳三は三十余名の隊士を暗闇に潜ませ、御陵衛士の到着を待ち伏せていた。半刻ほど経ち、闇の向こうから数人が駆けてくる音が聞こえてきた。

(来たな)

やがて七人が姿を現した。

彼らは、油小路と七条通りが交差した辻の真ん中に、伊東の亡骸が無残に斬り捨てられているのを発見した。

「伊東さん」

全員が叫んで駆け寄った。

藤堂が抱き起こして揺らしてみるが、伊東の体はすでに冷たく首がぐらぐらと揺れるだけであった。

「うう、近藤め」

藤堂は伊東の体を抱きしめ慟哭した。

「ともかく、遺体を月真院に運ぶんだ」

篠原の指示で、全員が伊東の亡骸を持ち上げ、駕籠に乗せようとした。

その様子を陰で窺っていた歳三が、小さな声で指令を発した。

「行け」

すると陰に隠れていた三十余名の黒装束の者が、一斉に御陵衛士めがけて斬り掛かった。

「賊だ!」

篠原が叫んだ。

御陵衛士は一斉に抜刀した。

たちまち七条油小路の辻は怒号が飛び交う戦場と化した。

新選組は、敵一人につき四、五人で襲い掛かるよう普段から訓練されている。そのうち一人が龕灯《がんどう》提灯で敵を照らし、残りの者が斬り掛かるという戦法である。

「おぬしら新選組であろう、この卑怯者めが」

服部が大小二刀を振り回して応戦した。

富山と篠原は、為す術なく防戦一方となり、たまらず七条の通りを東へ走って逃げた。それを見ていた三木と加納も西へ逃げた。

そんな中、藤堂平助は激しく一人の賊と斬り結んでいた。

その賊は、藤堂を鍔迫り合いに持ち込むと、強引に戦場の外へ追い出すように持っていった。

「藤堂、俺だ、永倉だ」

永倉が眼出し頭巾を下げ、顔を出した。

藤堂は絶句した。

「近藤さんから、お前だけは助けてやれと頼まれている。このまま逃げろ」

試衛館時代からの仲間である藤堂を見逃してやれと近藤が頼んでいたのだ。

藤堂は迷った。伊東の亡骸をこのままにして逃げることはできない。

それを察した永倉は、

「ここで犬死するな。今は逃げろ」

と言って、藤堂を大きく突き放した。

藤堂は大きく目を見開き、永倉を凝視していたが、返事もせずに西へ駆け出した。

だがその時、永倉の横をすり抜け、藤堂に斬り掛かった者がいた。三浦常三郎である。彼は藤堂平助のことをまったく知らない新入隊士だった。

「うわっ」

三浦が藤堂の背中を斬ったのだ。

藤堂は振り向きざまに三浦の膝を斬りつけたが、同時に三浦の剣が藤堂の顔面を捕らえていた。

「藤堂！」

永倉が抱き起こした時には、すでに藤堂は死んでいた。

一方、二刀で奮戦していた服部は、全身二十数カ所を斬られて果てていた。毛内は足を斬られ、倒れたところを数人に突き刺されて絶命した。

この戦いで新選組側にも多数の死傷者が出ている。原田左之助・大石鍬二郎・岸島芳太郎・柴岡万助が深手を負い、藤堂に膝を斬られた三浦常三郎は後日傷が元で死亡した。

生き残った御陵衛士たちは激しい復讐の念を燃やし、この後何度も近藤の命を狙おうとするのである。

第二十章　鳥羽伏見の戦い

新選組と御陵衛士が血腥い闘争を繰り広げていたこの頃、薩摩・長州・土佐を中心に幕府の処断について色々な働きかけが行われていた。

薩摩と長州はあくまでも武力討幕を目指し、公卿の岩倉具視《ともみ》と結託して、明治天皇に討幕の勅命を出させる工作を行っていた。

一方、それとは対照的に土佐の坂本龍馬・後藤象二郎らは、平和裏に事を解決しようと、家茂に代わって将軍の座についた徳川慶喜に、朝廷に政権を返上（大政奉還）するよう働きかけていた。

土佐藩の建言を受け徳川慶喜は、慶応三年十月十四日、大政奉還を奏上した。

この頃、巷で奇妙な事件が起きた。伊勢神宮のお札が空から降ってきたというのである。庶民は鬱屈した感情が爆発したかのように「ええじゃないか、ええじゃないか」と歌いながら狂喜乱舞した。この騒ぎは江戸から広がり四国、中国地方にまで及び、日本中が益々混迷の度合いを深めていった。

十二月九日、王政復古の大号令が発せられた。

王政に戻ったことにより、政治は諸藩の代表が衆議を開いて決め、最終的に天皇が裁決を下すという形になったのだが、その中に徳川慶喜を加えるかどうかが問題となった。

政権を返上したものの、未だに徳川は大勢力である。薩長は徳川が政治に参与するのであれば、官位を辞し、領地を返納すべきであると主張した。しかし領地を返納するとは、徳川の家臣が禄を失うということである。慶喜はとてもそのような条件を呑めるものではなかった。薩長は慶喜が大政奉還をしたことにより徳川を討つ大義名分を失ってしまったため、なんとか徳川家を朝敵の立場に追い込もうと躍起になっていたのだ。

これに激怒した旧幕臣・会津藩・桑名藩は武装して二条城に集結した。さらに薩摩藩兵が二条城を攻めるという風説が流れたため、今にも戦が始まる勢いとなった。

慶喜はこの状況を危惧し、翌日兵を引き連れて大坂城へ移った。この時新選組も大坂城へ同道するが、十六日になり永井尚志の命で伏見奉行所へ布陣した。

十八日、近藤が二条城へ登城したその帰り道でのことである。

近藤は二十名の護衛を連れ、一人馬上にあった。

一行が伏見街道丹波橋筋付近にさしかかると、突然物陰から銃を持った男が飛び出した。男は素早く銃口を近藤に向け引き金を引いた。

ドーンという銃声が轟き、弾は近藤の右肩に命中した。

近藤は衝撃で飛ばされそうになったが、左腕一本で鞍壺《くらつぼ》にしがみつき、辛うじて落馬を免れた。銃撃に続いて、四人の男が刀や槍を手に襲ってきた。

近藤は右肩の激痛に耐えながらも敵の正体を見極めようとした。それは見覚えのある顔だった。篠原泰之進、加納鷲雄、富山弥兵衛、内海次郎、佐原太郎、阿部十郎といった御陵衛士の残党であった。彼らは七条油小路での戦いの後、伏見の薩摩藩邸に匿《かくま》われていたが、京の寺町で近藤を発見し、ここで待ち伏せしていたのだ（ちなみに近藤の右肩を撃ち抜いたのは、富山弥兵衛であった。これは後に史談会において阿部十郎が証言している）。

近藤の周囲を囲んでいた二十名の護衛の内、その半数は最初の発砲に驚いて逃げ出していた。この頃の新選組はごろつきやならず者が多く、新選組としての気概を持った者は半数にも満たなかったのである。

残った隊士は近藤を囲んで必死で応戦した。斬り合いの最中、島田魁は刀で近藤の乗った馬の尻を叩き、伏見奉行所へ走らせた。御陵衛士たちは追いすがり、近藤に刃《やいば》を浴びせようとしたが、馬は全力で走り抜けて行った。

御陵衛士たちは襲撃が失敗に終ると、直ちに退却した。この戦いで新選組隊士石井清之進と馬丁の久助が闘死した。

伏見奉行所にいた歳三は、近藤が血まみれで帰ってきたとの知らせを受けて、急ぎ玄関先へ向かった。

近藤は、隊士たちにゆっくりと馬から降ろされているところだった。顔が苦痛で歪んでいる。

「薩摩の仕業ですか」

歳三が訊いた。伏見奉行所周辺ではここしばらく薩摩兵との睨み合いが続いており、なにが引き金となって戦に突入するかわからない状況にあったからだ。

「いや御陵衛士の残党だ」

近藤は右肩をかばいながら、隊士たちの助けを借りて地面に降り立った。

「御陵衛士……」

歳三は、七条油小路で取り逃がした数名の残党のことを思い出した。

（あの時、全員を討ち取っていれば）

御陵衛士は七条油小路に現れたものがすべてではないが、実際近藤を狙撃した者が七条油小路から逃走した富山弥兵衛であることを考えると、事態は違うものになっていたかもしれなかった。

「近藤さん、すまない」

「お前のせいじゃない、気にするな。しかし人の恨みとは恐ろしいもんだな」

近藤は顔に多量の脂汗をかきながらニヤリと笑って見せた。本当は叫び出したいくらいの痛みが体中を駆け巡っているのだが、皆に心配をかけまいと必死の思いで堪えているのだ。

近藤は戸板に乗せられ、奥座敷で医師の治療を受けた。

医師は銃創に火酒をかけて消毒し、そのあと触診するなどをして診断を下した。結果、傷は思った以上の重傷であることが判明した。肩の骨が砕け、弾がかなり深いところまで達していた。そのためここでの手術は無理と考えた。

「近藤殿、拙者の治療はこれが精一杯でござる。どうか大坂城にいる松本良順先生の手術を受けて下され」

それを聞いて歳三は即決した。

「近藤さん、この体で戦の指揮をとるなど到底無理だ。ここは俺に任せてくれ」

近藤は、初めて悔しい気持ちが込み上げてきたが、医師の診たてが的確であることは近藤自身が一番よく分かっていた。指先を少し動かすだけでも激痛が走るのだ。指揮を執るだけならまだしも、斬り合いになっては足手まといになるだけだった。

「すまんな歳、お前に任せていいか」

「近藤さん、少しは俺を信用してゆっくり休んで下さいよ」

「すまんな歳、よろしく頼むよ」

この時、伏見奉行所には近藤の他にも動けない隊士がもう一人いた。沖田総司である。沖田は池田屋戦闘中に発症した結核がかなり進行し、一日の大半を床で過ごすようになっていたのだ。

近藤と沖田はその日のうちに、駕籠で大坂城へと運ばれた。


一方、この頃江戸では一触即発の緊迫した事態が続いていた。

薩摩の西郷隆盛が益満休之助《ますみつきゅうのすけ》、伊牟田尚平《いむたしょうへい》、相楽総三《さがらそうぞう》らに命じて、江戸市中で押し込み強盗を働かせていたのだ。その被害額は二十万両にも上っていた。

旧幕府には薩摩の仕業であることは分かっていた。盗賊たちは堂々と薩摩藩邸に帰っていくからだ。これが戦に持ち込もうとする薩摩の挑発であることは明白であった。だが今は徳川の領地返納について議論紛糾している時である。そんな挑発に乗るわけにはいかなかった。

ところが十二月二十三日未明、江戸城二の丸で火災が起きた。薩摩の放火であることは言うまでもなかった。さらにその夜、庄内藩の邸に大砲が撃ち込まれるという事件が起きた。さすがにこの狼藉には我慢ならなかった。旧幕府は庄内藩を中心にした兵を繰り出し、薩摩藩三田邸を攻撃した。

薩摩側は浪士も合わせておよそ五百であるのに対し、旧幕府側は二千である。二十五日の朝に始まったこの戦いは、一時半《いっとき》（三時間）ほどで決着し、薩摩側は死者四十一名、捕縛者百六十二名を出した。

大坂城にいる慶喜の許にその知らせが届いたのは、三日後の十二月二十八日であった。あまりにも卑劣な薩摩のやり口に慶喜は激怒した。このような者たちが朝廷を思いのままに動かしていることが我慢ならなかったのだ。

「正義は我にあり」

慶喜は薩摩討伐の勅命を頂きたいとする建白書「討薩《とうさつ》の表《おもて》」を奏上する決意をした。

慶応四年（一八六八）一月二日、大目付滝川具挙《ともたか》は、懐に「討薩の表」を携えると、見廻組百名を供に鳥羽街道を京へ向けて北上した。そして鴨川に架かる小枝橋に差し掛かったところで薩摩軍と遭遇し、「通せ、通さぬ」の問答の後、長い睨み合いとなった。

戦が始まる前に、この時点での両軍の全兵力をざっと紹介しておく。

まず旧幕府軍であるが、歩兵部隊や伝習隊などの旧幕府兵の他に、会津・桑名・大垣などの藩兵を合わせ約一万五千で構成されている。

そのうち旧幕臣で構成された歩兵部隊や伝習隊はフランス式軍制を取り入れており、藍色の洋式軍服を着用し、ナポレオン三世から贈られたという最新式のシャスポー銃を担いでいる。

桑名、大垣などの藩兵は黒っぽい洋式の軍服に陣笠やトンキョ帽（円錐状の帽子）をかぶり、旧式の火縄銃やゲベール銃（火縄銃に似ているが、火縄の代わりに火打石で着火する銃）を携えているといった具合である。ただし伏見に布陣している新選組や会津藩兵は、黒い着物に袴を穿き、小具足を着け、白い襷を掛けるといった旧態依然の扮装《いでたち》であった。

一方、薩長軍約五千はというと、旧幕府軍の藩兵とあまり変わらない洋装なのだが、特徴的なのは指揮官クラスの者が「ハグマ」と呼ばれるヤクの長い毛で作ったカツラのようなものを被っていることである。これは各藩で色が分かれており、薩摩は黒（黒熊《こぐま》）、長州は白（白熊《はぐま》）、土佐は赤（赤熊《しゃぐま》）となっていた。

銃器は、この時代もっとも多く使用されたミニエー銃が主力であった。ミニエー銃とは椎の実型の弾を銃口から籠め（前装銃）、信管を使って点火（引き金を引くとハンマーが信管を叩いて発火）する銃である。銃身の内部には螺旋状に溝（ライフル）を掘り、弾丸に回転を与え、命中精度と貫通力を高めるよう工夫されている。

ちなみに前述した旧幕府軍のシャスポー銃はさらに進化しており、ボルトアクションによって弾を手元から籠めることができ（後装銃）、そのうえ射程も長い。

翌三日の昼近くのこと、旧幕府陸軍奉行竹中重固《しげかた》率いる千五百の兵が、新選組が守備する伏見奉行所に布陣した。竹中は戦国時代さながらの重い甲冑を身に纏い、ひときわ目立つ扮装であった。

着陣早々竹中は、歳三を奥座敷に呼びつけた。

「土方、ここはわしが守るゆえ、新選組は立ち去るがよい」

歳三は竹中を睨み返した。

「なぜで御座いますか」

「新選組など当てにしておらんということじゃ」

竹中には先祖代々、武士の血統を受け継いできたという自尊心があり、農民上がりの歳三を武士とは認めていなかったのだ。

「新選組は命を賭けてここを守ります」

「農民風情が命を賭けるだと。お前らはどうせ手柄を上げて出世したいだけであろうが、早々に立ち去れ」

「たとえ農民の出でも、侍としての義は心得て御座います」

歳三は一歩も譲らなかった。

「ほう、義とはなんだ」

「義とは即ち武士として歩むべき道、すなわち武士道と心得ます。薩長が幕府にしたことは、弟が兄を討ち、家臣が主君を征するようなものであり、断じて許すことはできないのです」

武士道については、明治時代の農学博士であり教育者として知られる新渡戸稲造氏が、著書『武士道』の中で面白いエピソードを述べている。

新渡戸氏はベルギーの法学者ラブレー氏に、

「日本人は宗教教育がないのに、どのようにして子孫に道徳観念を授けるのか」

と聞かれ、満足な返答ができなかったのだという。

しかし深く検討してみると、幼い頃に親から受けた教えの中には、紛れもなく武士道が根底にあることに気が付いた。すなわち日本人の道徳観念は宗教からではなく武士道によって培われているというのだ。

今の歳三を突き動かすものは、人の道に外れた薩長に対する義憤であり、それがすなわち武士道であった。

（近藤さん、これでいいんだよな。俺はあくまでも侍として、人として義を貫く）

その頃、小枝橋に旧幕府軍の主力部隊が到着した。兵力の上で有利となった滝川具挙は強行突破に打って出た。それに対して薩摩軍は砲撃を開始し、ここに鳥羽伏見戦の火蓋は切って落とされたのだ。

その砲声は、竹中と論争していた歳三の所にも届いていた。

「ついに始まったな」

直後、伏見奉行所にも砲弾が飛び込んできた。

伏見奉行所の北側には通りを一つ隔てて岡があり、その上に御香宮《ごこうのみや》神社が建っているのだが、薩摩はそこに陣を敷いて砲撃してきたのだ。

奉行所内の至るところで砲弾が破裂し、地響きが起きた。

歳三はすぐに応戦するよう永倉に命じた。

だが、新選組には旧式の大砲が一門しかなく、それを御香宮神社に向けて撃ってみても焼け石に水であった。

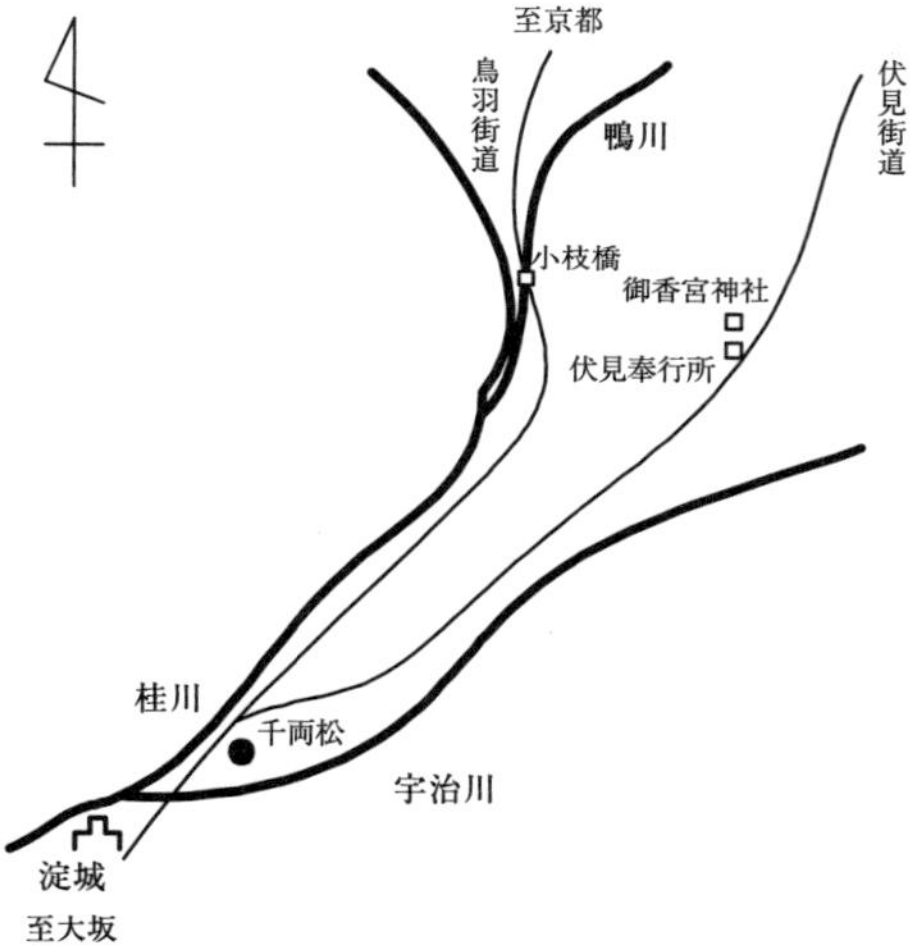

鳥羽伏見周辺の略図

そうこうしているうちに奉行所の至るところで火災が発生した。

歳三はこの時気付いたことがあった。竹中率いる旧幕府兵が右往左往するばかりで、戦闘に参加していないのだ。兵士の一人にどういうわけかと尋ねてみると、指揮官である竹中が、上からの指示を仰ぐために出かけていて留守だというのである。

（あの馬鹿野郎が）

歳三はすぐに永倉を呼んだ。

「すまんが、斬り込みを掛けてくれないか。それ以外なす術がない」

「分かりました」

永倉は、躊躇《ためら》いもなく承知した。

あたりはかなり暗くなっていた。

永倉は斬り込み隊を編成し、土塀を乗り越え御香宮めがけて突っ走った。しかし薩摩藩の激しい銃撃が彼らを待ち構えており、永倉の周りにいた隊士は次々と銃弾に斃れていった。永倉はそのたびに退却を命じ、体勢を立て直して突撃を繰り返すが、終《しま》いには薩摩に押され、撤退を余儀なくされた。

「土方さん、申し訳ありません」

「いや、いいんだ。よくやってくれた」

歳三は、もはや剣では戦えぬ時代になったことを痛感していた。

深夜、伏見奉行所は陥落し、旧幕府軍は淀まで退却した。


一月四日朝、新選組と会津藩兵は再び下鳥羽目指して出撃した。昨日、鳥羽街道小枝橋で始まった滝川具挙率いる旧幕府主力軍が、下鳥羽において未だ奮戦中であると聞いたからだ。

新選組が到着した時、旧幕府軍は苦戦していた。それは、せっかくフランス軍制を採用していながらも、指揮官が戦い方を理解しておらず、昔ながらの密集隊形で戦っていたためだった。対する薩長軍は兵を散開させ、一カ所に密集した旧幕府軍を次々に狙い撃ちしていったのだ。その結果、旧幕府軍は二人の歩兵頭が戦死し、たちまち統制を失った。

薩長軍は怒濤の追撃を開始した。彼らは一斉に抜刀して白兵戦を挑んできた。

勢いづいた薩長軍の猛攻は凄まじかった。特に薩摩兵は得意の示現流《じげん》を遣い、死を恐れずに斬り込んできた。

薩摩示現流とは、刀を右肩の上に高く突き出した「蜻蛉《とんぼ》」と呼ばれる構えから、「チェイストー」という奇声を発し、初太刀にすべてを賭けて打ち込んでくる剣術である。

しかし新選組は善戦していた。特に歳三や永倉など腕に自信のある者は薩摩兵を斬りまくっていた。薩摩示現流を相手にするときは初太刀を外せと、近藤から助言を得ていたことが大きかった。

新選組が活躍する中、大垣藩が側面から突っ込むと、形勢はたちまち逆転した。

「押せ、押せえ」

歳三が檄を飛ばし、猛追が始まった。

旧幕府軍は息を吹き返し、一気に京まで駆け上ろうという勢いを見せた。

だがその時、淀城から使者が来て信じられない下知が伝えられた。

「日没が近いため、一旦兵を淀まで引き揚げよ」

歳三は我が耳を疑った。

「このまま押し進めば勝てるものを」

これは後方の淀城にいる旧幕府軍総督松平豊前守《ぶぜんのかみ》（弱冠二十四歳）の指示であった。旧幕府兵たちは憤りを何にぶつけていいのか分からず地団駄を踏んで悔しがった。

昨日の竹中重固に続き、今日は松平豊前守が足を引っ張る形となった。

「戦を知らねえ総督が、ずっと後ろで戦局も分からず指図しているんだからなあ、これじゃあ勝てる戦も勝てねえぜ」

歳三の隣で原田が吐き捨てるように言い放った。

まったく原田の言うとおりであった。

(侍とは、こんなものなのか)

歳三には武家社会の不条理が身にしみた戦となった。


翌五日早暁、旧幕府軍は淀を発ち、再び京へ向けて進軍を開始した。

兵たちの気は晴れなかった。昨日あのまま攻め込んでいれば、今ごろは勝利の美酒に酔っていたかもしれない。誰もが、松平豊前守の命令に不満を持っていた。しかもそんな彼らの下に、斥候から驚くべき知らせがもたらされた。

薩長軍が錦《にしき》の御旗《みはた》をなびかせてやってくるというのである。

錦の御旗「錦旗《きんき》」は古来より天皇の軍を表す旗である。すなわち、これに逆らう者は天皇に刃を向ける逆賊とみなされるのだ。

ここに薩長軍は事実上「新政府軍」となった。

両軍は千両松で激突したが、旧幕府軍は攻撃して良いものかどうか分からず、あっという間に雪崩を打って敗走することとなった。

この事態を見た歳三は進んで殿《しんがり》を務め、必死に新政府軍を食い止めた。

この最中、堤の上から砲撃を繰り返していた井上源三郎が銃弾を浴びて転げ落ちた。

「あっ、叔父上」

駆け寄ったのは甥の泰助《たいすけ》（当時まだ十二歳）であった。

「叔父上、しっかりして下さい」

泰助は源三郎の体を葦の繁みまで引きずっていった。

「た、泰助。逃げろ、お前は生き延びるんだ」

「いやです。私もここで死にます」

「おまえは多摩に戻って親孝行するんだ。いいな」

源三郎はそう言うと、微笑を浮かべて息絶えた。

そこへ歳三が駆けつけた。

（源三郎さん……）

すでに息絶えた亡骸を目にして、泰助に言った。

「泰助、今は泣いている時ではない。武士のならいを知っているな」

「は、はい」

泰助は泣きながら源三郎の首を切り落とそうとした。

だが少年の力で首を落とすことは叶わなかった。

歳三が力を貸すと、コトリと落ちた。

（戦場は、この世の地獄だ）

泰助は源三郎の首を抱きしめ、つくづくそう思った。

「退却だ！」

歳三は新選組に退却の合図を出すと、泰助と共に逃げ出した。

しかし、この時新政府軍の追手はすぐそこまで迫っていた。

銃弾が頭をかすめ、ヒュンヒュン音を立てて飛んでいく。

泰助は歳三の後を必死で追走したが、源三郎の首が想像以上に重く、たちまち息が上がってきた。

歳三は泰助を先に行かせ、襲い掛かる敵に応戦を繰り返すが、このままでは二人とも討ち死にすることは明らかであった。

「泰助、残念だが首を捨てろ」

「嫌です」

「首のために俺たちが討ち死にしては源三郎さんも浮かばれん。お前は必ず生きて多摩に帰り、源三郎さんの最期を報告しなければならん。だから捨てろ」

泰助は苦渋の末、捨てることを決断した。

最後にひと目叔父の顔を拝み、短く手を合わせると、その場に首を置き去りにした。

その後、新選組は旧幕府軍本隊と合流することに成功した。だがこの日の災厄はまだ終ってはいなかった。淀城へ帰還しようとしたところ、淀藩は朝敵になることを恐れて旧幕府軍を裏切り、固く門を閉ざしてしまったのだ。錦旗の威力は絶大であった。

仕方なく旧幕府軍はさらに南下し、橋本で新政府軍を迎え撃つ策に出た。

橋本を陣地に選んだ理由はその地形にある。橋本は北に天王山、南に男山がそびえ、その狭間を淀川に沿って街道が走っているという地形である。二つの山に挟まれた橋本は守りやすく攻めにくい地形なのだ。旧幕府軍主力部隊は橋本に急拵えの陣を築き、さらに淀川の対岸にある山崎には藤堂藩が布陣した。

この時、旧幕府軍の士気はますます低下するばかりであった。錦旗を掲げる新政府軍にこれ以上刃向かえば、まさしく賊軍となってしまうからだ。

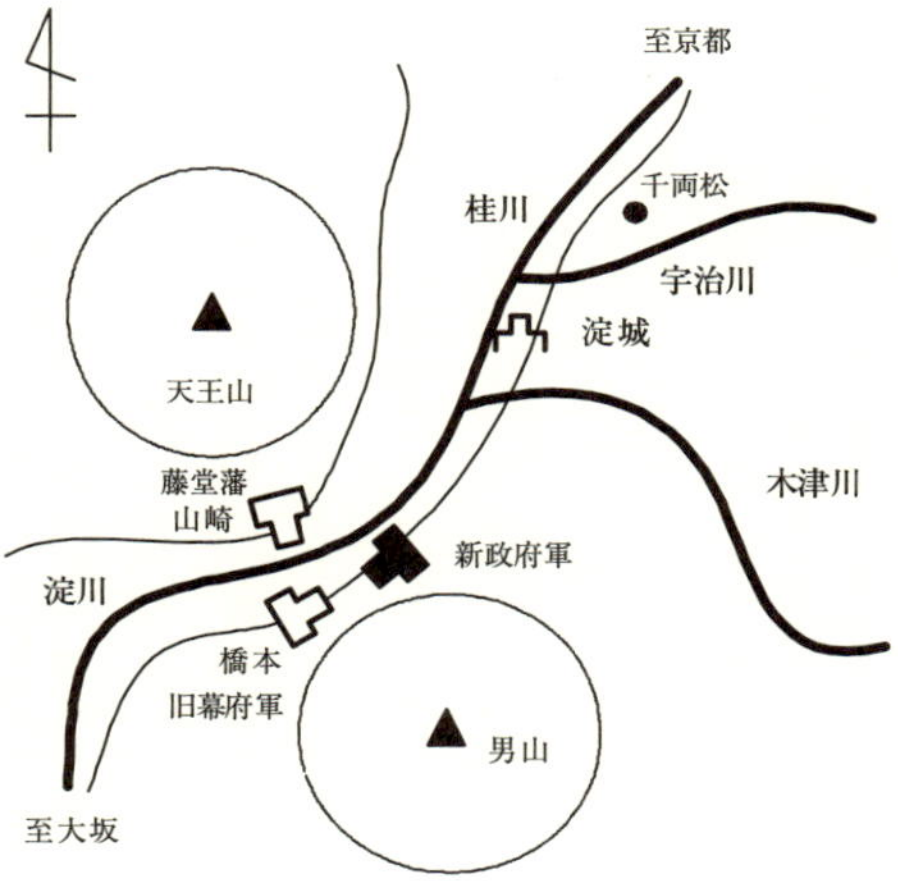

橋本宿の攻防

ぜひとも総大将徳川慶喜の気持ちを確かめたいと思い、大坂城へ使番《つかいばん》を走らせた。すると翌六日の明け方になって慶喜の使者が馬を飛ばしてやってきた。

使者によると、慶喜の言葉は、

「たとえ千騎が一騎になっても退いてはならぬ、奮起して薩長を倒せ」

というものであった。

これを聞いた橋本の陣は沸き立った。

（よし、これなら勝てるかもしれん）

歳三は、暗闇に一筋の光明が差した思いがした。

夜が明けるとともに新政府軍が攻撃を仕掛けてきた。彼らの軍は正式に朝廷軍と認められたことにより、土佐・芸州・越前などの諸藩もぞくぞくと応援に駆けつけ、大部隊に膨らんでいた。だが、山に挟まれた橋本ではその大兵力を活かし切れず、旧幕府軍の思惑通りとなった。

土嚢《どのう》を積んだ急拵えの胸壁に隠れ、襲い掛かる新政府軍に雨霰《あめあられ》のごとく銃弾を浴びせ掛けた。旧幕府軍の戦術は功を奏して、新政府軍の進撃を完全に阻んでいた。

だがここでも裏切りが起きた。淀川の向こうに布陣した藤堂藩である。朝敵になることを恐れた藤堂藩は、旧幕府軍めがけて砲撃してきたのだ。橋本の陣は大混乱となった。

（なんということだ）

たび重なる裏切りに、歳三ですら戦意を喪失した。旧幕府軍は橋本の陣を捨て、慶喜のいる大坂城へ敗走した。

しかし打ち拉《ひし》がれた彼らを待っていたのは、もっと過酷な仕打ちであった。総大将の慶喜が家臣を見捨てて一足先に江戸へ逃げ出していたのだ。これにはすべての旧幕府兵が徳川の世が終ったことを痛感した。

泥まみれの歳三を大坂城で出迎えたのは近藤だった。近藤の右肩には白い布が幾重にも巻かれ、動かないように固定されていた。

「近藤さん、怪我の具合はどうですか」

「うむ、まだ弾は取り出してはいないが、良順先生の治療のお陰で、痛みはなくなったよ。しかし、このたびの戦は大変だったな」

「源三郎さんが亡くなりました」

「源さんが……」

近藤は源三郎の温厚な顔を思い出した。

「首を持ってくることも叶いませんでした」

「そうか」

近藤はがっくりと首をうなだれた。

試衛館時代からの仲間を失ったのは藤堂平助に続き二度目である。

「私は侍っていうものが分からなくなりましたよ」

歳三は急に声を荒らげた。そして鳥羽伏見での一部始終を近藤に報告した。

「そういうことがあったのか。お前が怒るのも無理はねえ。全部押し付けてしまってすまんな、歳」

「近藤さん、今の世に武士道を貫こうとする侍なんて、いなくなってしまったんでしょうかね」

「かもしれんな。だがな歳、新選組だけは誠の武士道ってやつを貫こうぜ」

(誠の武士道か)

その言葉に歳三は、少し救われたような気がした。

鳥羽伏見の戦いは、新政府軍の勝利で幕を閉じた。

旧幕府軍は江戸へ撤退し、慶喜は自ら謹慎生活を送ることで恭順の姿勢を示した。

第二十一章　甲州勝沼の戦い

江戸に戻った近藤は、旧幕府の医学所で松本良順の手術を受けた。右肩から弾丸を摘出し、さらに砕けた骨を取り除いた。近藤の傷は、剣術家としては致命傷といえるほどのものであった。しかし落胆している暇などなかった。新政府軍が江戸総攻撃に向けて進軍しているからである。

手術を終え、数日経ったある日のこと、旧幕府の要職にある大久保《おおくぼ》一翁《いちおう》から甲府城を拠点に新政府軍と戦ってはどうかとの話が持ち込まれた。現在、新政府軍は東海道・東山道・北陸道の三方向から進軍中である。そのうち東山道軍は途中から甲州街道へ折れ江戸へ入ると予想されるので、先に甲府城を押さえ、籠城して迎え撃ってはどうかとのことであった。

城攻めは「攻守三倍の法則」といって、籠城した敵を攻略するためには、三倍の兵が必要であるといわれる。逆に言うと近藤たちが甲府城に立て籠れば、新政府軍の三分の一の兵力で戦えるということだ。近藤は陸軍総裁勝海舟に相談してみることにした。

「おまえさんの言うことはよく分かった。あくまで徳川のために命を張るその心意気、気に入ったねえ。金と武器を提供しよう。しかも新政府軍の奴らを打ち負かした暁には、甲府百万石をくれてやってもいいや」

勝は、新選組が勝てると思ってはいなかったが、万が一長期にわたって足止めさせることができれば状況は変わってくるのではないかと考えていた。勝は表向きには慶喜同様、新政府軍に恭順の姿勢を見せていたが、付け入る隙あらばいつでも主戦派へ転換できるように、敵の隙を虎視眈々と窺っていたのである。また予想通り新選組が負けた場合でも、あれは新選組が勝手に暴走したものだと言えば新政府軍に言い訳が立つし、徹底抗戦を叫ぶ新選組がいなくなったことで新政府軍との交渉がやりやすくなるのである。

勝は軍資金五千両と大砲二門、ミニエー銃・スナイドル銃合わせて二百挺を都合し、さらに侠客浅草弾左衛門の子分を兵として補充させた。さらに近藤勇は若年寄《わかどしより》格、土方歳三は寄合席《よりあいせき》格に特進させ、それぞれ大名・旗本の格式とした。総勢二百余名のこの隊は名を「甲陽鎮撫《こうようちんぶ》隊」と称した。

この時、謹慎中の慶喜から近藤には「大久保」、土方には「内藤」という家名が贈られている。かつての徳川家功臣の姓を両者に贈ったものだった。これより近藤勇は大久保剛、土方歳三は内藤隼人《はやと》と名乗ることになった。

「近藤さん、なんか事がうまく行き過ぎているように思いませんか」

歳三が言った。大久保や内藤という苗字をもらっても、隊の中ではやはり近藤、土方の方がしっくりくるのだ。

「うむ、できすぎだな。所詮、勝さんにとって俺たちは捨て駒でしかねえんだよ。だがなあ歳、俺たちの進むべき道はこれしかねえと思う。新選組は将軍警護のために組織されたものだ。慶喜公は恭順の意を示しているが、薩長の奸賊どもに捕まれば、腹を切らされることはまちがいない。ならば叶わぬまでも一矢報いねばならん」

「それが近藤さんの武士道なのですね」

「まあ、そういうことだな」


三月一日、甲陽鎮撫隊は甲府城へ向け出立した。

先頭には黒い洋式軍服に身を包んだ歳三が凛々しく馬上にあった。その後に鉄砲を担いだ兵が二列縦隊で続き、近藤は大名駕籠に揺られ、隊の中ほどに鎮座していた。

江戸から甲府までの道中（甲州街道）には、歳三が生まれ育った石田村や日野宿がある。また近藤が生まれた石原村もある。甲陽鎮撫隊の行軍は彼らにとって正に故郷に錦を飾るものであった。

三月二日、日野宿に差し掛かると、佐藤彦五郎ら、なじみの在郷の衆たちが一行を出迎え、彼らのたっての希望により佐藤彦五郎邸で小休止することになった。

「本当に懐かしいなあ。昔は出稽古でよくここへ来たものだ」

近藤がしみじみとした面持ちを浮かべてそう言った。

「私も、あの頃のことを思い出します」

彦五郎が近藤に酒を勧めた。

小休止のはずが、すっかり酒まで御馳走になっていた。

「先生、傷の具合はいかがですか」

「右腕は当分使い物になりませぬが、左ならほれこのとおり」

左手に持った杯に酒を注いでもらい、ぐいっと一気に飲み干した。

さらに彦五郎が言う。

「五年前のちょうど今ごろでしょうか、浪士組として京へ上ったのは。たった五年で大名にまで出世なさるとは、近藤先生は我らの誇りです」

「いやあ、これも応援してくれた皆さんのお陰と思っております」

「先生、お願いがあります。ぜひ、我らも甲府へお供させて下さい」

「なんと」

彦五郎の話によると村の者三十名ばかりが、一行に加えてくれと集まっているとのことだった。

近藤は困った。村の若者を死地へ赴かせるのは辛いからだ。しかし彼らはどうあっても一緒に行くと言い張り、「春日《かすが》隊」と称する隊が新しく加わることとなった。

「歳三はどこだ」

歳三の全盲の兄、為次郎が呼んだ。

「ここにおります」

「おう歳、おまえ立派になったもんだなあ、さすがは俺の弟だ」

「兄さんのお陰です。俺が奉公先から逃げ帰った時、兄さんにかけてもらった言葉、今も忘れません」

歳三が侍を目指したのはこの兄の影響が大きい。今の自分があるのは正しく為次郎のお陰と感謝していた。

「そうか、歳」

為次郎の目にうっすらと涙が光っていた。

盲目とはいえ、豪気な兄が涙を浮かべたのは初めてであった。

（兄さん）

歳三は兄に酌をして、これまでの話を聞かせた。

酒がなくなると歳三は、台所にいる姉のぶのところへ行った。

「姉さん、ただいま」

「お帰り。おまえ京に行って、ずいぶん男ぶりが上がったじゃないか」

「そうですか」

「いつだったか、島原や祇園の芸子さんからもらった恋文、読ませてもらったよ」

歳三は京都にいた頃、幾人もの芸子からもらった恋文を冗談まじりに郷里へ送ったことがあったのだ。

「あれはほんの冗談で」

「赤くなって、まだまだ子供だねえ」

この姉には相変わらず手玉にとられてしまう歳三だった。

「でも、危ないこともいっぱいあったでしょう。私、源三郎さんが死んだって聞いてほんとに悲しかった」

「私もです。今度の戦は源三郎さんの弔い合戦でもあります。かならずや薩長の奴らを討ち取って参ります」

「危ないと思ったら逃げるんだよ、あんたまで死んだら嫌だからね」

歳三は微笑を浮かべてコクリと頷いた。

一行は小休止を終えて行軍を再開した。

その夜は八王子泊まりとなった。

翌三日は少し急ぎたいところであったが、結局与瀬宿泊まりとなった。

一行は行く先々で接待攻めに遇い、断りきれずに予定を大きく遅れてしまっていた。

「近藤さん、これでは先に城を取られてしまう」

「さりとて、村の者たちの気持ちを無下にするわけにもいかんしな、この遅れは明日取り戻すことにしよう」

歳三はその言葉に従った。近藤にはお人よしのところがあるのだが、歳三はそんな近藤が好きなのだ。

しかし、翌四日は不運となった。天候が悪化して雪が降り出したのだ。行軍の速さはさらに落ち、遅れを重ねる結果となった。

五日、少しでも遅れを取り戻したい一行は、夜明け前に出発した。

このままでは本当に先に城を取られてしまう。歳三は馬の歩を速め、行軍に無理を強いた。

昼、駒飼宿にたどり着いた時、歳三の許に恐れていた知らせがもたらされた。

「敵軍先鋒隊およそ千二百、すでに甲府城に入城しております」

「なに」

先行させておいた斥候からの知らせであった。

さすがの歳三も狼狽を隠すことはできなかった。

東山道を進軍する板垣退助（土佐藩）と伊地知正治《いじちまさはる》（薩摩藩）の軍は、江戸より甲陽鎮撫隊出陣との知らせを聞き、板垣退助が別働隊を組織して、急ぎ甲府城を占拠したのだ。

近藤は幹部を集め、軍議を開いた。

「いつの間にか、兵は半分になっている。これでは戦にならんな」

二百三十名ほどいたはずの兵のうち、七割は戦を知らぬ浅草弾左衛門の子分であった。行軍の最中に脱走者が相次ぎ、百二十名にまで減っていたのだ。

「永倉さん、近在の猟師や若い者を集めてくれないか」

「分かりました。そうしましょう」

永倉は早速、兵の徴募に取り掛かった。

「永倉さんが兵を集めても高が知れている。この状況ではさらに脱走が相次ぎ、隊は瓦解しますよ」

斎藤一改め山口二郎が言った。御陵衛士へ間者として潜入していた彼は、近藤の下へ戻った時点で改名していたのだ。御陵衛士の報復を恐れてのことであった。

「皆には、二、三日中に会津から六百の援軍が来るからそれまでがんばれと伝えてくれ」

「皆に嘘をつけと」

「今は、致し方あるまい」

山口は渋々同意した。

「私が援軍を頼んできます」

歳三が言った。

「歳、誰に頼む気だ」

「慶喜公にお願いに上がってみます」

近藤は、慶喜が果たして援軍を出してくれるものだろうかと思ったが、他に頼れるところも思いつかなかった。

「分かった、すまんが頼む」

早速歳三は、単身江戸へ向けて馬を走らせた。


甲陽鎮撫隊は夜のうちに勝沼まで進軍し、急拵えの陣を築いた。右に柏尾《かしお》山、左に岩崎山、前方には川を跨いで東山道が甲府へ向かって延びている。

翌日、昼近くになり、目の前の東山道を新政府軍約四百の兵が進軍してくる姿が見えた。洋式の黒い軍服に身を包み、最新鋭の武器を携えている。

援軍を待つ時間はなくなっていた。

「それ、撃ちかけろ」

近藤の命により二門の砲が火を噴いた。

砲弾は敵の目の前で破裂したが、彼らは怯《ひる》まず六門の砲を横一列に並べて撃ち返してきた。その砲弾は昨夜造った急拵えの柵を木っ端微塵に吹き飛ばした。

永倉は地元の猟師三十人ばかりを率いて、陣の右にそびえる柏尾山の中腹にいた。そして山の麓にある民家に火を放てと命じた。

猟師たちは、そんなことはできねえといって拒否するが、あとでもっと良い家を建ててやるからと説得すると、それならといって火を掛けた。

民家はみるみる炎を上げ、数軒の家に燃え広がった。

そして煙は風下にいた新政府軍を襲い、煙に巻かれた兵たちは攻撃の手を止めるより他なかった。

「今だ、撃て」

永倉の号令で猟師たちの火縄銃が一斉に火を噴いた。

煙の中に敵の倒れる姿が見えた。

猟師たちは思った以上の働きを見せた。

「もっと撃ちまくれ」

猟師たちの弾込めは驚くほど素早かった。

瞬く間に弾込めを完了させ次々と撃ちかけていく。

（こりゃあ、ひとかどの兵だな）

永倉は感心した。

だが、それも束の間だった。

新政府軍は猟師たちの鉄砲が火縄銃であることを見抜き、わざと後退して射程の長いミニエー銃で遠方から撃ちかけてきた。当然、猟師たちの弾は敵に届かなくなった。

「だんな、これじゃ勝ち目ねえや」

猟師たちは、永倉の静止を聞かずに山奥へ逃げ出そうとした。

「逃げる奴は斬るぞ」

永倉が脅かすと、猟師たちは銃口を永倉に向けて発砲した。

驚いた永倉は、慌てふためいて退散した。

猟師がいなくなったとみるや、新政府軍は一斉に押し寄せてきた。

近藤が兵を率いてミニエー銃やスナイドル銃で応戦するが、どうも効果が上がらなかった。それもそのはず、これらの銃は椎の実型の弾丸を使うのだが、浅草弾左衛門の子分は銃の扱いを知らず、弾を上下逆さに装塡してしまう者が多かったのだ。

さらに味方の大砲は着弾しても破裂していないのである。大砲の打ち方を知らぬ者が、口火（信管）も切らずに撃っていたためであった。

「近藤さん、もうだめだ。こんな兵では戦にならん」

永倉が退却の指示を促した。

「やむをえんな」

苦渋に満ちた表情で近藤は退却を命じた。

八王子まで敗走したところで、歳三が江戸から戻ってきた。

「申し訳ありません。援軍は出してもらえませんでした」

歳三は慶喜に援軍を頼んでみたが、江戸城中でずっと待たされるばかりで埒があかないため、仕方なく江戸中を駈けずり回って探していたのだ。だが結局援軍は見つからなかった。

「そうか、御苦労だったな」

彼らの束の間の夢は潰えた。

第二十二章　下総流山

甲州の戦に敗れて江戸に落ち延びた新選組は、これからどうすれば良いのか目標を失っていた。

その日、近藤と歳三は江戸和泉橋の医学所にいた。そこへ夜になって永倉や原田ら数人の隊士が訪れた。

「近藤さん。俺たちは会津に行こうと思っている」

蠟燭が灯るだけの薄暗い部屋で、永倉新八が単刀直入に切り出した。

「おまえら、徳川を見捨てるというのか」

近藤の脇にいる歳三が、激怒して一同を睨み付けた。

「見捨てるしかねえだろう。このままでは死を待つだけだ」

原田左之助が歳三に食ってかかった。

徳川慶喜が新政府軍に江戸を明け渡せば、新選組は捕らえられ極刑に処されることは明らかである。彼らはもはや会津へ行くしか生き延びる道はないと踏んだのであった。

「……俺は行かぬ」

床の一点をじっと見つめていた近藤が、少し間を置いて呟いた。

「近藤さん、これ以上徳川に肩入れをしてはだめだ」

永倉が近藤の顔を覗き込むようにしてなんとか諭《さと》そうとするが、近藤はじっとしたまま表情を変えなかった。

近藤は江戸城を枕に討ち死にする覚悟でいた。今、徳川に背を向けて会津へ向かうということは、病床にある親を見捨てて、自分だけ苦難から逃れようとすることと同じであり、それは武士として人間として恥ずべき行為である。それが近藤の武士道なのだ。

だが永倉たちは違っていた。近藤はそれが残念でならなかった。さらに、永倉たちにそれを諭して死を共にしろなどとも言えなかった。己の信念の正しさは確信しているが、それを人に押し付けてはならぬことも近藤はわきまえていた。

「お前たち、それでも侍か」

近藤に代わって歳三が詰め寄った。歳三には近藤の気持ちが分かっているのだ。

「慶喜公が恭順を唱えている限り、俺たちにいったいなにができるというんだ」

永倉の言うことは正論であった。慶喜が恭順を唱える以上、新選組が挙兵するわけにはいかない。それは慶喜に対する反逆行為でもあるからだ。

しばしの沈黙が続いた後、近藤が信じられない言葉を吐いた。

「分かったよ、お前たちが俺の家来になると言うのなら考えてやってもいいぞ」

永倉たちは愕然とした。我ら新選組は近藤を軸とした組織であるが、その関係は主従関係にあらず、あくまでも同志であったはず。それを近藤は俺の家来になったら、一緒に行ってやらぬこともないという。

（この期に及んでまた近藤の驕《おご》りが出やがったか）

永倉は五年前を思い出した。それは新選組を旗揚げした直後のことだった。近藤は新選組の活躍が会津藩に認められて、すっかり天狗になっていた時期があった。永倉や原田だけではなく、歳三さえもが辟易《へきえき》し、郷里からやってきた井上松五郎（井上源三郎の兄）に何度も相談したほどだった。

愛想を尽かした永倉は、

「お手前にはいろいろと世話になった」

と、わざと仰々しい挨拶をして、原田らと共にその場から立ち去った。

近藤は彼らを止めようとはしなかった。

「近藤さん」

「歳、なにも言うな」

歳三には、近藤の言葉は決して増長から出た言葉ではないことくらい分かっていた。

近藤は寂しげな面持ちで目を閉じると、しばらくその場を離れなかった。

目標を見失っていた新選組を救ったのは、医学所で近藤の治療をする松本良順であった。松本は勝の配下である陸軍奉行並松平太郎に新選組の置かれた立場を相談したのだ。松平太郎は上司の勝海舟にその話を伝えると、勝は五兵衛新田《ごへいしんでん》（東京都足立区綾瀬）に新選組を留めて置くようにと指示を出した。

勝は新政府軍の江戸総攻撃を前にして西郷隆盛との会談を控えていた。そんな中で新選組に勝手な行動をされては困るし、また使い道がまだ残されているとも考えていたのだ。勝は江戸引渡しが無事にすまない場合は、江戸に火を掛けるつもりでいた。江戸中の火消しが一斉に町人を避難させ、その後町に火を掛ける。その手はずを、新門辰五郎親分を通して関東の親分衆に話をつけていた。新選組にはそうなった時に、一暴《ひとあば》れしてもらおうと待機させたのだ。

三月十三日、五兵衛新田の名主見習・金子健十郎の邸に新選組隊士約六十名が訪れた。この時、一旗揚げようと思ったのか、ぞくぞくと入隊希望者が押し掛け、最終的に隊士の数は百七十名にまで膨れ上がった。近藤はこの成り行きを歓迎し、甲州での轍《てつ》を踏まぬよう連日激しい調練を行った。

同日、西郷と勝の会談が開かれていた。

西郷は恭順を表明する勝に、江戸総攻撃を中止する条件として、江戸城の明渡し、武装解除、徳川慶喜の引渡しを要求した。それに対して勝は江戸城明渡しと武装解除は承知したが、慶喜引渡しだけは絶対に承知できぬと突っぱねた。結局この日は甲論乙駁《こうろんおつばく》して終始平行線を辿るに終った。

翌十四日、急に西郷の態度が軟化した。実はこれには裏があった。

前日、イギリス公使パークスの許を西郷の部下である木梨精一郎が尋ねた際に、

「恭順を表明している徳川を討つなど非人道的であり、国際法に違反している」

と、強く非難されたのだ。

木梨の報告を受けた西郷は、初めて国際法というものがあることを知った。イギリスの後ろ盾を

なくしたくない西郷は京に戻ってこのことを協議することにし、結論が出るまで江戸総攻撃は延期されることになった。

当分の間、戦がなくなったことで新選組にも平穏な日々が訪れた。

その日歳三は綾瀬川の土手に腰を下ろし、のんびりと釣り糸を垂れていた。現代では水質汚染ワースト1に選ばれたこともある綾瀬川だが、この頃は「あやしの川」と言われ、美しい水を湛えた清流であった。その清らかな水は、故郷石田村を流れる多摩川を彷彿とさせた。

多摩川の岸辺にはミゾソバ（別名牛革草）が自生している。ミゾソバは高さ六十センチメートルほどのタデ科の一年草で、秋になると細身の茎の先に薄紅色の小さな花を数個咲かせる。傷によく効くといわれる土方家秘伝の「石田散薬」は、これを原料に作られるのだ。石田村のお大尽と呼ばれた土方家は、夏になると村中の人を集めてミゾソバの刈取りを行うのだが、少年時代の歳三はその指揮を任されたことがあった。

土手に横になり「ふっ」と昔を懐かしんだ。

青い空に白い雲がゆっくりと流れている。

（こんな穏やかな気持ちは何年ぶりか）

その時、立て掛けてあった竿の穂先が大きく撓《しな》った。

「おっと」

慌てて飛び起き、竿を上げるとかなりの引きである。

「これは大物だ」

糸が切れぬように加減して、徐々に獲物を引き寄せた。

やがて良型の鯉が上がった。

「今夜はこいつで、近藤さんと一杯やるか」

歳三は脇差で鯉の血抜きをすると、帰り支度を始めた。

その歳三を、葦原の隙間から覗く者がいた。村の娘たちであった。

「なっ、役者のようないい男だべ」

熱い視線を送っていた。


四月一日の夕刻、歳三の許に急な知らせが入った。

「近藤さん、薩長の奴らが千住に現れたそうです」

千住は五兵衛新田の南西ほんの一里先である。

「そうか。我らは徳川の処分が決定するまで、うかつに動くことはできぬから、ここを引き上げねばならんな」

近藤は金子邸の縁側でよく手入れされた庭を眺めながらそう言った。

「下総（千葉県）の流山周辺には旧幕府の脱走軍が集結しているとの噂です。そこへ転陣してはどうでしょうか」

「そうだな、俺たちも行くか」

流山は五兵衛新田の北東三里の所にあり、水運と酒・味醂《みりん》の醸造で栄えた町である。江戸川水運で集めた米を使って酒や味醂を醸造しているのだ。

流山に着いた新選組は味醂醸造元の「長岡屋」を強引に借り受け本陣とした。幹部隊士は長岡屋に逗留し、他は近くの寺院などに分宿することになった。

四月三日の朝のこと、それは突然やってきた。

長岡屋では近藤を始めとする幹部数人が軍議を開いていた。

そこへ近藤の小姓を務める市村鉄之助が血相変えて飛んできた。

「大変です。新政府軍に囲まれました」

「なに」

歳三は二階へ駆け上ってこっそり窓から覗くと、一町（百九メートル）ほど距離をおいて新政府軍がぐるりと長岡屋を取り巻いていた。

正面の位置には錦旗がひらひらと翻っていた。

相馬と島田が急ぎ鉄砲を用意したが、

「撃つな」

と歳三が制止した。

「今、撃ったら蜂の巣にされる。敵の出方を見よう」

この時、新選組のほとんどの兵は一里ばかり離れた所で調練を行っていた。そのためここにいるわずかな人数では到底太刀打ちできない状況にあったのだ。

しばらくすると、馬に乗った軍師と思われる男が、二十間（約三十六メートル）ほど先まで近づいてきた。

「わしは東山道鎮撫総督府の有馬藤太と申す。旧幕府軍の残党が長岡屋に大勢いると聞いてやって参った。神妙にいたせ」

新政府の東山道軍といえば甲府で戦った相手である。

「あいつら」

甲州勝沼での恨みが歳三の闘争本能を掻きたてた。相馬と島田に発砲するなと命じておきながら、東山道軍と聞いたとたん頭に血が昇ってしまった。

「歳、慶喜公に迷惑が掛かる。我慢しろ」

近藤に言われて、ぐっと堪えた。

新政府軍は少なく見積もっても五百はいる。それに対してこちらの人数を数えてみるとたったの八名である。どう考えても勝てるものではない。

「歳、俺の首を持っていけ」

近藤が左手で首を斬る真似をした。

「馬鹿なことを言わないで下さい。最後の最後まで絶対に諦めません。万策尽きた時は共に戦って死ぬだけです」

「歳……」

「ここは私に任せて下さい。相馬と中島、同行してくれ」

そう言うと歳三は二人を供に長岡屋を出た。

有馬が問う。

「貴公の名は」

「内藤隼人と申す」

慶喜公から頂いた名を出した。新選組副長であることを隠すには都合の良い名であった。

案の定、有馬はこの名を知らなかった。

「貴公が、残党たちの首謀者か」

「隊長の名は大久保と申す。我らは新政府軍に弓を引く者では御座らん。流山に残党が集結しているとの噂を聞き、取締りのために参ったので御座る」

歳三は馬上の有馬に毅然とした態度でそう答えた。

すると有馬は、

「暴動の鎮圧は当方の役目である。勝手な行動は慎み願う。詳しく事情を問い質すゆえ、武器一切を差し出し、大久保という者に総督府まで同行するように伝えよ」

と言った。

(総督府までついてこいだと)

近藤を一人で行かせて果たして新選組であることを隠し通せるものであろうか、しかし今はその道にかける他に策はなかった。

歳三の様子を見た有馬は言葉を付け加えた。

「当方としても手荒に扱うつもりはない。事情を聞くだけだ。安心いたせ」

その言葉に嘘はなさそうだった。

苦渋の決断だが、即決しなければ、かえって怪しまれる。歳三は賭けた。

「分かりました。大久保に伝えましょう。しばし時を下され」

「あい分かった」

歳三たちは長岡屋に戻り、近藤にその旨を伝えた。

「歳、上出来だ。おれは大久保大和と名乗り通す」

「近藤さん、申し訳ない」

「お前が謝ることはない。この状況では最善の決断だ。なあに、あいつらは、残党の大将だと思って、すぐに放免してくれるだろうよ。それより調練に出ている連中のこと頼んだぞ」

「分かりました。どうぞ御無事で」

「では行ってくる」

そう言って近藤は出て行った。

「野村と村上。局長のお供を頼む」

「はい」

こうして三人が出頭した。

この後、村上は戻され近藤たちの行き先が板橋であることを伝えてきた。

近藤勇と野村利三郎の二人が、板橋の総督府まで連行された。

第二十三章　奔走

歳三は、新政府軍が去った後、調練に出ていた隊を呼び戻し、武装集団とは気付かれぬように少人数に分けて会津を目指すように指示を出した。また島田魁ら六名には軍資金調達の密命を与え、自らは相馬主計《かずえ》を連れて江戸へと向かった。

四月四日、歳三は上野の大久保一翁《いちおう》を訪ね、さらに赤坂氷川坂の勝海舟の邸を訪れた。目的は近藤赦免の嘆願書を書いてもらうためである。

歳三は勝を前に流山の顚末を語った。

「そうか、大久保が捕まったか。で、俺に何の用だい」

「大久保赦免の嘆願書を書いて頂きたい。この通りです」

恥も外聞もなく土下座した。

歳三は勝のことが好きではない。裏表のある勝を侍とは思っていないのだ。だが勝は今や徳川の大黒柱である。近藤を助けたい一心で畳に額を擦りつけた。

勝は腕を組んでなにやら考えている。どうせ損得勘定に決まっていると歳三は思った。

しばしの沈黙の後、勝が言った。

「恪二郎《かくじろう》の件では世話になったしなあ」

恪二郎とは蘭学者・佐久間象山の遺児・恪二郎のことである。佐久間象山は勝の妹の亭主であり恪二郎は甥にあたる。象山が暗殺された後、恪二郎は新選組に入隊し、仇を探し廻っていたことがあった。

「よし書状は書いてやる。持って行くがいい。だがな、これ以上騒ぎは起こさねえと約束してくれ。お前さんには武士の意地ってもんがあるだろうが、そいつは捨ててくれ。できるかい」

「分かりました。肝に銘じて騒ぎは起こしませぬ」

この時期に新選組の決起を避けたい勝の気持ちは本心であるが、そういう損得勘定ばかりではなかった。あくまで士道を貫こうとする近藤や歳三のことを勝は買っていたのである。そうでもなければこの大事な時に近藤救済の嘆願書など書くはずがない。そのことに歳三は気付いていなかった。

明くる五日、歳三の潜伏先に勝直筆の嘆願書が届けられた。

「相馬、今からこれを板橋の総督府に持っていく」

歳三の手には三通の書状が握られていた。大久保一翁、勝海舟、そして自分がしたためたものである。

「私が持ってまいります」

「いや、これは危険な任務だ。お前に任せるわけにはいかぬ」

「いえ、私にやらせて下さい。副長は顔を知られている恐れがあります。私は入隊してまだ日が浅いため知られておりません。もし副長の正体が露見すればすべてが水泡に帰してしまいます」

相馬の言うことはもっともであった。自分の配下を危険に晒すことは避けたいところだが、そのわずかな情けが近藤や野村の命を危うくすることになるならば、ここは指揮官として冷静に合理的な指令を下さなければならない。

「すまんな相馬。お前の言うとおりだ。危険な役目だが引き受けてくれるか」

「喜んで」

歳三の気遣いを察して、相馬は微笑んだ。

「書状を渡したらすぐに戻ってくるんだぞ」

「はい」

相馬は急ぎ、板橋へと向かった。

板橋にある新政府軍総督府に着くと、門番に目通りを願った。

「書状を預かってまいりました」

門番が用件を中へ伝えると、しばらくして一人の男が現れた。

「貴公の用向きは書状によりあい分かった。すまんが私に付いてきて下され」

相馬は門をくぐり、男の後に付いて総督府の奥へと入って行った。

敵陣に一人で飛び込んだ相馬は、正に鯨の腹の中に飲み込まれたような気分だった。

中庭まで連れて行かれると、槍を持った者数名が飛び出して来て、周りを囲まれてしまった。

「なんの真似だ」

「お主、新選組であろう。正体はとっくに知れておる」

相馬は抵抗したが、槍の柄で足を掬《すく》われるとあっという間に取り押さえられ、そのまま牢にぶち込まれてしまった。

牢の中には野村利三郎がいた。

「相馬さん」

「野村。なぜ正体がばれたのだ」

「それが、総督府の中に局長を知っている者がいて」

近藤を知っている者とは元御陵衛士の加納鷲雄と清原清だった。彼らは新選組在籍当時から内密に親交のあった薩摩藩に匿われていたのだ。実は近藤が出頭した時点で、「あれは新選組の近藤ではないか」との噂が飛び交っていた。加納たちは首実検のために板橋へ呼ばれたのだった。

近藤は皮肉にも、命を狙っていた彼らの下に、自ら飛び込む形となってしまったのである。

その頃歳三は、なかなか戻ってこない相馬を心配していた。そこへ軍資金調達の命を受けた島田魁ら六名の新選組隊士（他に中島登・畠山芳次郎・沢忠助・松沢乙造・漢一郎《あや》）が現れた。

「おう、お前たちか」

「軍資金の方は揃いました。それより、局長はどうなりました」

「まだだ。相馬が嘆願書を持って総督府に行ったが、まだ戻らん」

「まさか、正体がばれたのでは」

「新政府の中に相馬の顔を知っている奴はおらんだろう」

「だと思いますが……」

　結局その日、相馬が戻ることはなかった。


　翌日、歳三は目立たぬ地味な着物姿で、歩兵奉行大鳥圭介の邸を訪れた。

　大鳥は歳三よりも三つ年上で、播州赤穂の医者の倅である。歳三と同じく武家の出ではない。緒《お》方洪庵《がたこうあん》の適塾《てきじゅく》で蘭学を学び、江川太郎左衛門に砲術の指南を受け、慶応二年（一八六六）に幕臣に取り立てられている。フランス式軍事調練で鍛えた「伝習隊」を率い、旧幕府海軍の榎本釜次郎《えのもとかまじろう》と共に徹底抗戦を唱える主戦派の一人であった。

「新選組副長、土方歳三です」

　内藤隼人とは名乗らない。土方歳三の方が、通りが良いのだ。

「色々と武勇伝は伺っております。近藤さんはお元気ですか」

　聞かれて歳三は流山の顛末を話した。

「そうでしたか。一日も早く近藤殿が赦免されることを祈ります。そういうことであれば、まもなく江戸城明渡しとなりますが、新選組はいかがされるのですか」

「できれば近藤の帰りを待ちたいところですが、江戸城が明け渡されれば、薩長は私怨のある会津に向かうと思われます。そうなれば会津を救うために私も行かなければなりません。大鳥先生は、どうされるのです」

「城明渡しの日に、下総の鴻之台《こうのだい》で有志一同が集まり軍議を開くことになっています。土方さんも出席なさいませんか」

この情報を得ただけでも、大鳥の許を訪ねたことは正解であった。

「ぜひ、私も同席させて下さい」


その頃、板橋総督府では近藤が厳しい取調べを受けていた。

「大久保大和こと新選組局長近藤勇。甲州勝沼でのこと、並びに流山に布陣いたしことはすべて勝の差し金であろう」

「違う、我らが勝手にしでかしたこと。勝安房《あわ》殿の指図は受けておらぬ」

「では、お前の助命嘆願を求めるこの書状はなんだ」

「知らぬ。勝殿は私の身を案じてなされたこと、新政府との戦など指図されてはおらぬ」

新政府軍は近藤の口から勝の指図があった事実をなんとしても聞き出したかった。イギリス公使パークスから「恭順を示している相手を討伐するなど、もってのほか」と言われ、足枷《あしかせ》をはめられた状態にあったが、勝が陰で糸を引いていた事実が発覚すれば江戸総攻撃の大義名分が立つのだ。近藤もその意図を充分に把握していたため、はげしい拷問にあいながらも決して口を割ることはなかった。

第二十四章　沖田総司

歳三は江戸を後にする前に、労咳《ろうがい》で療養中の沖田総司を見舞いに訪れた。

沖田は千駄ヶ谷で植木屋「植甚《うえじん》」を営む柴田平五郎宅の離れで療養していた。

ここは出羽長瀞《ながとろ》藩の笹原《ささはら》嘉門《かもん》が近藤に相談されて紹介してくれた場所で、周りを田畑に囲まれたのんびりしたところにあった。

歳三が平五郎に謝礼の金子を渡した。

「このような気遣いは無用に願います」

平五郎が沖田の面倒を見る気になったのは、あくまでも徳川に義を尽くそうとする新選組に感銘を受けてのことである。

「総司のことは本当にありがたく思っているのです。ぜひ受け取って下さい」

歳三は感謝の気持ちを込めて強引に金子を手渡した。

平五郎は断りきれずに有り難く頂戴することにした。

「総司の様子はいかがですか」

「思わしくありません。ここ数日は穏やかに過ごしていらっしゃいますが、時々激しく吐血することが御座います」

当時、労咳と呼ばれた結核は、結核菌により肺が蝕まれる病気である。

感染しても体の抵抗力が強ければ発病しないが、なんらかの原因により抵抗力が落ちると発病する。初めのうちは風邪に似た症状が出るだけであるが、進行すると血痰が出たり喀血したりし、さらに悪化すると肺に大きな空洞ができて呼吸困難に陥り死亡することになる。現代では投薬により完治するが、この時代は不治の病と言われ、発病してから五年で五割の死亡率である。

歳三は母屋を抜けて、沖田が療養している離れへと案内された。

十畳ほどの座敷で、日当たりの良い造りである。

「沖田様、珍しい方がお見えですよ」

床に伏せていた沖田が薄目を開けた。

「総司、調子はどうだ」

沖田の顔に笑みが溢れた。

最近は沖田の許を訪ねる者もめっきり少なくなっていた。以前は義姉のミツが度々看病に訪れていたが、夫沖田林太郎の都合で庄内へ引越して以来、訪れる者は稀《まれ》であった。

(俺は一人寂しく、ここで死ぬんだろうな)

沖田は最近、よくそう思うようになっていた。すると、恐怖と切なさでたまらなくなるのである。

そんな中での歳三の訪問は本当に嬉しかった。

沖田は無理に起き上がろうとした。

ごほごほと咳が出た。

「無理をするな」

歳三は駆け寄って沖田を床に寝かすと、口元についていた血痰を手拭いで拭き取ってやった。

呼吸すること自体が苦しいらしく、話をするのも辛そうだった。

「先生、は」

「近藤さんは、今日は忙しくて来られないんだ」

「先生にも……、会いたかったな」

まさか新政府軍に捕まっているとは言えなかった。

「今日は俺で我慢しろ」

骨と皮ばかりで、双眸が窪んだ顔がにこりと微笑んだ。

歳三は胸が熱くなった。

涙が溢れそうになるのを悟られまいとして庭を見た。

「ここは眺めがいいな」

しっかりと手入れされた庭は、遠くに見える山々と重なり、自然の優美さを見事に演出したでき栄えであった。

沖田とは、かれこれ十七年もの付き合いになる。

初めて出会ったのは日野の佐藤彦五郎道場だった。

出稽古に来ていた近藤周助が供として連れて来ていたのが島崎勝太（近藤勇）と沖田総司であった。

「初めて会ったあの日のこと、覚えているか。俺が十七の時だ。まだ十歳《とう》のお前の打ち込みを受け止めきれずに、木刀を落としてしまったことがあったな。あれをまともに喰らっていたら俺は死んでいたぞ。お前はあの頃から手加減というものをまったくしなかったから、他の門弟はお前との稽古を嫌がっていたな」

沖田は床で話を聞きながら懐かしそうに微笑んでいた。

歳三はあの頃から沖田を実の弟のように思っていた。

「総司、ここなら新政府軍にも気付かれることはない。ゆっくりと養生しろよ」

だが、沖田の死期が近いことは歳三の目にも明らかであった。

（おそらくこれが最後の別れになるだろう）

その日、歳三は総司が眠るまで傍にいた。

沖田総司が亡くなるのは、この一月《ひとつき》半後の五月三十日のこととなる。

幼少の頃から貧困に耐え、上洛してこれからという時に結核を患い、非業の死を遂げた沖田総司。

あまりにも儚《はかな》いその人生は、さぞや無念であったに違いない。享年二十七歳。

第二十五章　宇都宮

四月十一日、勝の尽力により江戸総攻撃は回避され、江戸城無血開城が実現した。ただし、徳川家の処分は保留のままで、慶喜個人については、ひとまず水戸で謹慎とのことになった。

その日、歳三は下総鴻之台《こうのだい》（千葉県市川市国府台）の総寧寺《そうねいじ》にいた。

大鳥圭介率いる伝習隊をはじめ、回天隊、誠忠隊、純義隊など、多くの旧幕府脱走者がここに集結し、その数は二千を超えていた。

翌十二日、そこから少し離れたところにある弘法寺の塔頭大林院《だいりんいん》に各隊の代表が集まり軍議が開かれた。席上、全軍を率いる総督が選ばれることになり、大鳥圭介が満場一致で選出された。

この中では大鳥率いる伝習隊が一番大きな勢力である。名誉に固執する大鳥ではないが、自分が総督に推されるであろうことは予想できていた。

「皆さんの御期待に添えるよう尽力致します」

立ち上がってそう挨拶すると、

「総督就任にあたり、参謀に推挙したい人物がおります」

と、早速人事についての提案をした。

総督になるであろうことを見越してすでに考えていたことであった。

「そこにいる土方歳三君です」

大鳥は歳三を指差した。

一同の視線が一斉に歳三へと向けられた。

歳三は大鳥の言葉に内心驚いてはいたが、それを曖気《おくび》にも出さず、

「私でよければお引き受け致しましょう」

と承諾した。

大鳥は軍事理論に精通しているが実戦経験が少ない。そこを歳三にカバーしてもらいたいのだ。

この人事には誰も異論を唱える者はなく、歳三は新選組の副長から一気に旧幕府軍のナンバー2に昇格したのである。

大鳥は軍を前軍、中軍、後軍の三軍編成とした。
・前軍　隊長　秋月登之助《のぼりのすけ》、参謀　土方歳三、伝習第一大隊、桑名藩兵、回天隊、新選組、他　約千名。
・中軍　隊長　大鳥圭介、伝習第二大隊、誠忠隊、純義隊、他　約六百名。
・後軍　隊長　米田桂次郎、歩兵第七連隊、他　約四百名。
前軍の中に新選組とあるが、これは江戸から歳三と共に来た島田魁などの他に、流山で分かれた新選組隊士三十名が含まれる。彼らは鴻之台に旧幕府脱走兵が集結しているとの噂を聞きつけやっ

てきた者たちだった。また後軍には靖兵隊として新選組から去った永倉新八と原田左之助が含まれていた。

さらに大鳥は作戦を提示した。それは新政府軍に寝返った宇都宮藩の城を奪い、敵の北上を迎え撃つというものだった。作戦は満場一致で採択され、軍議が終るとその日のうちに進軍が開始された。

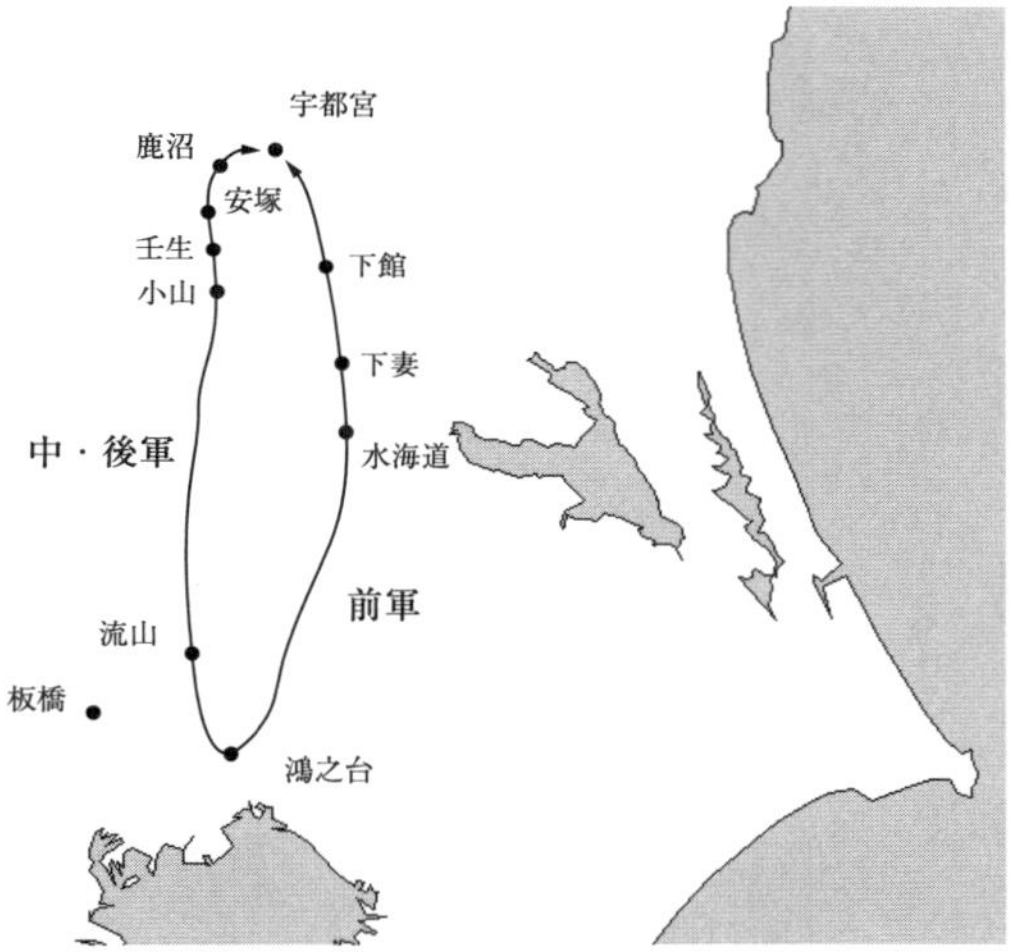

旧幕府軍行軍経路

これにより、歳三は近藤を板橋に残すことになるわけだが、

（きっと、また会える）

と自分に言い聞かせて、出発したのであった。

秋月登之助と土方歳三率いる前軍は、水海道・下妻・下館を経由して宇都宮を目指した。大鳥圭介率いる中軍および米田桂次郎の後軍は日光街道を通り宇都宮を目指した。隊を二分して行軍させたのは、そうしないと人数が多過ぎて兵糧や宿泊地に支障をきたす恐れがあったためである。

四月十九日朝、前軍は下館から宇都宮までの中間地点にさしかかっていた。そこへ放っておいた斥候が戻ってきた。

知らせによると宇都宮城は平地に建てられた平城であり、城内にはおよそ九百の兵が旧式の武装で待ち構えているとのことだった。また城は幾重にも水堀を巡らせてはいるが、東側が比較的攻めやすく、そこの防備を固めるために敵の一隊が城から出て簗瀬《やなせ》村に陣を敷いているとの報告であった。

歳三は報告を聞き終えると即座に作戦を立案した。それは武器の優位性を活かし、簗瀬村の陣に集中砲火を浴びせ、敵が城へ敗走したらそのまま一緒に城内へ雪崩れ込むというものだった。その際、城の裏側は敵が敗走しやすいようにわざと開けておく。これは無用な戦闘を避けるための処置である。

隊長秋月登之助はその作戦を採用し、簗瀬村まで軍を進め、敵陣を半円状に囲む形で兵を散開させた。

「撃て！」

秋月が叫ぶと、つぎつぎと大砲が発射された。

敵陣に炸裂して木柵や土嚢が吹っ飛んだ。

それと並行してシャスポー銃による銃撃が加えられた。

ミニエー銃しか装備していない宇都宮兵は、積み上げた土嚢の陰から単発的に応戦するのが精一杯だったが、元込め式のシャスポー銃は射程が長い上にミニエー銃が一発撃つ間に五〜六発は撃てるのだ。

たちまち敵は雪崩を打って、城内へと敗走していった。

「今だ、突っ込め」

歳三はラッパを吹かせ、突撃を敢行した。

敵は簗瀬橋を渡り、城の南側にある下河原門から城内へ逃げ込もうとした。

「門を閉めさせるな」

敵兵と入り乱れる形で、歳三率いる桑名兵や新選組などが下河原門に突入し、凄まじい白兵戦となった。

この時、味方に臆病風に吹かれた者が出た。

「うわあー」

男は恐怖に怯え、絶叫しながら逃げ戻ってきた。

（いかん）

歳三は抜き打ちに斬った。

男は胸からおびただしい血しぶきを上げて即死した。

手柄を立てて一旗揚げようと参加した町人であった。

「逃げる奴は誰でもこうだ」

歳三が檄を飛ばした。

一人の逃走は軍全体の崩壊を招くことにつながる。泣いて馬謖《ばしょく》を斬る思いで、直ちに処断しなければ、多大な犠牲を出すことにつながるのだ。

（すまぬ、許せ）

歳三は心で詫びた。

「ラッパを吹き鳴らせ、士気を上げろ」

狂ったように斬りまくり、戦場は阿鼻叫喚の地獄絵図と化した。

一方、秋月ひきいる伝習隊は簗瀬橋を渡った後、外堀沿いに北上し、中河原門、大手門を突破。また南からは回天隊が南館《みなみだて》門攻略に成功していた。

負けを悟った敵は、城に火を放ち、歳三がわざと開けておいた西側の門から敗走した。紅蓮の炎を背に旧幕府軍前軍は勝鬨《かちどき》をあげて喜んだ。

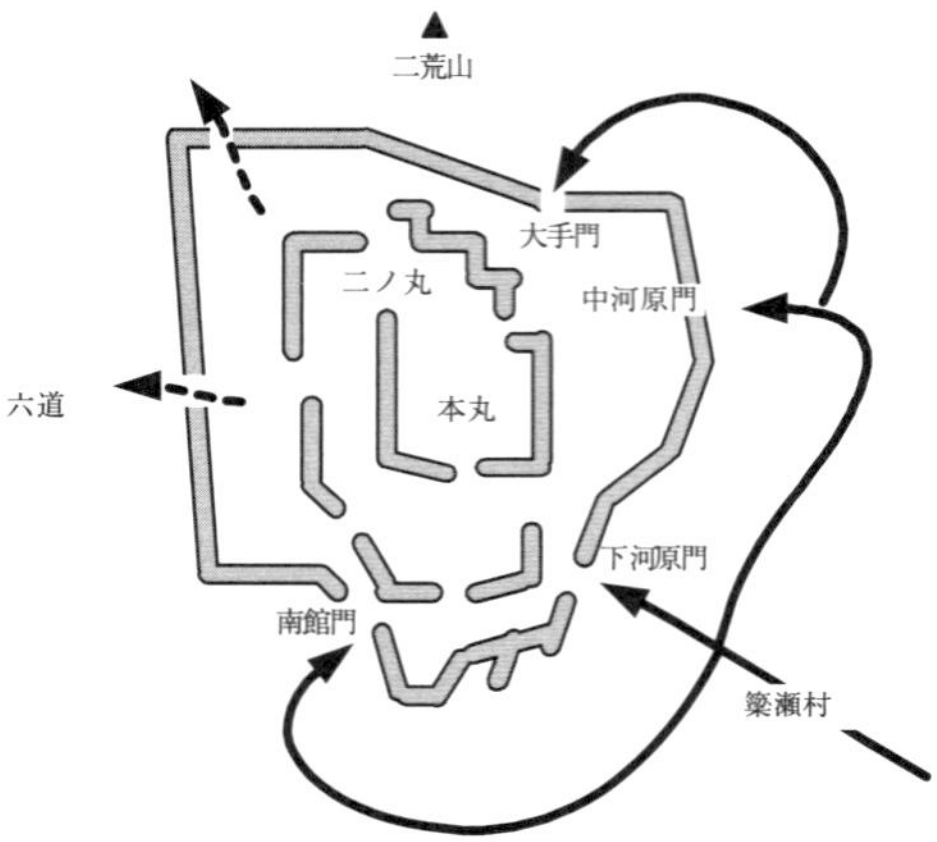

宇都宮城攻防戦

翌二十日、大鳥圭介らの中軍・後軍が小山で新政府軍を撃ち破って宇都宮城に入城した。夕刻になり、歳三が焼け落ちた本丸の脇で城内を眺めていると、一人の男が訪ねて来た。永倉新八であった。

永倉は新選組を去った後、靖兵隊に加わり各地を転戦し、今は旧幕府軍後軍に属していた。

宇都宮城に入城したことで再び歳三とめぐり合う機会を得たのである。

「土方さん、お久しぶりです。見事な戦いぶりだったそうですね」

「お前も無事でなによりだ。まあお前が死ぬなど想像もできんがな」

　永倉は首を振って謙遜すると、真剣な顔で聞いてきた。

「近藤さんが捕らえられたそうですね、残念です」

「相馬や野村も捕まっている」

「近藤さんが、医学所で私や原田に言った言葉を覚えていますか」

「覚えている。お前たちが家来になるなら会津に行くと言ってたな」

「しばらくして考えてみると、あれは近藤さんの本心ではないように思えて……」

「そうか、気付いてくれたか」

「私も原田も、あの時は頭に血が昇っていて……、まったく恥ずかしい……」

「その言葉を聞いたら近藤さんも喜ぶだろう。きっと近藤さんは赦免される。そして会津に来るはずだ。そうしたら新選組に帰ってこいよ」

「ありがとうございます」

　永倉はその言葉で救われたような気がした。

「原田も元気か」

「原田は彰義隊に加わると言って、山崎の宿で分かれました」

「そうか、あいつも無事でいてくれたらいいな」

「はい」

永倉は、一礼すると守備に戻っていった。

後年の話であるが、明治九年、永倉は板橋に近藤と土方を偲んで慰霊碑を建てている。永倉自身も大正四年にこの世を去るが、墓碑は遺言によりその慰霊碑の隣に建てられた。結局、永倉は新選組に戻ることはなかったが、戦う場所は違っていても心は常に新選組と共にあった。


四月二十一日、朝から雨だった。

宇都宮城の南西四里（約十六キロメートル）に位置する壬生城に、新政府軍が入城したとの知らせが入った。その知らせを受けて大鳥は先制攻撃を仕掛けることを決めた。かくして翌朝、宇都宮城と壬生城の中間にある安塚で両軍は激突した。

初めのうちは旧幕府軍の銃火器が性能に勝り優勢を保っていたが、新政府軍が予備兵力もすべて投入して白兵戦を挑んでくると、たちまち形勢は逆転して、旧幕府軍は退却せざるをえなくなった。

新政府軍はそのまま宇都宮城へ攻め込む構えを見せたが、序盤戦で受けたダメージが大きく、その日の追撃は断念して壬生城へ退却した。

四月二十三日、新政府軍は宇都宮城へ向けて進軍を再開した。知らせを受けた大鳥はすぐに迎撃態勢を取った。この時、土方は桑名兵を率いて宇都宮城の北側にある二荒山《ふたらさん》に布陣した。

戦いは城外西側にある六道の辻で始まった。六道の辻はその昔、おびただしい人骨が出土して髑髏《どくろ》原と言われたところであり、ドクロを反対にロクド（六道）と呼んだことがその由来とされる。

まさに戦に相応しい場所である。

銃撃戦の末、新政府軍の先遣部隊が六道の辻を突破し、城の西側にある松ヶ峰門に攻め入った。

さらに、少し遅れて到着した新政府軍主力部隊が南館門に押し寄せ大激戦となった。

二荒山に布陣していた歳三の許に南館門からの救援要請が届いた。

歳三は隊を整列させると、直ぐに南館門めがけて駆け出した。

到着した時には、すでに門は吹き飛ばされ、城内に敵が乱入していた。

「斬りかかれー」

歳三は絶叫して、先陣切って躍り出た。

だがその時、足に激痛が走り、もんどり打って転がった。

右足のつま先が燃えるように熱い。長靴のつま先部分に穴が開いていて、ドクドクと血が流れていた。足に被弾したのだ。

それを見た二人の桑名兵が歳三を後方の櫓《やぐら》まで運んでいった。

そこに大鳥がいた。

「土方君、大丈夫か」

歳三の顔は、苦痛に歪みあぶら汗がたぎっていた。返答できる余裕はなかった。

桑名兵が長靴を脱がせると、

「ぐっ」

と唸り、必死で堪えた。

長靴からドロドロと血が滴《したた》り落ちてきた。

足の指が数本取れかかっている。直ぐに消毒され、止血が行われた。

「土方君、これでは戦えまい。このまま城を脱出しろ」

（なにを言うんだ）

と言いたかったが言葉にならない。

「我が軍の弾薬はもうすぐ底をつく、退却するより仕方ないんだ」

新政府軍と違い、補給手段を持たない旧幕府軍は弾薬が底をついたらお手上げなのである。

そこへ島田魁をはじめとする新選組隊士六名が現れた。江戸で軍資金集めに奔走していた顔ぶれである。彼ら六人は自らを「守衛新選組」と名乗り、歳三の親衛隊を務めていた。

「土方さん、大丈夫ですか」

「君たち、土方君を連れて直ちに城から逃げ出してくれ」

大鳥の命令により歳三は戸板に乗せられ宇都宮城を後にした。

第二十六章　近藤の最期

四月二十九日、会津城下に辿り着いた歳三は、吉田松陰も逗留したといわれる清水屋旅館で、会津に来ていた松本良順の治療を受けていた。そこへ下総流山で別れた山口二郎（斎藤一）が新選組全員を引き連れて見舞いに訪れた。この時、新選組の隊士数は百三十名余りである。二階の部屋は隊士で一杯になり、廊下や階段にまで溢れ出していた。

部屋の中では松本良順が歳三の足に巻いている晒《さらし》を解いていた。

隊士たちが恐る恐る傷口を覗き込むと、右足中指の付け根あたりが大きく紫色に膨れ上がり、その真ん中に銃創が見えた。撃たれた時はまだ繋がっていた中指と薬指は、欠損が激しくすでに切り取られていた。

「弾は貫通しているが、足の甲の骨が砕けている。戦は当分無理だ。おとなしくしていることだな」

「先生の言うとおりにしますよ」

戦に出ても足手まといになることは、歳三自身がよく分かっていた。

「でしたら会津にはいい温泉があるとのことです。しばらくそこで湯治をしてはいかがですか」

山口二郎が勧めてくれた。

それを聞いた松本良順が、

「それは良い。いまは焦らずじっくり傷を治すことが肝心。そうしなさい」

と、一緒になって湯治を勧めてくれた。

「では、そうさせてもらうかな」

歳三は責任感から早く戦場に復帰したいとの焦りもあったが、それには落ち着いてゆっくり治療することが一番の近道であることも心得ていた。

翌日歳三は松本良順と守衛新選組を供に、駕籠に揺られて東山温泉へと向かった。右手に会津若松城を見ながら一里ほど東へ行くと、羽黒山の麓に、白い湯気を上げた湯宿に到着した。

ここ東山温泉の透明な湯は、運動機能障害、疲労回復に効くとのことで、まさに歳三には打ってつけの湯であった。

歳三は露天の岩風呂が気に入った。昼に一度入ったが、さらに夜になって松本良順と一緒に入りに出かけた。

夜の露天風呂は幻想的であった。風呂の周りには篝火が焚かれ、湯気でかすむ湯つぼを赤々と照らしていた。ほどよい湯加減のお湯につかり空を仰ぐと、そこには満天の星空が広がっていた。新政府軍と戦をしていることなど、まるで別世界のことのように思えてきた。

そこへ、島田魁が着物を着たまま現れた。

「島田、どうした。風呂に入るなら着物を脱いでこい」

島田の目から涙が溢れ出した。

「どうしたんだ島田君、なにかあったのか」

一緒に風呂に入っている松本良順が心配そうな顔をした。

「局長が、近藤局長が板橋で斬首されました」

歳三は絶句した。恐れていたことがとうとう起きてしまったのだ。

しかも斬首とは。

松本良順が、裸のまま島田に駆け寄り問い質した。

「斬首なのか、死んだにしても切腹の間違いではないのか」

「局長は逆賊として打ち首にされ、晒し首になっているとのことです」

島田は巨体を震わせ泣きだした。

本来、いくら近藤が敵将であっても、敬意を払い切腹を申し付けることが武士としての情けである。ところが近藤はただの賊として処刑されたのであった。

「なんということだ。薩長の奴ら、あまりにも酷《むご》いことを」

良順は拳を震わせ、怒りを顕にした。

歳三は努めて冷静に振る舞った。

「相馬と野村はどうした」

「分かりません。しかし今回打ち首にされたのは局長お一人のようです」

「そうか」

叫びたい心境であったが、ぐっと堪え島田に背を向けた。

湯に涙がこぼれ、波紋が広がっていった。

島田はその場に泣き崩れた。


近藤の処刑は多くの見物人が見守る中、五日前の四月二十五日に執行されていた。

軍鶏籠《とうまるかご》に乗せられた近藤は、鉄砲隊が厳重に警備しながら、宿はずれの刑場に運ばれた。

愛用の亀綾縞《かめやじま》の袷《あわせ》を着た近藤は、静かに土壇場に正座すると、

「すまぬが、小柄《こづか》を貸してくれんか。冥土に行く前に髭を剃っておきたいのだ」

と懇願した。

介錯人岡田藩の横倉喜惣次はこれを哀れに思い、小柄（五寸程度の小刀）を貸し与えた。

「忝《かたじけな》い」

近藤は無精髭を綺麗に剃り上げると、

「お待たせしました」

と言って小柄を返し、静かにその時を待った。

横倉は鞘から白刃を抜き、近藤の目の前に差し出した。

「これで、よいか」

それは紛れもなく近藤の愛刀長曾禰《ながそね》虎徹《こてつ》二尺三寸五分であった。共に戦場を駆け抜けた戦友であ

る。最後の願いとして、虎徹を使ってくれるように頼んでいたのだ。

「ありがたい」

そう言うと、静かに首《こうべ》を垂れた。

（歳、先に行くぞ）

「えいっ」

鮮血が吹き上がり、首が落ちた。

見ていた江戸の町民は皆、涙を禁じえなかったという。

近藤の首級《みしるし》は板橋で三日間晒された後、焼酎漬にされ京の三条河原で再度晒された。二度にわたる梟首は異例中の異例であり「勝てば官軍という驕りだ」との世論が巻き起こった。

板橋の刑場に埋められた胴体は、郷里の人々が夜にこっそり掘り起こし、泣きながら運び去ったという。

第二十七章　母成峠の戦い

長州にとって会津は最も憎い敵である。会津の働きによりどれだけ多くの長州人が血を流したか分からないからだ。だが会津藩主松平容保《かたもり》にしてみれば、京都守護職は幕府に依頼されて奉じたことであり、本来恨みを買う筋のものではない。長州もそのへんのことは分かっているが、身内の情としては到底許せるものではないのだ。新政府軍は会津を目指して進軍した。

窮地に立たされた会津藩を救うため、米沢藩・仙台藩を中心に奥羽列藩同盟が結ばれた。そして新政府軍参謀世良《せら》修蔵《しゅうぞう》に会津藩救済の嘆願書が提出されたのだが、この世良という人物が曲者であった。世良は交渉に臨んだ仙台藩士を無礼な態度で追い返し、さらに後日、大山格之助に宛てた手紙の中に「奥羽皆敵、仙台、米沢恐るるに足らず」と書いたことが露見して、仙台藩士に斬殺されてしまったのだ。かくして事態は会津戦争へ突入することとなった。

新政府軍は、西は越後長岡方面から山県有朋《ありとも》が、南は日光方面から桐野利秋が進軍した。会津藩は各地で激戦を繰り広げ、死力を尽くして応戦したが、八月に入るとさらに東の二本松方面から板垣退助、伊地知正治らが攻め入る構えを見せてきた。

この時、板垣と伊地知はどのルートから攻め入るかで意見が対立していた。二本松から会津若松へ至るには九つもの峠が存在する。それは土湯、沼尻、母成《ぼなり》、中山、御霊櫃《ごれいびつ》、三森、諏訪、勢至堂《せいしどう》、羽鳥《はとり》である。会津若松へ至るにはいずれかの峠を通らなければならない。

伊地知は、

「母成峠を越えて猪苗代湖の北岸を進むべきだ」

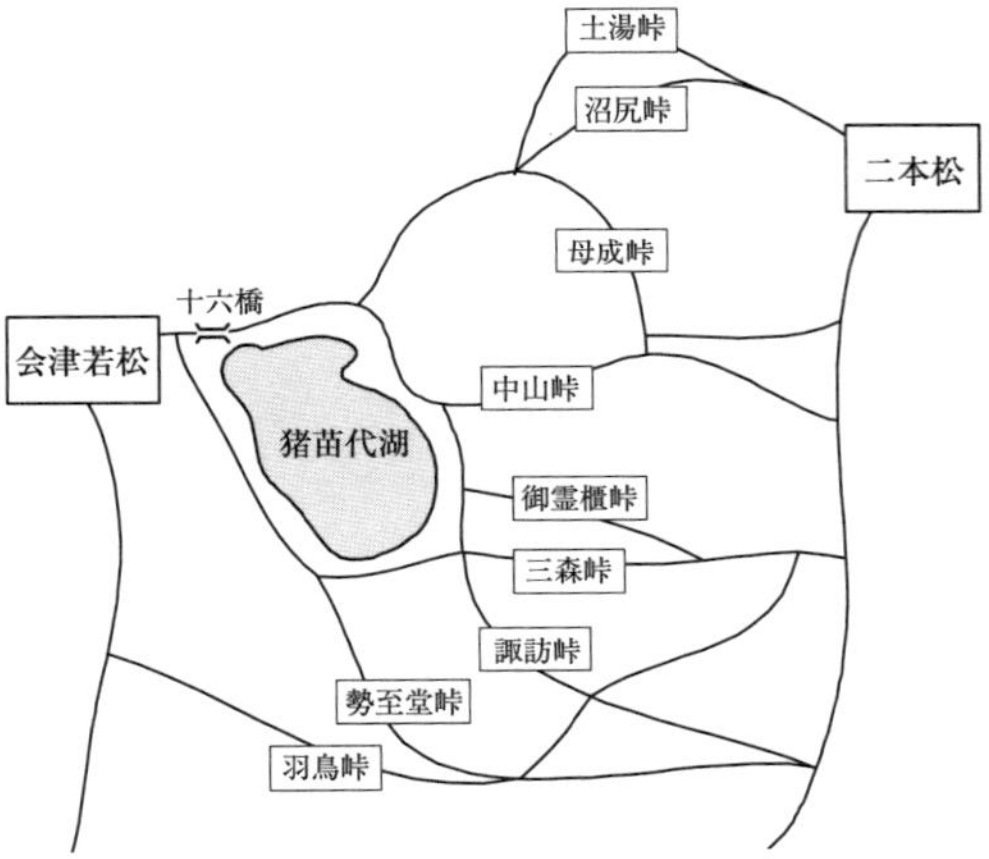

会津～二本松間の峠道

と主張するが、板垣は、

「母成は険しく、攻略できてもそのあとに十六《じゅうろっ》橋《きょう》を通らねばならず、この橋を落とされては進軍が止まってしまう。従って御霊櫃峠を抜け、猪苗代湖の南岸を通り会津へ向かうべきだ」

と反論した。

だが伊地知は、

「まもなく冬が近づいているため、ぐずぐずしている暇はない。会津の主力は恐らく御霊櫃に集中する。敵の裏をかいて母成を突破し、そのまま速攻で十六橋を押さえるべきだ」

と板垣の意見を突っぱねた。

結果、板垣が折れ、伊地知の言う母成峠を攻めることになった。

一方、迎え撃つ会津藩は、越後長岡方面と日光方面から進軍してくる敵に対して多くの兵を投入しているため、二本松から攻め入る敵には残りわずかの兵で対処するしかなくなっていた。従ってすべての峠に兵を分散配備しては守りが手薄になってしまうため、どの峠から敵がやってくるかを読み、できるだけ兵を集中する策がとられた。

会津藩は中山峠と御霊櫃峠から敵が侵攻してくる可能性が高いと考え、そこに主力を配備し、母成峠から侵攻する可能性は低いと見て、そこへは大鳥圭介の旧幕府軍など兵八百を向かわせた（これは伊地知の読みどおりとなってしまった）。会津の重臣たちは大鳥や歳三が武家の出ではなく、伝習隊にも町人が多いということから彼らを軽んじる向きがあった。そのため主力には組み込まず、裏をかかれた場合の備えに使ったのだ。歳三自身もそのことは感じ取っていた。藩主松平容保は、京都時代から身分の壁を越えて今でも新選組を高く評価してくれているが、地元会津の古参家老たちは自尊心が強く、身分を重んじる者が多かったのだ。

（悪夢の再来かな）

歳三は鳥羽伏見戦を思い出した。あれも旧幕臣の驕りが招いた敗戦であった。足の傷は癒え、四カ月ぶりの戦場であったが、先行きが案じられる復帰第一戦となった。

大鳥は萩岡から母成峠まで続く本道に三つの陣を構築した。萩岡に第一陣、勝岩周辺に第二陣、母成峠に第三陣である。この時代、戦場において複線陣地、縦深防御という概念は存在しなかったが、これは大鳥が地の利を活かし独自に考案した戦術であった。その中で歳三は新選組と共に第二陣の勝岩にいた。

八月二十一日、母成周辺は明け方から深い霧に包まれていた。

新政府軍は母成に向け三方から進軍した。板垣退助、伊地知正治率いる主力部隊千三百は第一陣の萩岡へ向かった。谷干城《たにたてき》率いる千の別働隊は、第二陣の勝岩へ、さらに川村純義《すみよし》率いる三百の兵は山葵沢《わさびざわ》の間道を通って第三陣のある母成峠後方へ廻り込もうとしていた。

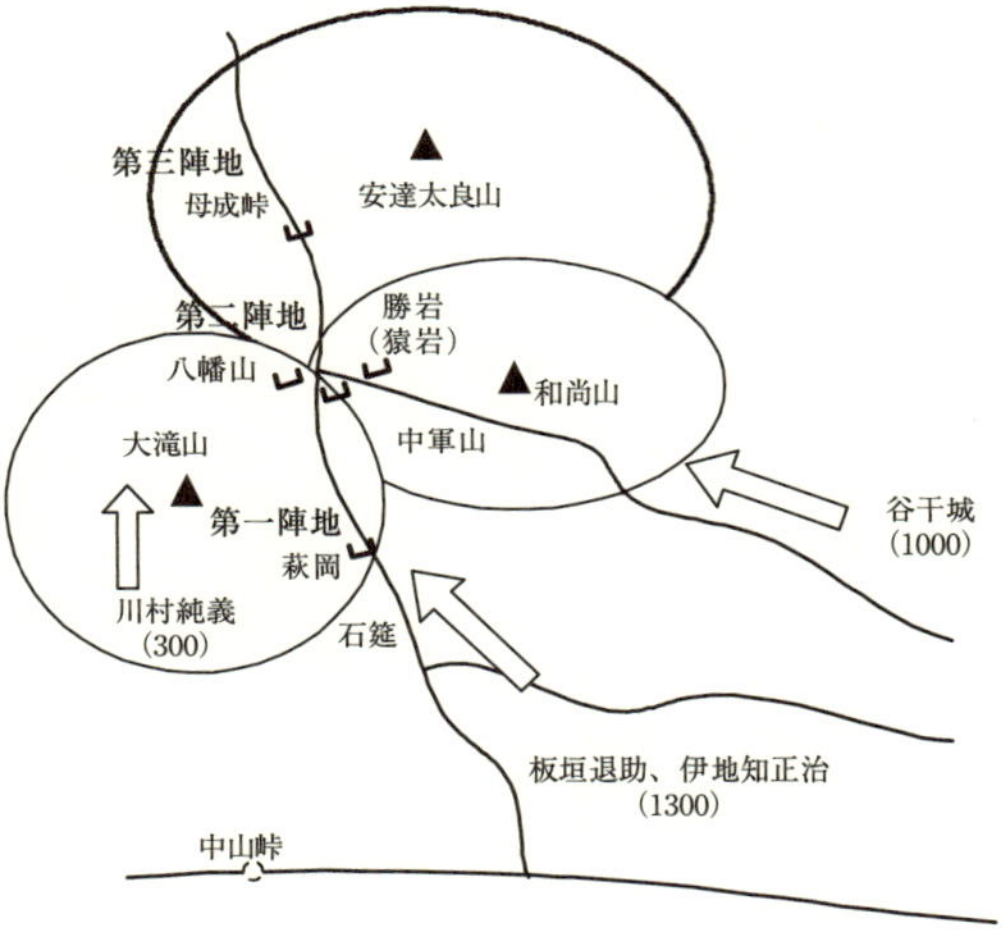

母成峠の戦い

白い霧が深く立ち込める中、戦闘は第二陣より始まった。山中を行軍していた谷干城の隊が勝岩に布陣する新選組を発見し銃撃を浴びせたのだ。

「慌てるな、落ち着いて一人ずつ片付けろ」

歳三の命令により新選組は胸壁に隠れて銃撃した。谷干城の隊が勝岩へ突入するためには深い谷を降りてからまた登らねばならず、岩や木に隠れながら隙を見て少しずつ近寄るしか手がないのである。歳三は地の利を活かし一人ずつ狙い撃ちするよう指示を出したのだ。

二陣で戦闘が始まった直後、板垣と伊地知率いる主力部隊は萩岡の第一陣正面に姿を現した。板垣には濃霧のため旧幕府兵の姿は見えていなかったが、斥候の報告により敵陣の距離と方角を摑むと、二十門の大砲をそちらに向けて一斉に砲撃を開始した。すると谷間に凄まじい爆音が轟き、第一陣はあっという間に陥落した。

これは板垣の先駆的な戦法が功を奏したためと言われる。当時、軍を三隊に分けて進軍した場合は、砲も三つに分けて運用することが常識であったが、板垣は全門を一隊に集中させて、敵に集中砲火を浴びせたのである。これにより短時間で第一陣は落ちたのだ。

この結果、第二陣は谷から攻める谷干城隊と本道を登ってくる板垣隊から攻め立てられることになった。旧幕府軍は自慢のシャスポー銃で応戦するが、この時新政府軍も古いミニエー銃を元込め式に改造したスナイドル銃を装備しており、数に勝る新政府軍は徐々に旧幕府軍を圧倒していった。

「土方君、形勢不利だ。三陣で態勢を立て直そう」

大鳥は第三陣へ後退するよう指令を出した。

母成峠の三陣に着くと直ぐに激しい銃撃戦が再開された。

やがて新政府軍はすべての大砲を母成峠まで運びあげ、再び集中砲火を浴びせてきた。間断なく砲弾が打ち込まれ、山々に轟音が谺《こだま》した。

もう後がない。ここは絶対に死守しなければならん。歳三は死を覚悟した。

その時、後方で火柱が上がった。

「しまった、挟み撃ちにされたか」

だがそれは、新政府軍の仕業ではなかった。確かに川村純義率いる三百の兵は第三陣の後方へ廻り込もうとしていたが、彼らは道に迷い三陣に辿り着くことができずにいたのだ。

歳三の許に知らせにきた兵の話では、会津兵が新政府軍を母成に足止めするために、陣に火を放って逃げたとのことであった。

(なに)

驚きと共に怒りが込み上げてきた。

(己の藩を守るために、俺たちを見殺しにするとは)

鳥羽伏見の戦いで徳川慶喜に裏切られたことを思い出した。

「これが侍のすることか」

歳三は横にあった杉の木を殴りつけた。

怒り心頭に発した歳三には、すでに周りの声は耳に入っておらず、このまま新政府軍に突撃を敢行しようかと考えた。

だがその時、声が聞こえた。

(歳、頭を冷やせ)

もはやこの世にはいない近藤の声であった。

「近藤さん」

急に我に返り、喧騒《けんそう》が耳に飛び込んできた。

気が付くと、周りで兵が不安そうに自分の顔を見つめている。

（そうだ、俺はこいつらを犬死させるわけにはいかないんだ）

「大鳥さん、もはやこれまでです。兵を退却させます」

大鳥もやむなしと判断して退却の許可を出した。

「これより退却する。俺に続け！」

旧幕府軍は藪を掻き分け敗走した。


新政府軍の猛追を受けながら、旧幕府軍はやっとの思いで東山温泉に近い天寧寺に辿り着いた。この時、兵の半分近くは行方が分からなくなっていた。山中で迷ったらしい。いずれ合流を果たすことを期待するしかなかった。

歳三はなんとか逃げおおせたが、もはや会津とは一緒に闘えぬと思っていた。

（このまま我らだけで新政府軍と戦うか）

思案に暮れながら天寧寺裏手に行くと、そこには松平容保が建立してくれた近藤勇の慰霊碑が完成していた。

（そうだ、容保侯が俺たちを見捨てたわけではないのだ。会津のためには戦えぬが、容保侯のためならば戦える）

松平容保は藩の財政が苦しいにも拘らず徳川に忠義を尽くして京都守護職を務めた義の人である。また新選組の生みの親であり、出自などに関係なく接してくれていた。

「大鳥さん、俺は庄内藩に援軍を頼みに行こうと思います」

　すると大島は、

「庄内藩も会津と同じではないのか。俺たちの言うことなど聞いてはくれまい」

「かもしれません。ですが容保侯のためにできるだけのことはやってみたいのです」

「そうか、容保侯は新選組の生みの親だからな。分かった。だが、庄内藩が渋った時は仙台に行ってみてはどうだ、榎本君たちが向かっているはずだ」

「榎本さんの海軍ですか」

「あれは頼りになるぞ」

「分かりました」

　歳三は新選組隊士松本捨助と斎藤一諾斎を従えて庄内へと向かった。しかしこの時、すでに庄内藩は恭順に転じており、歳三たちを領内へ入れることを許さなかった。歳三は諦めて仙台へと向かった。

第二十八章　蝦夷へ

懸案だった徳川家の処分であるが、八百万石あった所領のほとんどが没収されて駿河府中藩（七十万石）の領地のみが許された。さらに新政府は徳川御三卿の一つである田安家の三男亀之助（当時五歳）に徳川家を継がせ、水戸で謹慎している慶喜には駿府での謹慎を命じた。

この処分により徳川家は、すべての家臣を養っていくことができなくなり、家族も含めて約三十万人が路頭に迷うことになった。

榎本釜次郎（武揚）率いる旧幕府海軍が、新政府軍への軍艦引渡しを拒み、品川沖を脱走したのは慶応四年（一八六八）八月十九日、江戸が東京へと改名された約一カ月後のことであった。

榎本は四隻の戦艦（開陽、回天、蟠龍《ばんりょう》、千代田形）と、四隻の輸送船（神速丸、長鯨《ちょうげい》丸、咸臨《かんりん》丸、美加保丸）に旧幕府兵など二千人の兵士を乗せて脱走したが二十一日未明房総沖航行中に激しい嵐に遭い、艦隊は散り散りとなってしまった。

旗艦開陽はマストを折られ舵も故障した。

美加保丸は銚子で座礁し沈没した。噂では十八万両の財宝と共に沈んだといわれる。
蟠龍と咸臨丸は南方へ流され、清水港に辿りついて修理をするが、新政府軍に発見されてしまう。この時蟠龍はいち早く出航して間一髪難を逃れるものの、咸臨丸乗組員は激戦の末全滅。死体は港に投げこまれ、しばらく漂っていたが、見かねた清水の次郎長親分（山本長五郎）が引き上げて埋葬したというエピソードが残る。

八月二十七日、なんとか嵐を切り抜けた五隻（開陽、回天、千代田形、神速丸、長鯨丸）は仙台湾に辿り着いていた。

歳三は榎本が下船してくるのを待った。

榎本にはこれが初対面ではない。初めて会ったのは鳥羽伏見戦に敗れ、海路江戸へ戻る途中の富士山丸の船中であった。歳三はまだ肩の傷が癒えぬ近藤と一緒に乗船していたのだが、同じく榎本も乗り合わせていたのだ。

その時の近藤と榎本の会話が歳三は忘れられなかった。

近藤が榎本に、

「私は京へ赴くにあたり、妻子とは二度と会わぬつもりで別れを告げて参りましたが、このたび図らずも江戸へ帰還することになり、妻子と再会できることを嬉しく思っているのです。まったくお恥ずかしい話ですが」

と語った。それに対して榎本は、

「それは人として当然の情です。たとえ文武に秀でた者でも、人情を解さぬ者は獣《けもの》と変わりありません」

近藤の隣で聞いていた歳三は、なにか心が温かくなる思いがしたのである。

仙台湾に浮かぶ榎本艦隊は壮観な眺めであった。

開陽から下船した榎本は艀《はしけ》に乗って上陸すると、そこに歳三の姿を発見した。

「土方君じゃないか。仙台に来ているとは思わなかったよ。君がここにいるということは会津がそうとう危ない状態ということだな」

「御明察のとおりです」

榎本は黒い洋式軍服に左手に日本刀を携えている。歳三も似たような洋装であるが、榎本の蝶ネクタイと口ひげには少し違和感を抱いていた。

「会津は三方より新政府軍に取り囲まれて瀕死の状態です。さらに会津に味方した奥羽越列藩同盟（奥羽列藩同盟に北越六藩が加わったもの）の中には、恭順に傾いている藩が続出しています」

「そうか、かなり劣勢だな」

「そもそも同盟を結んでいる諸藩が個々に戦っていることが問題であり、総力を結集しなければ勝てるものではありません」

「うむ、君の言うとおりだな。私はこれから仙台青葉城に赴き、藩主伊達慶邦侯《だてよしくに》にお会いしてくる。今の意見を伝えておくよ」

歳三の報告で奥羽の状況を知った榎本は、藩主伊達慶邦に至急奥羽諸藩の代表者を呼び寄せ、軍議を開くことを提案した。

九月三日、仙台青葉城に奥羽越列藩同盟諸藩の代表者が一堂に会して軍議が開かれた。彼らは城内の一室で大きな卓を囲んで椅子に着席した。このとき歳三は出席せず、控えの間で結論が出るのをじっと待っていた。

軍議は榎本が率先して口火を切った。

「奥羽諸藩の兵力は決して新政府軍に引けを取るものでは御座いませんが、各藩がばらばらに戦っていたのでは勝てる戦も勝てません。ここは我が同盟軍を統率する総督を選出し、総督の下に奥羽北越諸藩が一つに纏まって戦うべきであると考えますが、いかがで御座いますか」

榎本の発言に対して、ある藩の家老が言った。

「異議はない。しかし適任者はおるか。いずれの藩の方がなられても角が立つであろう」

席上、その意見に頷く者が多かった。

「新選組の土方君を推薦します」

それは軍議が始まる前から考えていたことだった。

「いずれの藩にも属さない点では適任であるな」

代表者たちは表面的には賛成の意を表していた。だが、出自が農民である者を総督に就任させることについて快く思う者は誰もいなかった。

榎本は部屋の外に出て、使いの者に土方歳三を呼んできてくれと頼むと、しばらくして歳三が現れた。

代表者たちは品定めをするような目で歳三を見た。

歳三は榎本から軍議のあらましを聞くと、その目が何を意味するものであるかを把握した。

（こいつらの眼は会津の家老たちと同じ目だ）

だが、榎本にはそのような機微は分からなかった。

「土方君どうだ、引き受けてくれるか」

ニコニコしながら言う。

歳三は榎本が総督に推してくれたことを嬉しく思ったが、ここで引き受けたとしても恐らく会津と同じ過ちを繰り返すだけではないかと思った。またここにいる連中は、あくまでも徹底抗戦を唱える顔をしているが、この中のいくつかの藩はすでに恭順に傾いていることも歳三は知っていた。

「分かりました」

「おお、そうか引き受けてくれるか」

榎本は満面に笑みを浮かべて喜んでくれた。

すると歳三は左手に持った刀を抜いて言い放った。

「ただし総督を拝命した暁は、たとえ大藩の家老衆といえども軍令に背けばこの三尺の剣にかけて斬らねばなりません。生殺与奪《せいさつよだつ》の権も一緒に頂けるのでしたら、喜んで拝命いたしましょう」

「なにっ」

場内にざわめきが起きた。

彼らにしてみれば、農民に生殺与奪の権を与えることは屈辱以外のなにものでもないからだ。

代表者たちは、

「殿以外の者に生殺与奪の権を与えるということは、二君に仕えるのと同じこと。従うわけには参らぬ」

と、もっともらしい意見を述べて拒絶した。

「そうですか、では残念ですがお引き受けできません」

歳三は軽く一礼して部屋を出た。

榎本は呆然とした。

結局この軍議は物別れに終り、このあと続々と新政府軍に恭順する藩が現れた。


九月十五日、仙台藩が新政府軍に降伏を申し入れ、ここに奥羽越列藩同盟は事実上消滅した。

歳三は榎本らと一緒に仙台国分町にある「外人屋」という外人用の宿に宿泊していた。榎本がここに宿をとったのは、一緒に参戦してくれているフランス軍人ブリュネたちを気遣ってのことだった。

夜、榎本は歳三にかねてからの計画を打ち明けた。

「土方君、私は蝦夷へ行こうと思っている」

「蝦夷へ、そんな最果ての地まで逃げるというのですか」

所詮は榎本も奥羽諸藩と同じく命が惜しいのだと思った。

「逃げるのではない、蝦夷を開拓して路頭に迷っている三十万もの徳川家臣を呼び入れるのだ」

榎本は目を輝かせていた。

歳三にとってそれは衝撃的だった。戦ばかりしてきた歳三にはそういう発想はなかったからだ。

「そんなことが本当にできるのですか」

「できる。蝦夷には海産物を始めとしてたくさんの資源がある。禄を失った徳川家臣を養うことは充分に可能だ。しかも蝦夷は海を隔てた向こうにあるため、海軍力で勝る我らとしては戦いやすい。どうだ、私に君の力を貸してくれんか。蝦夷地開拓は私の夢でもあるのだ」

榎本は若い頃、箱館奉行堀利熙《としひろ》の小姓として蝦夷へ渡り、各地を調査して回ったことがある。蝦夷開拓の構想はこの時から描いていた榎本の夢であった。

（夢か、俺も若い頃は侍になることばかり考えていたな）

近頃は、侍なんかこんなものかと思うことばかりであったが、榎本のおかげで大切な物を見失っていたことに気付かされた。

（徳川家臣のために義を尽くすことは、近藤さんが言っていた本物の武士道を貫くということになるのではないだろうか。ここは一つ蝦夷へ渡ってみるか。それにしてもこの男は度量が大きいのか、お気楽なのか……）

歳三は決断した。

「分かりました。その夢に私も乗りましょう」

二人は手をとり固く握り合った。

（近藤さん、あんたのところへ行くのは少しばかり遅れるよ）

九月十六日、大鳥圭介率いる旧幕府軍が仙台に入り、外人屋で再会した。外人屋に滞在しているフランス軍人ブリュネは大鳥の伝習隊を鍛え上げた恩師である。二人は抱き合って再会を喜んだ。

大鳥の目からは大粒の涙がこぼれ落ちた。会津で虐《しいた》げられた思いが堰《せき》を切って解放されたようだった。

大鳥は会津での悲劇を皆に話して聞かせた。

「土方君が会津を発った後、新政府軍は城下に押し寄せてきたよ。激しい戦闘が至るところで繰り広げられ、多くの戦死者が出た。死んだ者は大人の男ばかりではない、白虎隊が自刃し娘子隊《じょうしたい》（婦女子で結成された隊）までもが討ち死した。城下では辱めを受けまいとたくさんの女子供が自刃したよ。会津藩は今のところ籠城して持ちこたえているが、城が落ちるのは時間の問題だ」

その場にいた皆の脳裏に情景が浮かび上がった。

「まさに阿鼻叫喚《あびきょうかん》の地獄だな」

榎本が呟いた。新政府軍の残忍な所業に怒りを覚えたのだ。

大鳥が思いついたように歳三に向かって言った。

「新選組はもちろん連れてきたが、山口君だけは最後まで会津と運命を共にすると言って残ったよ」

歳三は（あいつらしいな）と、ふと微笑んだ。

「大鳥さんありがとう御座います。いろいろお手数をかけました」

「いやあ、それよりこれからどうするつもりでいるのか、君たちの意見が聞きたいな」

歳三は、蝦夷へ渡る話を大鳥に聞かせた。

「なるほど蝦夷か。思ってもみなかったよ。さすが榎本さんだ」

大鳥は、この仲間とだったら一緒にやっていけると感じていた。

皆の顔に笑みが戻った。


やがて榎本のところには蝦夷へ渡る計画を聞きつけ、多くの者が集まってきた。

九月十八日になり、さらに嬉しいことが起きた。榎本艦隊が江戸品川沖を脱出した時に、嵐のためにはぐれていた蟠龍が、仙台湾の東名浜《とうなはま》に辿り着いたのだ。旧幕府軍は沸き立った。

九月二十二日、とうとう会津が降伏した。これにより会津方面から続々と榎本と一緒に戦いたいと志願する諸隊がやってきた。新選組には桑名や唐津、備中松山の藩士たちが加わり、再び百名ほどに増えた。

あまりの数の多さに船が足りなくなり、榎本は旧幕府が仙台藩に貸し付けてあった長崎丸・大江《たいこう》丸・鳳凰丸・回春丸の四隻を徴用した。

こうして三千百余名を乗せた榎本艦隊は、十月九日、蝦夷へ向けて出航した。

第二十九章　箱館・松前攻略

仙台湾を後にした榎本艦隊は、途中南部藩領の宮古に立ち寄り食料と燃料を補給した。そして蝦夷を目指して再出航するのだが、十八日の夜になって再び嵐に遭遇した。江戸を脱出した時といい今回といい、榎本艦隊はこの後も再三にわたって嵐に苛《さいな》まれることになる。

散り散りになった艦隊は、十月十九日の夜半に回天が、二十日早朝に開陽、鳳凰丸、大江丸が蝦夷噴火湾鷲ノ木《わしのき》沖に到着した（その他の船も二十三日までには全艦集結する）。

明治元年（一八六八）十月二十日は新暦でいうと十二月三日である。蝦夷は極寒の季節であった。この日、鷲ノ木沖には地元で玉風《たまかぜ》（束風《たば》とも言う）と呼ばれる強風が吹いていた。これは白波が海面を玉のように転がることからそう呼ばれるのである。

雪が横殴りで吹き付ける中、歳三は大きく揺れる開陽の甲板にいた。船は激しく軋《きし》み、まるでその巨体が苦痛で呻《うめ》いているかのようであった。前方には百五十余りの民家が雪に埋もれるように密集しているのが見えた。想像していたよりは開けた村であり、海辺では村人たちがこちらを見ながら騒いでいた。

この悪天候の中、上陸が敢行されることになった。数隻の艀が降ろされて五十名ほどが分乗すると、彼らは陸を目指して漕ぎ出して行った。艀は高波に見え隠れしながら次第に遠くなるが、中ほどまで進んだところで何隻かの船が転覆してしまった。海中に放り出された者は必死で助けを求めるが、周りの船も波に翻弄されるばかりで誰も救いの手を差し伸べることができず、結局十六名の溺死者を出す悲劇となった。

なんとか上陸できた者たちは、箱館府鷲ノ木駐在員の荒井信五郎に、我々は戦をしにきたわけではなく、蝦夷地開拓のためにきたのであるとの主旨を説明し、天候が回復次第本格的に上陸する旨を伝えた。

翌二十一日、天気は時おり晴れ間が覗くまでに回復した。

歳三はまた開陽の甲板にいた。昨日は吹雪で気付かなかったが左手に雪化粧した美しい山が見えた。大らかに裾野を広げ、きりりと聳《そび》え立っている。榎本に山の名を聞くと駒ケ岳《こまがたけ》だという。一見すると美しい山だが数年に一度噴火する恐ろしい山でもあるらしい。よく見ると確かに山頂から湯気のようなものを噴き出していた。周辺には温泉も多いとのことだった。

海上は昨日とは打って変わって穏やかな表情を見せていた。その中で大鳥圭介率いる二千名の陸兵部隊が上陸を開始した。

ここで旧幕府軍の兵力を紹介しておくと、まず陸軍部隊は伝習隊（伝習士官隊、伝習歩兵隊）・一聯《いちれん》隊・衝鋒《しょうほう》隊・彰義隊・陸軍隊・砲兵隊・工兵隊・遊撃隊・会津遊撃隊・額兵隊・神木《しんぼく》隊・杜《と》陵《りょう》隊・新選組合わせて約二千二百名、さらに海軍兵八百七十名とフランス人士官十名を加えて、総計約三千百名である。

伝習隊について少し補足しておく。伝習隊は旗本の次男坊三男坊の他に町人や農民で構成されているのだが、武家と平民ではどうしても反りが合わないため伝習士官隊（旗本の次男三男で構成された百六十名）と伝習歩兵隊（町民、農民で構成された二百二十五名）とに分けて組織されることになった。彼らを束ねる大鳥の苦労のほどが窺える。

榎本は上陸後、人見勝太郎率いる遊撃隊三十名ばかりに嘆願書を持たせ、先遣隊として箱館府知事清水谷公考《きんなる》の許へ向かわせた。榎本の狙いは鷲ノ木ではなく国際港として賑わいを見せる箱館である。箱館から四十キロメートルも離れている鷲ノ木に上陸した理由は、箱館港に数多く停泊している外国船を戦に巻き込まないための配慮であった。

当時箱館は、すでに新政府軍が箱館府を置いて統治していた。箱館府とは五稜郭という洋式城郭の中に建てられた役所であり、幕府統治時代には箱館奉行所と呼ばれていた所である。

嘆願書の主旨は「蝦夷地は元来徳川の所領であるため我らに開拓の許しを頂きたい。我らは新政府に抗する者ではないが、許可して頂けないならば戦も辞さない」という文面だった。戦をせずに済むものであればそれに越したことはない、だが現実的には無理な話である。これは榎本が諸外国を意識した外交戦術の一環だった。つまり諸外国に「蝦夷は旧幕府軍が新政府軍の領土を力ずくで奪い取った土地」と認識されると、それらの国々は新政府軍の味方に回る可能性が高い。そのため榎本は筋を通して「元々自分たちの領地である土地を返還してくれるように頼んだが、認められなかったために止むを得ず戦に及んだ」という筋書きに持っていきたかったのである。従って榎本は全軍に対してこちらからの発砲を固く禁じていた。

翌二十二日、旧幕府軍陸軍主力部隊は二手に分かれて進軍を開始した。一つは大鳥圭介率いる伝習隊・砲兵隊・遊撃隊・新選組、合わせて七百五十名で、先遣隊の後を追うように駒ケ岳を左に見ながら本道を真っ直ぐ箱館へと進んだ。もう一方は土方歳三率いる陸軍隊・額兵隊・守衛新選組、合わせて四百名であり、駒ケ岳を右に見ながら海岸沿いを箱館へ進軍した。

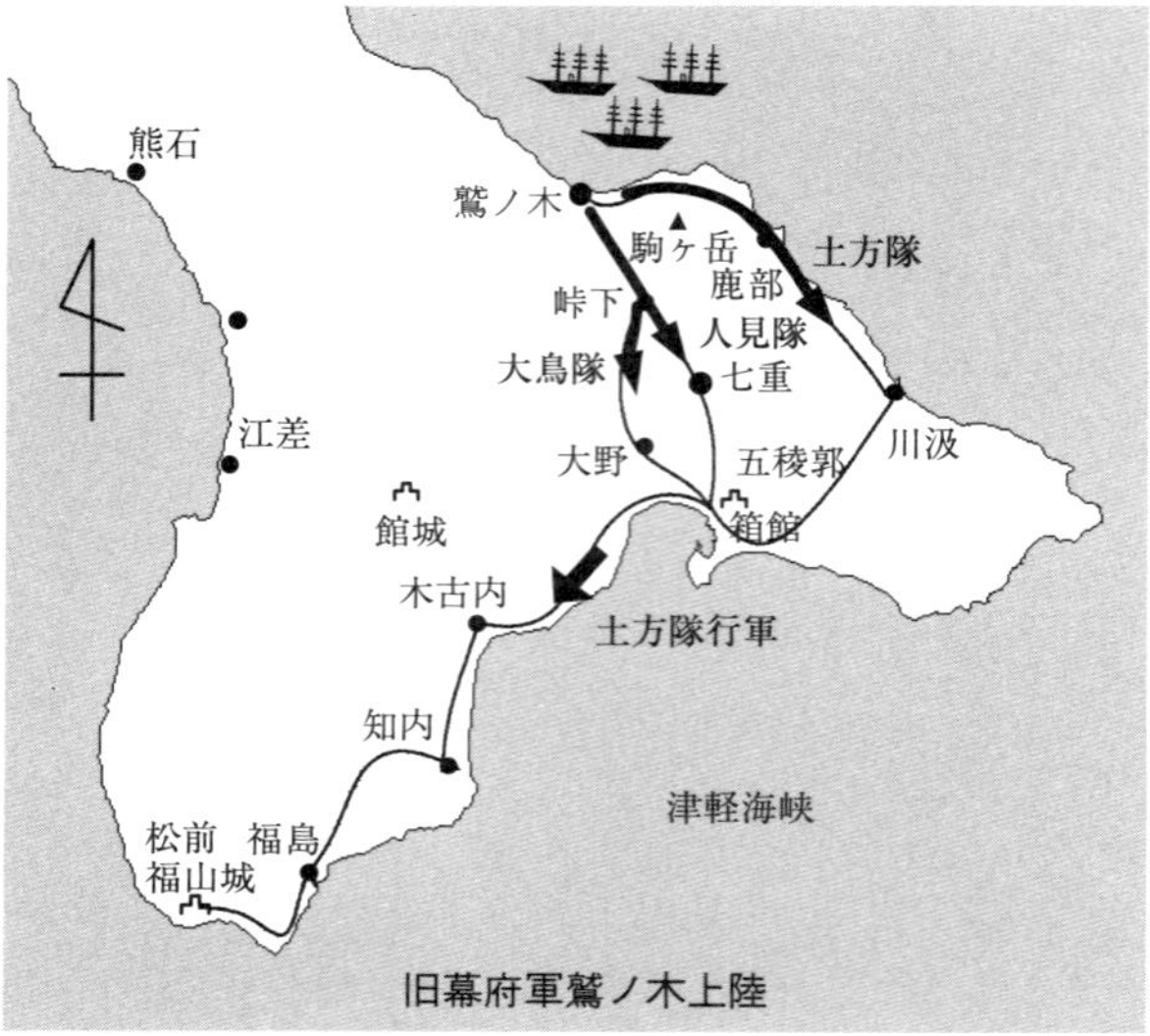

旧幕府軍鷲ノ木上陸

　この日の夜、本道を進む人見勝太郎の先遣隊は、鷲ノ木から箱館までのほぼ中間地点である峠下《とうげした》村に達していた。そこへ大鳥軍から分かれて先遣隊を追い掛けてきた伝習隊（士官・歩兵の両隊）四百名が合流し、彼らは峠下村の旅籠や民家に分宿した。

　深夜、日が変わって二十三日の午前二時頃のことであるが、旅籠の近くで砲弾が破裂した。新政府軍の夜襲だった。寝込みを襲われた人見勝太郎であったが、百戦錬磨の彼は冷静に隊を整えると、伝習隊と呼応して裏山へ駆け登り、雪の中に広く散開して一斉に反撃に転じた。

この時、新政府軍は松前藩と津軽藩で構成された部隊であったが、彼らは実戦経験がなく、その上使用している銃は時代遅れの火縄銃やゲベール銃であった。初めから勝敗の行方は見えていたと言っても過言ではなかった。兵の数でも上回る旧幕府軍は数時間で圧勝した。

二十三日昼、峠下村の先遣隊にやっと大鳥の部隊が追いついた。彼らは砲兵隊を抱えているため雪中での行軍が思うように捗《はかど》らないのである。伝習隊を先に行かせたのはそのためであった。そして敵の装備が火縄銃程度であることを知り勝利の確信を得た。

二十四日、峠下村からは箱館へ通じる道が二本あるため、大鳥は軍を二つに分けて進軍を再開した。大鳥圭介率いる伝習隊は大野村を通って箱館へ向かうルート、人見勝太郎率いる遊撃隊、新選組、砲兵隊は七重村を通るルートである。

一方土方隊は鹿部《しかべ》を発ち海沿いを川汲《かつくみ》に向けて進軍していた。

土方隊は、これまで敵と遭遇していない。彼らの敵は新政府軍ではなく、厳しい寒さであった。海沿いに降る雪は湿気を多く含んでおり、着衣から浸透して徐々に体温を奪っていくのである。歳三は黒い防寒用の外套にブーツを履き、かなりの装備であったが、隊士のほとんどは満足な防寒着などなく、凍傷にかかる者がほとんどであった。また大鳥たちが進軍する本道と比べると大きく迂回するこのルートは倍の道のり（八十キロメートル）がある。昼を過ぎた時点で隊士たちの体力はすでに限界に近づいていた。

川汲まで来た時のこと、突然目の前に楽園が現れた。雪山の麓で温泉場が白い湯気を上げていたのである。

歳三が額兵隊隊長の星恂太郎に言う。

「星君、まだ陽は高いが今日はここで宿営しよう」

すると星は、

「そうですな、こんな状態で敵に襲われても戦になりませんからな」

そう言って温泉場に斥候を放ち、敵の姿がないかどうかを調べさせた。

すると突然、裏山から敵が銃撃してきた。しかし額兵隊が応援に駆けつけると敵はたちまち退散していった。どうやら数名だけだったようである。

歳三は敵が去ったことを確認して見張りを立てさせると、

「皆、今日は温泉に浸かってゆっくり休め」

と言った。

すると隊士たちは、歓声を上げて我先にと温泉宿へ駆け込んで行った。

当時「鶴の湯温泉」（現在川汲温泉）と呼ばれたこの湯治場の湯は、無色透明の少し熱めのお湯で、冷えた体には堪えられないものであった。

その頃、大鳥隊は兵力の差に物を言わせて大野村で新政府軍を撃破、人見隊も七重村で白兵戦を挑み新選組と遊撃隊の活躍で勝利を収めていた。

その知らせを聞いた箱館府知事清水谷公考は、全軍に青森までの撤退を指示し、翌二十五日、五稜郭を放棄してプロシア船とアメリカ船をチャーターして青森へと渡った。

これにより翌二十六日、旧幕府軍は誰もいない五稜郭に無血入城を果たしたのである。

ここで蝦夷地について少し触れておく。

蝦夷（北海道）は元々すべてが松前藩の所領であったのだが、安政元年（一八五四）に開国して箱館が国際港になってからは、松前藩の領地は南部の松前半島のみとなり、箱館を含むその他の土地は天領（幕府の領地）となった。

また、一八〇〇年頃までは蝦夷で一番の賑わいを見せた港は松前港であったのだが、淡路出身の豪商高田屋嘉兵衛《かへえ》が箱館港を開拓していったことにより、この頃には箱館が蝦夷一番の港に成長していた。

その箱館には特に大きな城塞が二つあった。「弁天岬台場《べんてんざきだいば》」と「五稜郭」である。箱館開港後、防衛上の不備を痛感した箱館奉行（竹内保徳《やすのり》、堀利熙《としひろ》、村垣範正の三人体制）が幕府に上申して建造された城塞である。

共に設計者は大洲藩士武田斐三郎《あやさぶろう》で、彼は嘉永六年（一八五三）、日本に開国を要求するため長崎に来航したロシアの特使プチャーチンの応接にあたった幕府役人の一人でもあった。

弁天岬台場は安政三年（一八五六）に着工して元治元年（一八六四）に完成している。周囲を高さ十一・二メートルの堅牢な石垣で囲み、広さは甲子園球場より一回り小さいくらいで、全体は不等辺六角形の形をした要塞である。現在の箱館ドックのあたりに建てられた。

要塞の中には二十四門の大砲が設置されており、この大砲はロシアから寄贈されたものなどを利用していた。安政元年（一八五四）、プチャーチンが下田に来航した折、軍艦ディアナ号が「安政の東海大地震」により発生した十三メートルの津波に呑み込まれて大破してしまったのだが、この時幕府はプチャーチンにロシアへの帰還用として西洋式帆船戸田《へだ》号を建造し贈呈している。後日ロシア政府はその御礼として戸田号に五十二門の大砲を搭載して返還しており、弁天岬台場はその大砲を流用しているのだ。

五稜郭のほうは安政四年（一八五七）に着工し、弁天岬台場と同じ元治元年（一八六四）に完成している。ヨーロッパの城塞都市を真似、周囲を五～七メートルの土塁で囲み、東京ドーム四つ分の面積をもつ星型の城郭である。城内には箱館府が設置されている。

旧幕府軍が五稜郭へ無血入城を果たした直後のこと。箱館港にアメリカ船オーサカ号が入港したのだが、この船の中に九人の松前藩士が乗船していた。箱館が旧幕府軍の手に落ちたことなどまったく知らない彼らは、上陸後に拿捕され旅館「亀田屋」に軟禁されてしまった。

彼らは最初のうちは不安に駆られていたようであったが、旧幕府軍は彼らを丁重にもてなしたため、徐々に落ち着きを取り戻していった。

しばらくして谷十郎、安田純一郎の二名が五稜郭へ連れて行かれ、松平太郎と面会した。

松平は彼らに向かって徳川の窮状を切々と訴えた。

「我らは決して新政府軍に抗する者ではないのです。徳川の領地は八百万石から七十万石までに減らされ、そのために三十万の家臣が路頭に迷っているのが現状です。我らはその者たちと共にここに新天地を造ろうとしているだけなのです」

それを聞いた谷と安田は同じ武士として惻隠の情が湧いた。松前藩内は、新政府に味方する尊皇派が大勢を占めているが、谷らのように旧幕府軍に同情する者も少なくないのである。

松平は彼らに松前藩の居城である福山城へ行き、我らの窮状を伝える使者になって欲しいと懇願した。

すると情に厚い谷は、

「どれほどの力になれるか分かりませんが、協力致しましょう」

と言って安田純一郎、桜井恕三郎《じょさぶろう》らを福山城へと向かわせた。

だが、尊皇派が牛耳る松前藩は彼らに対して非情であった。

松前藩は懸命に説得を続ける桜井を斬り、旧幕府軍への宣戦布告としたのである。

松前藩の残忍な所業に憤慨した榎本は、土方歳三を隊長とする七百の兵を松前攻略に向かわせた。

十一月一日昼過ぎ、土方隊とは別に旧幕府海軍の蟠龍が福山城の眼前に広がる松前湾に姿を現した。

最初蟠龍は津軽藩の旗を揚げて入港したため、松前藩は本州からの応援が来たものと思い喜んだ。

しかし突然蟠龍が津軽藩の旗を下ろして徳川を表す日章旗に替えて砲撃を始めたため、城内は大騒ぎとなった。

蟠龍は福山城めがけて砲撃を繰り返した。しかし高波に翻弄されてなかなか命中させることができない。そうこうしているうちに松前藩も態勢を整え、城の内外から砲撃を始めた。互いに激しく撃ち合った結果、松前藩の砲弾二発が蟠龍の舷側に命中し、蟠龍はほうほうの体《てい》で逃げ帰ることとなった。

これに気を良くした松前藩は、夜になって知内《しりうち》まで進軍してきていた土方隊に夜襲をかけた。この作戦は土方隊にわずかばかりの痛手を与えることはできたが、松前藩の攻勢はここまでだった。

土方隊は翌日以降各地で敵を撃破し、十一月五日早朝、福山城の二キロメートル手前を流れる及《およ》部《べ》川に到達した。

川の向こう岸には松前藩兵約二百五十が九門の野戦砲（車輪がついて移動できるタイプの大砲）を構え布陣している。

対するこちら側は七百の兵であるから、三倍近い兵数である。

両者は互いに激しく撃ち合うが、埒があかぬと見た歳三は別働隊を組織すると川沿いを北上させて山側から城下へ進攻させた。

これを見た対岸の松前兵は城の守りが手薄であったため、退かざるをえなくなった。

歳三は敵が退去しだしたのを見ると一気に及部川を渡り、福山城の手前四百メートルの丘に建つ法華寺に布陣した。

丘の上から見下ろすと前方には福山城がそびえ、左手の松前湾では回天と蟠龍が砲撃の準備に取り掛かっていた。

松前藩は城内七つの砲台と城外八つの台場から、激しく砲撃してきた。歳三も負けじとばかりに応戦した。

福山城に突撃するためには、城内にある台場を落としておきたいところであったが、頼みの回天や蟠龍がなかなか湾内の奥まで進入することができないでいた。それは海岸の岩礁に設置された築島台場から激しく砲撃されていたためであった。

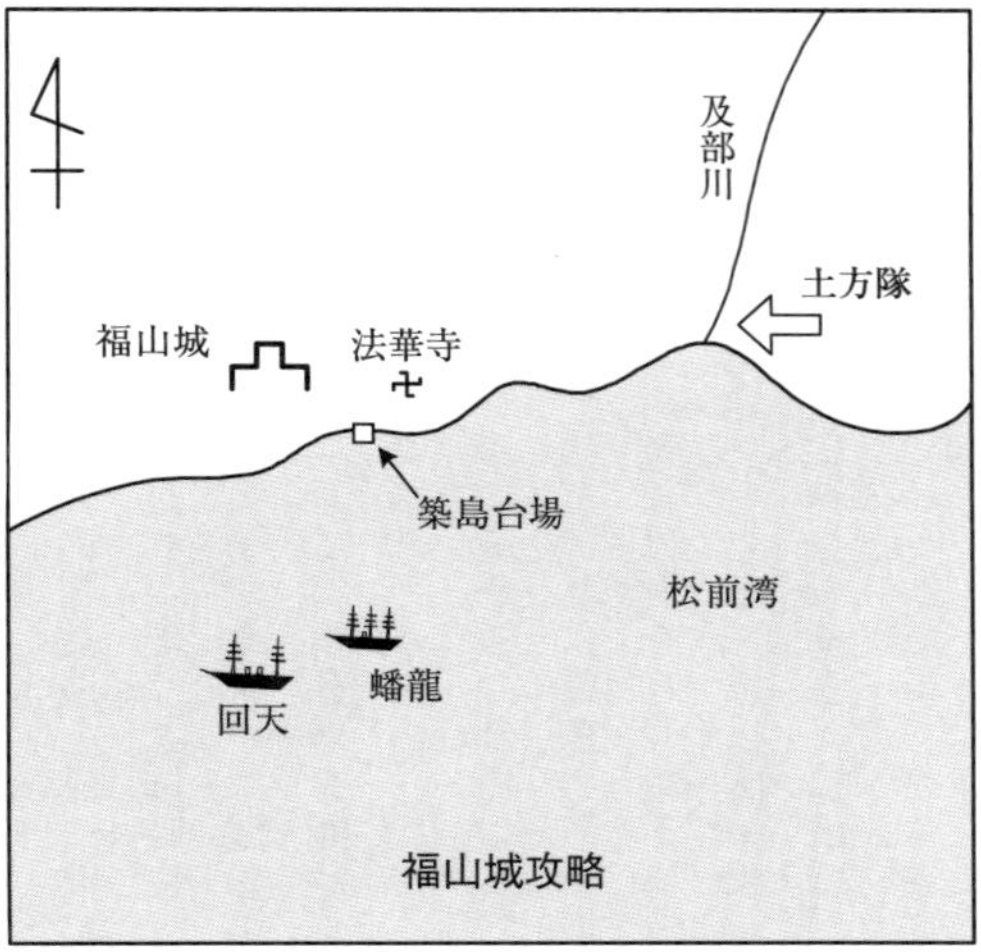

福山城攻略

歳三は福山城に向けていた野戦砲をすべて築島台場に向けさせ集中砲火を浴びせかけた。すると弾薬庫に命中したのか築島台場は轟音を立てて吹き飛んだ。

それを見た回天と蟠龍は湾内深くに入り込み、激しく艦砲射撃を加えた。

歳三は意を決し法華寺を下り、福山城の搦手門《からめて》から突入を図った。

搦手門には松前藩士竹田作郎率いる四十五名が待ち構えていた。

竹田は門の内側に野戦砲を並べ、門を開けては撃ち、閉じて弾を込めてはまた門を開けて撃つという作戦をとった。

これに対し歳三は彰義隊の隊長渋沢成一郎に、

「門が閉ざされた時に前進し、開くと同時に一斉射撃を浴びせかけろ」

と指示すると、自らは新選組を率いて城の裏手へと回った。

松前藩兵が砲弾を装填して、再び門を開けるとそこには銃を構えた旧幕府軍がいた。

「撃て！」

渋沢の号令により一斉に銃が放たれた。

砲手が撃たれると、残りの兵は蜘蛛の子を散らすように逃げていった。

一方、歳三率いる新選組は塀を乗り越え各所で白兵戦を展開、北の丸から本丸へと攻め込み、天守まで駆け上がった。しかしそこには藩主松前徳広の姿はなかった。結核に冒され療養の身であった藩主徳広は、数日前に一族を連れて松前の北方六十キロメートルの所に位置する館《たて》城へ避難していたのであった。

こうして福山城は旧幕府軍の手に落ちた。

第三十章　開陽座礁

福山城に立て籠もっていた多くの松前兵は、藩主徳広が待つ館城へ落ち延びた。それを追撃して旧幕府軍は十一月十一日、土方隊が海岸線を北上して館城を目指し、五稜郭からも松岡四郎次郎が一聯隊二百五十名を率いて同じく館城へと進軍した。

十三日、土方隊が原口で宿営している時のこと。村人に頼んで兵糧を用意させると、「蛸《たこ》の酢味《す》噌《み》和《そ》え」に砒素を混入されて、十名が中毒症状を起こすという事件が起きた。村人に事情を聞いたところ、一人の兵士が現れて、あれこれ指図をしていったとのことで、どうも松前藩が放った間者の仕業であるらしいことが分かった。

明くる十四日、松前藩が大滝の山中で土方隊を待ち伏せていた。

大滝は山裾が海まで迫った急峻な斜面に、十三曲《じゅうさんまがり》と呼ばれるつづら折の山道が走っていて、守りやすく攻めにくい地形であった。そこに百名の松前兵が木陰や雪中に身を隠して銃撃してきた。

歳三は松前藩の策にしばらくてこずっていたが、兵の半分を迂回させて山頂付近まで登らせ、上と下から挟撃するという作戦に出ると、松前兵はたちまち総崩れとなり退散していった。

十五日、この日は館城を土方隊と松岡隊で挟撃することになっていたのだが、土方隊が大滝で大きく足止めを喰ってしまったため、松岡隊は単独で攻撃を仕掛けることにした。

館城は百八十メートル四方を堀と木柵で囲んであるだけの未完の城であったが、五稜郭から進軍してきた松岡隊には大砲がなかったため、なかなか城内に突入することができずにいた。

激しい銃撃戦が繰り広げられる中、松岡隊の二名の兵士が決死の覚悟で正門の下を潜り、閂《かんぬき》を外して門を開けることに成功した。それを機に松岡隊は城内になだれ込んだ。

この時、松前藩に三上超順《ちょうじゅん》という者がいた。彼は元法華寺の住職で、還俗《げんぞく》して軍事方を任されていたのであるが、坊主頭で巨漢の彼は台所にあった分厚い俎《まないた》を弾よけにすると、刀を振りかざして松岡隊に突撃したのである。

超順は大勢を相手に勇猛に戦った。そのため松岡隊の中には負傷する者が続出した。しかし奮闘した超順も最後は力尽きて斬殺されてしまった。松岡隊の兵士たちは松前藩にもこのような勇者がいるのだと感服したのであった。

やがて館城は陥落した。だがまたしても藩主松前徳広の姿はそこになかった。徳広は前日館城を離れ、熊石方面へと落ち延びていたのだ。

後日談になるが、徳広は十九日に一族と共に船で蝦夷を脱出。二十一日に青森の平舘《たいらだて》村へ上陸。そこからさらに弘前まで落ち延びるのだが、二十九日夜、結核が悪化して没してしまう。享年二十五歳。

話は館城が陥落する少し前に戻る。

この頃榎本は、箱館に駐留する各国の公使に宣言文を送っている。その主旨は、

「我々は賊徒ではなく、国際法を重んじ正当な権利を持って明治政府と戦う交戦団体である」

というものであった。

交戦団体とは政権獲得のために決起し、そのための実力を備えている団体を指す。つまり旧幕府軍は新政府軍と政権を争っている団体であると主張しているのだ。

国際法では一国に二つ以上の交戦団体が存在する限り、第三国は中立の立場を取らなければならないことになっている。従って日本に二つの交戦団体が存在している以上、諸外国はどちらにも味方できないのだ。

だが諸外国の間では、江戸城が明け渡され奥羽北越諸藩も恭順を示したことにより、新政府軍を新たな日本唯一の政権であると認めようとする気運が高まってきていた。榎本が諸外国に宛てた宣言文は、旧幕府軍交戦団体は未だ健在であるため、新政府軍に味方することはしないでくれというものなのだ。

さらに榎本は念を入れて各国領事を訪れその旨を説明して回った。もともと薩摩の後ろ盾であるイギリスにはなかなか受け入れてもらえなかったが、榎本が国際法を駆使した熾烈な外交戦術を展開したことで、ようやく交戦団体であると認めさせることに成功したのであった。

旧幕府陸軍部隊が松前を攻略している時に、榎本は国際法という強力な武器で次々に諸外国を納得させ、有利に事が運ぶよう働きかけていたのだ。

その榎本が十一月十四日、江差に松前兵が集結しているとの知らせにより、土方隊援護のため開陽を出撃させた。

ここで開陽について少し触れておく。

開陽は文久二年（一八六二）に幕府がオランダに発注して造った戦艦である。当時日本には何隻かの戦艦は存在していたが、それらは他国から寄贈されたり、中古の戦艦を買ってきたものであり、発注して造った船としては開陽が初めてのものであった。

この時幕府は船の発注とともに十五名の留学生をオランダに派遣している。榎本武揚、沢太郎左衛門らがそうである。彼らは留学先で造船技術、航海術、砲術、蒸気機関、電信、国際法など新しい知識を吸収しながら、五年間にわたり開陽建造に深く携わってきたのである。彼らにとって開陽は単なる船ではなく青春そのものと言っても過言ではなかった。

開陽はオランダのドルトレヒトにあるヒップス・エン・ゾーネン造船所で建造された三本マストの木造蒸気帆船である。当時、戦艦は木造から鋼鉄製に移行しつつあったが、財政難の幕府は木造を選択せざるを得なかったのだ。

最大長は七十二・八メートル。バウスピリット（船首から前方に突き出している「斜檣《しゃしょう》」のこと）を含めると八十一・二メートルにもなる。最大幅は十三・〇四メートル。排水量は二五九〇トン。四百馬力の蒸気機関一基を搭載する。十六センチクルップ砲を主体に三十五門（完成当初は二十六門だが後に九門追加）の大砲を装備している。当時日本では最強の戦艦であり、各国の戦艦と比べても見劣りするものではなかった。

榎本が江差沖に到着したのは十五日未明のことであった。松岡隊が館城に攻撃を仕掛ける少し前である。東の空が白み始め、山々がシルエットを浮き立たせていた。波は穏やかである。

この開陽の出撃には、実は榎本の私的な感情が含まれていた。鷲ノ木上陸以来、海軍はこれといった活躍を見せていない。実は松前攻略の時も回天と蟠龍は荒波に翻弄されて、福山城にはなんのダメージも与えることはできなかったのである。陰では海軍の力などどんなものかと悪口をたたく者もいた。そこで榎本は、ぜひとも開陽で名誉挽回したいと考えたのだ。

これに対して人見勝太郎や荒井郁之助らは、

「ほぼ勝敗が決している今、江差に出向いても意味がない」

と反対したが、榎本は、

「すまんが、ここは私のわがままを聞いてくれ」

と、開陽を出航させたのであった。

江差には陸から砂浜で繋がっている島がある。この島が堤防の役割を果たしており天然の良港を形作っている。この島は山の上から見下ろすとまるで鷗《かもめ》が翼を広げた姿に見えるところから鷗島《かもめじま》と呼ばれていた。

開陽はどんどん鷗島に向かって接近した。

榎本は松前藩の攻撃に備え、いつでも応戦できる態勢を整えていたが、松前藩が攻撃してくる気配は一向に感じられなかった。それどころか陸で暮らす村民の影すら見つけ出すことができなかった。

「おかしい」

榎本は鷗島に一発打ち込むように命じた。轟音と共に発射された弾は島に着弾すると破裂して雪煙を上げた。反応はなかった。今度は陸に向けて一発撃ってみたがやはり同じであった。

榎本は斥候を上陸させて確認した。すると村には誰もおらず、村人たちはすでに山奥へと避難しているとの知らせであった。またその村人に聞いた話では松前藩兵は藩主と共に熊石方面へ逃走したということが分かった。

榎本は開陽が何の成果も上げられなかったことに無念を感じたが、これで北上してくる土方隊を安全に迎え入れることができると考え、良しとした。

榎本は開陽に機関長中島三郎助他十数名を残して隊を上陸させ、順正寺という寺で休息を取らせた。そして自分は艦長沢太郎左衛門と一緒に能登屋という旅館に入った。

陽が沈む頃、次第に風が強くなってきた。

「沢君、開陽は大丈夫かな」

「島影に隠れているし、このくらいの風なら大丈夫でしょう」

だが深夜になると白波が海面を転がるほどの強風となった。鷲ノ木で経験した玉風であるが、さらに強烈なものであった。

開陽にいた機関長の中島三郎助は、ギギギギギという異様な物音を耳にした。

（いかん、岩礁に乗り上げたか）

江差の海底は錨が効きにくい平らな岩礁が多い。開陽は知らぬ間に陸の方へと流されて岩礁に乗り上げていたのだ。

「錨を上げろ、直ちに出航する」

だがスクリューは充分な推進力を発揮できなかった。

「機関長、蒸気圧が足りません」

ボイラーの火はすでに消されていたのだ。

開陽は波に翻弄され、さらに深く岩礁へ乗り上げると船体が傾きだした。

「陸側のすべての砲門を開いて一斉に砲撃しろ」

「はい」

砲撃の反動を利用して脱出を図ったのだ。

「撃て!」

中島の合図で全砲門が火を噴いた。海面にはいくつもの水柱が立ち昇ったが、まったく効果は上がらなかった。さらに突風が吹き付け、船体が左右に大きく揺れるとバキバキッという音と共に浸水が始まった。

一方、能登屋にいた榎本と沢は開陽の砲声を聞いて初めて事態に気が付いた。

彼らが慌てて海岸に出ると、吹雪の中で荒れ狂った波に巨体を揺さぶられる開陽の姿が目に飛び込んできた。

「釜さん、開陽が」

沢が悲痛な声をあげた。

この時ばかりはさすがに二人とも狼狽を隠せなかった。彼らにとって開陽は単なる一隻の船ではない。オランダで設計から完成まで一部始終に携わってきた特別な思いがある。

榎本は神仏にすがりたい気持ちだった。

(たのむ、なんとか脱出してくれ)

開陽は何度も艦砲射撃を繰り返すが、ただただ波風に翻弄されるばかりであった。

「座礁しても直ぐには沈まん。直ちに救助の船を派遣するよう五稜郭に命じよう」

その指令は直ちに陸路を使って五稜郭へ発せられた。

翌朝、何も知らず土方隊が到着した。

歳三は江差の海に横倒しになっている開陽を見て絶句した。そして能登屋の二階に榎本がいると聞くと、能登屋めがけて走り出した。

歳三が勢い良く襖を開けると窓から開陽を眺める榎本がいた。

「榎本さん」

振り向いた榎本の眼は赤く充血していた。泣きはらしたらしい。

「土方君すまん。すべて私の責任だ」

榎本は深々と頭を下げた。

歳三は、固く拳を握りしめて体を震わせた。

そこへお茶を運んできた女中がいたが、女中は部屋へ入ったとたん、わけも分からず体が震え出したという。

開陽座礁の知らせを受けた五稜郭は、直ちに回天と神速丸を派遣した。二隻が江差に到着したのは二十二日のことだった。だがその日も海は荒れていた。神速丸は開陽への接近を試みるが高波にもまれて座礁してしまった。

海軍力を誇示したかった榎本の作戦は、二隻の船を失うというあまりにも大きな損失を生む結果となった。

第三十一章　宮古湾海戦

開陽と神速丸を失った痛手はあまりにも大きなものであったが、榎本は一軍を率いる将として、いつまでも悲しみに暮れているわけにはいかなかった。彼は土方隊より先に五稜郭へ戻ると、蝦夷平定を諸外国にアピールするため、凱旋パレードを行う準備に取り掛かった。

十二月十五日、この日に合わせて土方隊が江差から帰還した。

赤い軍服を着た額兵隊が鼓笛隊となり演奏しながら市中をねり歩いた。その後を榎本ら幹部が馬に跨って手を振り、さらに土方隊が後続した。

箱館市民は見たこともない行列を怪訝な顔で見送っていたが、一部では榎本が人気取りのために米や銭を配ったことで、歓迎するムードも生まれていた。

一隊が五稜郭へ入城すると城内から祝砲が放たれた。それに呼応して弁天岬台場や戦艦も空砲を鳴らし、全部で百一発の祝砲が轟いた。

その後、城内では蝦夷新政権の各役職を決めるための入れ札（選挙）が行われた。正式な政権の指導者は民主的に選ばれた者でなければならないのである。ただしこの時の選挙は兵士には選挙権が与えられなかったため、民主的とは少し言い難いものであった。
選挙の結果、各役職は次のように決定した。

総　裁　　榎本釜次郎
副総裁　　松平太郎
海軍奉行　荒井郁之助
陸軍奉行　大鳥圭介
陸軍奉行並　土方歳三
箱館奉行　永井尚志
箱館奉行並　中島三郎助
開拓奉行　沢太郎左衛門
松前奉行　人見勝太郎
江差奉行　松岡四郎次郎
会計奉行　榎本対馬、川村録四郎
他

こうして蝦夷新政権を高らかに宣言した榎本であったが、恐れていた問題があった。それはストンウォール号引渡し問題である。
今、横浜港にストンウォール号という戦艦が停泊している。アメリカが南北戦争当時に南軍がフランスから購入する予定だった船なのだが、戦争が終って必要がなくなったため、幕府に転売することになっていたものであった。

全長五十六・九二メートル、全幅九・九一メートル、排水量一三九〇トン。千二百馬力の蒸気機関を搭載し、三百ポンドアームストロング砲一門、七〇ポンドアームストロング砲二門、二十四ポンド砲六門、一インチ六連装ガトリング機関砲一門を装備している。さらに船首水面下には敵艦に体当たりを加え撃沈させることができる「衝角《しょうかく》」を備えている。しかしこの船最大の売りはこれらの武器というよりも、木製の船体を七十三〜百二十ミリの鉄板で覆ったその強力な防御能力にある。通常のカノン砲なら直撃を喰らってもびくともしない装甲なのだ。まさに勝敗の鍵を握る戦艦であった。

そのストンウォール号の引渡しを、新政府軍がアメリカに要求していた。アメリカは国際法により中立の立場を貫き、日本に唯一の政権が誕生するまでは、引渡しに応じない意向を示していたが、いつその状況が打ち破られるか分かったものではなく、榎本はそのことを心配しているのだ。

年が明けて明治二年二月のこと、ついに恐れていたことが起きた。

アメリカは旧幕府軍が開陽を失ったことで、もはや交戦団体である力はないと考え、新政府軍にストンウォール号を渡してしまったのだ。引き渡されたストンウォール号は名を「甲鉄」と改められた。

三月になり、本土へ放っておいた間者より新政府軍の艦隊が品川沖を出航し、蝦夷へ向けて出航したとの知らせが入った。

五稜郭ではこの知らせを受けて直ちに軍議が開かれた。

榎本が幹部全員を前に話を切り出した。

「諸君、新政府軍がいよいよ蝦夷へ向けて北上を始めたらしい。知ってのとおり、甲鉄艦が新政府軍の手に渡った以上、もはや我々に制海権はない。苦しい戦いになるだろう」

一同の顔が険しくなった。

「甲鉄とはそれほどの船ですか」

歳三が聞いた。戦艦についてはあまり詳しくないのだ。

海軍奉行荒井郁之助が言う。

「うむ、開陽よりは一回り小さいが、船体が鉄で覆われていて砲弾が直撃しても弾き返してしまう。さらに厄介なのが三百ポンドアームストロング砲だ。この五稜郭は艦砲射撃を避けるために内陸部に建てられているが、あの大砲だと射程圏内に入ってしまう」

箱館奉行の永井尚志《なおゆき》が言う。

「我らの手持ちの船では太刀打ちできまい」

全員の顔が険しい表情に変わった。

「ならば甲鉄を分捕るというのはどうだろう」

普段寡黙な回天艦長甲賀源吾《げんご》が提案した。

「そんなことができるのか」

松平太郎が驚いて甲賀の顔を見た。

「これはそこにいるニコールに教えてもらった作戦なのだが、敵艦に接舷させて斬り込みをかけ、そのまま艦を奪って逃げるというものだ。フランスではアボルダージュ（接舷奪艦作戦）と言うらしい。具体的に言うと、気取られぬように第三国の旗を揚げて甲鉄に近づいていき、そして接舷する直前に自国の旗に替えて奇襲をかけるのだ」

するとと松平が、

「松前攻略の時に、蟠龍が津軽藩の旗を揚げて近づいていった要領だな。どうもあれは卑怯な気がしてならんが」

と言うと、甲賀の説明を補説するように榎本が言う。

「アボルダージュは卑怯な手のように思われるが、これは国際法でも認められた立派な作戦なのだ。かつてフランス海軍がイギリスの戦艦を奪い取った例もある。もし成功すれば形勢は一気に逆転する」

すると松平も乗り気になってきた。

「よしやろう。これ以外に手はあるまい。ではどこで仕掛ける」

もはや異議を唱える者などいなかった。

榎本が言う。

「我らが仙台を出航したあと、燃料や食料の補給のために宮古湾に立ち寄ったが、おそらく新政府軍も宮古に寄ると思われる」

荒井郁之助が言う。

「宮古か、あそこなら我らも少しは土地勘があるな」

するとと歳三が言う。

「斬り込みは俺が引き受けよう」

「これは非常に危険な作戦ゆえ、土方君以外に適任者がおりません。よろしくお願いします」

榎本がすまなさそうに言った。

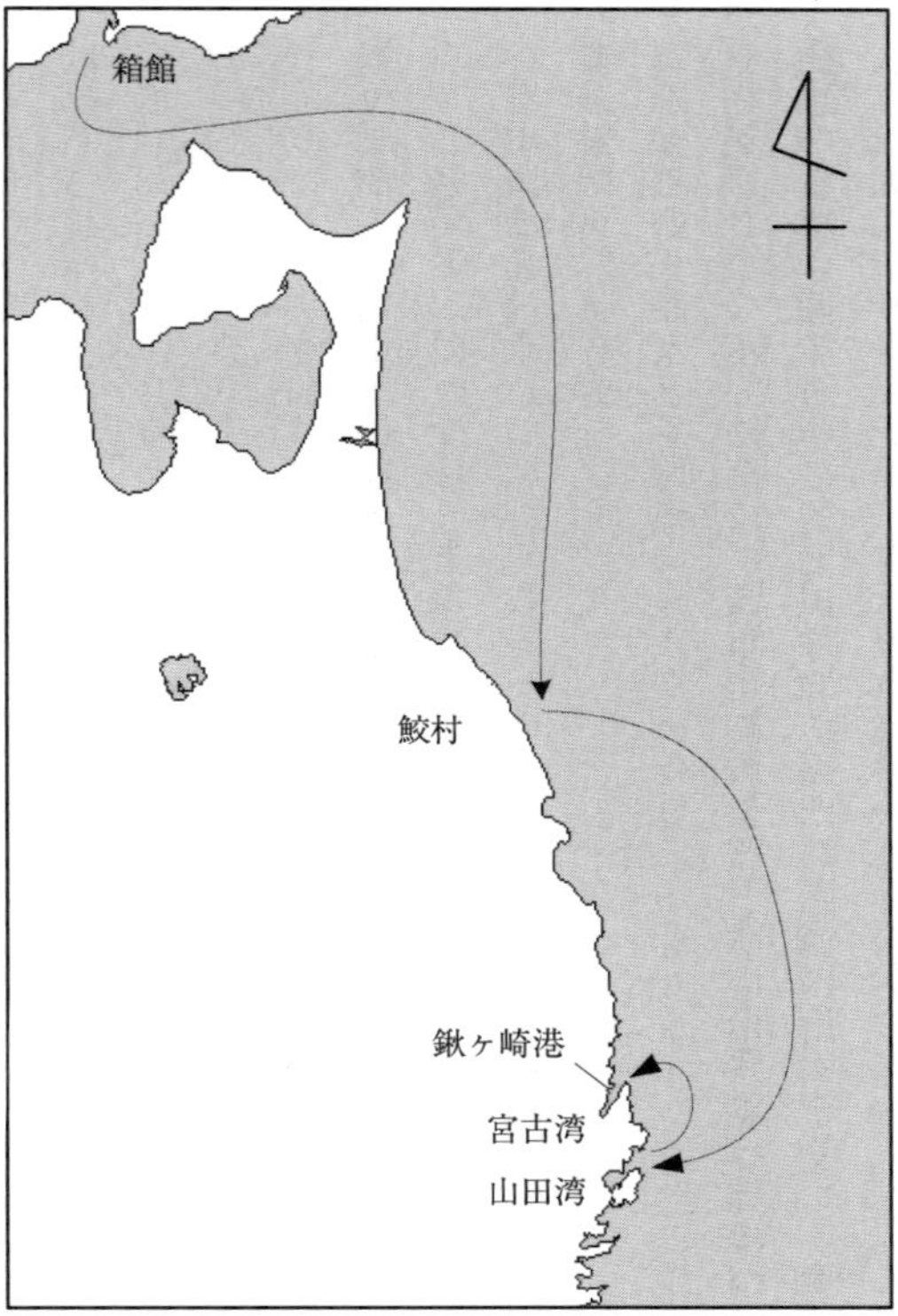

南部藩領宮古付近

さらに具体的な策が練られていった。

作戦は回天、蟠龍、高雄の三隻で行い、甲鉄の両舷には蟠龍と高雄が接舷して斬り込みをかけ、回天はその他の敵艦を牽制する役割とした。また作戦の決行は敵の追撃を防ぐために敵艦隊が蒸気機関の火を落として油断している時を狙うことにした。さらにブリュネの助言により回天に装填する砲弾は弾頭部を鋼鉄で覆い、貫通力を高めるように改造されることになった。これは奪艦に失敗した場合に備えて、甲鉄を沈めるための策であった。

三月二十日、箱館に寄港した外国船より新政府軍の艦隊を三陸沖で見たとの情報が入り、その夜、回天、蟠龍、高雄の三隻が出撃した。

二十二日早朝、鮫村（現・青森県八戸市鮫町）の沖に停泊し、上陸して情報収集を行った。夜になって山田湾を目指して出航するが、彼らの行く手にまた嵐が襲いかかった。そのため三隻は離散してしまい、作戦の決行が危ぶまれた。

二十四日朝、回天と高雄はなんとか山田湾に入港したが、蟠龍は行方知れずになっていた。なんとか到着できた二隻も回天はマストが一本折れ、高雄は蒸気機関に不調をきたしていた。

夜になっても依然蟠龍は姿を現さなかった。

「これ以上は待てぬ、明朝、俺たちだけでやろう」

歳三が作戦の決行を促した。この時、回天はアメリカ国旗を、高雄はロシア国旗を揚げて偽装していたが、いつ新政府軍に気付かれるかわからない危険性があった。また斥候の報告によると、敵艦隊は蒸気機関の火を落としている模様だとの知らせが入っていたため、できるだけ早く決行すべきところであったからだ。

歳三の言葉に誰も異を唱える者はなく、作戦は明朝実行に移されることに決まった。

二十五日未明、まだ暗いうちに回天と高雄は宮古へ向けて抜錨した。ところが、出航して間もなくのこと、高雄の蒸気機関がまた不調をきたしてしまった。

これには、さすがの海軍奉行荒井郁之助も閉口した。

「もはや、回天のみで決行するしかないな」

そう言って、回天艦長甲賀源吾を見た。

回天は外輪船（推進用の水車が両脇に付いている）のため接舷が難しく、悪くすれば外輪を破損させる恐れがある。できたとしても外輪を乗り越えて甲鉄に飛び移るのは至難の業であった。

「回天では真横に接舷すると外輪が邪魔になりますが、なんとか舵を上手く操作して舳先《へさき》をすり寄せるように接舷することは可能だと思います」

甲賀源吾が真剣な眼差しを返した。

荒井がニヤッと笑って作戦が再開された。

早速、回天に高雄の兵が移された。

回天は再度出航し、山田湾を抜けると進路を北に取った。

この日、外洋に出ても海は穏やかであった。

やがて右手に見える水平線から朝日が顔を覗かせた。

三陸の海は朝日に照らされて眩しく輝いた。

十海里（約十八キロメートル）ほど北上すると、いよいよ左手に宮古湾が見えてきた。

歳三にも緊張が走った。ここには浄土ヶ浜という景勝地があるのだが、そんな物は目に入らな

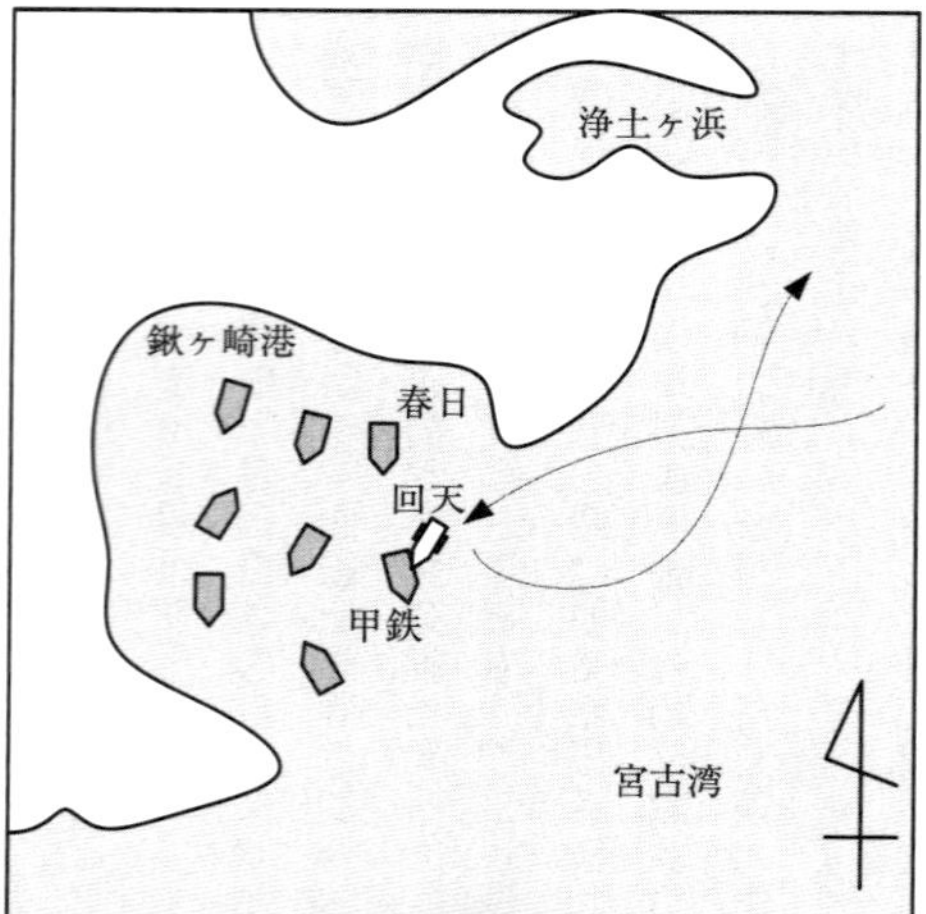

鍬ヶ崎港周辺拡大図

かった。

さらに湾の奥へ侵入すると鍬《くわ》ヶ《が》崎《さき》港に停泊している新政府軍の八隻の船が見えてきた。

幸いなことに甲鉄は舳先を左に向けて最も手前側の外洋に近い所に停泊している。これだと他の船が邪魔にならない。

回天は星条旗をはためかせ、速度を落とし、ゆっくりと入港した。

敵の中には誰も不審に思う者はいなかった。嵐により回天のマストが一本折れて、外観が変わっていたことが有利に働いていたようだ。

回天は甲鉄の後をすり抜けていくかのように進んでいった。そして距離が五十メートルほどに達したところで、星条旗を日章旗に替え、取舵《とりかじ》（左旋回）をいっぱいに切り、甲鉄の左舷に向けて突っ込んでいった。

だが、回天の舵は嵐のせいで取舵は良く切れるが、面舵（右旋回）は反応が鈍いという癖がついてしまっていた。この癖のため舳先を甲鉄左舷にすり寄せるという微妙な操船は至難となった。回天は甲鉄の船尾に衝突し、反動で跳ね返ってしまった。

「慌てるな！　落ち着いてもう一度やれ」

艦長甲賀源吾は再度操船を命令した。だが、今度は回天の舳先が甲鉄の後部マスト付近に乗り上げる形となってしまった。

「アボルダージュ！」

艦橋《かんきょう》（艦の中腹に両舷を繋ぐようにかけられた橋）で荒井郁之助が叫ぶと、甲板にいた兵士らが一斉に立ち上がり、敵兵めがけて銃撃を浴びせかけた。

「掛かれ！」

歳三の号令により一斉に飛び移ろうとしたが、ここにきて問題が発覚した。

木製の回天に比べ、厚い鉄板を貼り付けている甲鉄は吃水が深く、飛び移るには三メートルもの高低差があったのだ。

「一番、大塚浪次郎行きます」

大塚は甲鉄のマストに縦にかかっているロープを利用して飛び移った。

「大塚に続け」

新選組の野村利三郎など順次数人が飛び移り白兵戦となった。しかし大勢が素早く移ることは困難であった。また一度、接舷に失敗したことが新政府軍に反撃へ移る時間を与えてしまっていたのだ。敵はガトリング機関砲を持ち出してきた。一分間に百八十発を連射するガトリング機関砲は爆音を轟かせ、甲鉄に飛び移った大塚たちを次々と射殺していった。さらにその砲身は回天に向けられ、瞬く間に船体が蜂の巣と化していった。艦橋で指令をとる艦長甲賀源吾は眉間を打ち抜かれ即死し、甲板にいた兵士も次々と撃たれ甲板は血で染まっていった。

「退却だ、船を後退させろ」

荒井郁之助が艦長に代わり指令を出し、回天は全速力で後退した。

甲鉄に飛び移った七名のうち、帰還できた者は二名だけだった。

「撃て！」

荒井は甲鉄めがけて砲撃を命じた。甲鉄用に貫通力を高めた砲弾である。弾は甲鉄を直撃したが強固な鉄の鎧は噂通り砲弾を弾き返した。

「撃て、撃ちまくれ」

荒井は絶叫した。

弾は三発当たってやっとわずかな穴をあけることができたにすぎなかった。

そこへ回天めがけて砲撃した船があった。薩摩藩の春日《かすが》である。参謀黒田清隆の指示により唯一旧幕府軍の襲来を警戒していた船だった（余談だが、この船には後に日露戦争の日本海海戦でバルチック艦隊を撃破した東郷平八郎（当時二十二歳）が三等士官として乗り込んでいた）。

回天は後退して方向転換すると全速力で敗走し、新政府軍の追走を振り切ることができた。しかし外洋で待機していた高雄が春日に追走されることになり、結果、羅賀《らが》海岸で座礁。乗員は盛岡藩に投降した。漂流していた蟠龍は回天と再会し、翌二十六日に箱館へ帰港した。

旧幕府軍の勇猛果敢な健闘により、世界海戦史上に名を連ねる宮古湾海戦は、四十九名にも及ぶ死傷者を出して幕を閉じた。

最終章　箱館決戦

三月二十六日、回天と蟠龍が箱館へ帰還したその日、新政府軍の艦隊は津軽海峡を挟んで反対側にある青森港へ入港した。そして箱館の役人に「近日中に総攻撃を開始する」と通達を出したのだが、そのせいで箱館市中は大騒ぎとなり、家財を運んで逃げる者、山中に穴を掘って隠れ住む者などでごった返した。

迎え撃つ旧幕府軍は敵の上陸に対して蝦夷各地へ兵を配備した。江差には江差奉行松岡四郎次郎以下二百五十。松前には松前奉行人見勝太郎以下四百。室蘭には室蘭奉行沢太郎左衛門以下二百五十。鷲ノ木には古屋佐久左衛門以下四百。弁天岬台場には箱館奉行永井尚志以下三百。千代ヶ岡台場には中島三郎助以下三百。その他に矢不来、木古内、川汲などに各一小隊（三十~四十名）である。

四月八日、新政府軍の第一陣千八百名は甲鉄、春日、陽春、丁卯《ていぼう》、飛竜、ヤンシー（アメリカ船）、オーサカ（イギリス船）に分乗して青森港を出航し、九日早朝、乙部《おとべ》に上陸した。これを率いるの

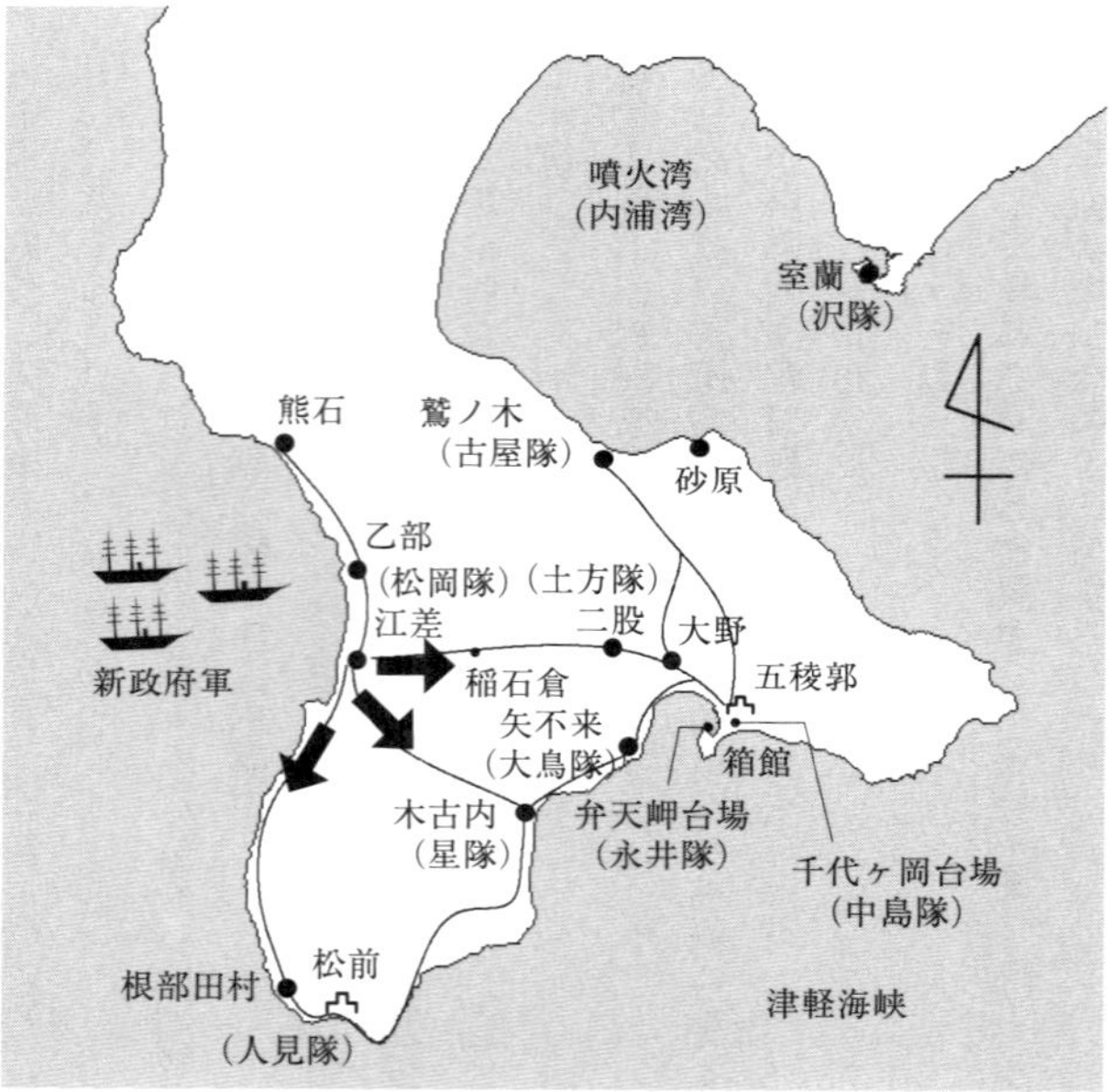

新政府軍の上陸

は「東洋の小ナポレオン」の異名を持つ陸海軍参謀山田市之允《いちのじょう》（長州藩）である。小柄で童顔の男であるが吉田松陰の松下村塾で学び、その後幾多の戦歴を重ね、弱冠二十五歳で陸軍と海軍を兼任する参謀を任されている。

乙部に近い江差に布陣していた松岡四郎次郎は、これに一聯《いちれん》隊百名ばかりを向かわせるが、結局多勢に無勢で相手にならず、彼らはほうほうの体で逃げ帰ってきてしまった。

兵を上陸させた新政府艦隊は次に江差沖まで南下して、松岡四郎次郎の陣に向かって艦砲射撃を繰り返した。甲鉄に搭載されたアームストロング砲は有効射程が四キロメートルと長く、対する旧幕府軍が用意した野戦砲は撃っても敵艦まで届かず、ことごとく海中に没してしまう。とうとう松岡の隊は江差を捨て、松前まで敗走した。

五稜郭に江差陥落の知らせが入ると、歳三に二股への出撃が命じられた。江差に上陸した新政府軍は、松前口、木古内口、二股口と三方に分かれて進撃してきたため、歳三にはこのうち二股を通って進軍してくる敵を撃破する任務が与えられたのだ。

四月十日、歳三は守衛新選組、衝鋒隊、伝習歩兵隊など三百の兵を率いて二股へと出陣した。到着するとフランス軍人フォルタンに指揮を任せて、天狗岳に三カ所、台場山に十六カ所の塹壕を掘らせ、歳三自身は市渡《いちわたり》まで戻って軍議に没頭した。

十三日午後三時ごろ、新政府軍約六百が天狗岳に姿を現し戦闘となった。その知らせを受けた歳三は馬を飛ばして台場山の陣に急行した。天狗岳の陣はすぐに突破され、新政府軍は下二股川を渡り台場山に迫っていた。台場山の峠は「江差山道の難所」と呼ばれ、樹木に覆われた急斜面に細い山道が走る嶮所《けんしょ》である。土方隊は山頂付近に掘った十六カ所の塹壕から、駆け登ってくる新政府軍を下に見ながら撃ちかける態勢を整えていた。歳三は敵を充分引き付けて、一斉射撃を浴びせかけた。新政府軍は瞬く間に大勢の死傷者を出した。

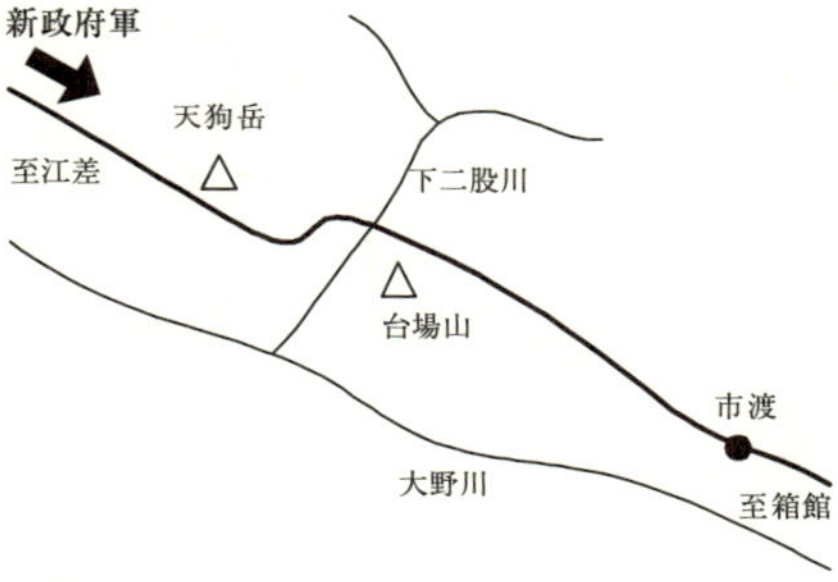

二股周辺略図

この時使っていた銃はスナイドル銃やスペンサー銃である。スペンサー銃は当時最強の銃と呼ばれたアメリカ製の七連発銃である。こういった新兵器は、諸外国がこぞって日本に売り込みにきていたものであった。

歳三は隊を二つに分け、交互に休息を取らせながら銃撃するよう命じた。山間に絶え間なく銃声が鳴り響き、あたりに硝煙が立ち込めた。煙が目にしみ、鼻についた。倍の兵力を誇る新政府軍であったが、土方隊の激しい銃撃の前に、その場に踏みとどまることで精一杯であった。

夜になり雨が降ってきた。銃撃は未だ衰えを見せず、激しく続いていた。ただ雨のせいで不発弾が目立ってきた。隊士たちは上着を脱いで弾薬庫にかけ、雷管が湿ると懐に入れて乾かした。

銃撃戦は翌十四日の朝七時頃まで続いた。疲労困憊した新政府軍はとうとう稲倉石まで撤退し、土方隊はひとまず勝利を収めた。十六時間にわたる銃撃戦で発射された弾丸は三万五千発にも及んだという。


激戦が止んだところで、歳三は単身五稜郭へ帰還した。

戦況報告を済ませると自室に市村鉄之助を呼んだ。弱冠十六歳であるが京都時代から小姓を務めており、よく気が利く鉄之助を歳三は可愛がっていた。

「失礼します」

鉄之助は部屋に入ると、椅子に腰掛けた歳三の前で直立した。

「どんな御用件でしょうか」

「お前に、特別な任務を与える」

小太りの鉄之助は、特別任務と聞いてクリクリした目を輝かせた。二股へは同道させてもらえなかったので、いよいよ自分の出番なのだと意気込んだのだ。

「命に代えても成し遂げて見せます。どういった御命令でしょうか」

するど歳三は二振りの刀と書状と、紙に包まれた「ある物」を差し出した。

「これを持っていって欲しいところがある」

「どこへ持っていけばよいのでしょうか」

「俺の故郷に行って、兄の佐藤彦五郎に渡して欲しい」

「えっ」

鉄之助は耳を疑った。歳三の故郷といえば武州多摩郡《ごおり》である。

(まさか)

すべてを察した鉄之助は土下座して歳三に懇願した。

「私はとうの昔に死する覚悟はできています。土方先生と最後までお供させて下さい」

歳三は頭《かぶり》を振って優しく微笑んだ。

「お前は死ぬには早すぎる」

すると鉄之助は、

「生き恥を曝したくはありません。お願いです。御一緒させて下さい」

と言って、床に頭を擦りつけた。

歳三はわざと険しい表情を作り、

「命に従わぬのならこの場で討ち果たすぞ」

と言って立ち上がると、すばやく剣を抜いて鉄之助の首に白刃をあてた。

鉄之助は口元をへの字に曲げて今にも泣き出しそうな目で歳三を見上げた。

歳三は、そんな鉄之助が我が子でもあるかのように愛おしかった。

「俺にこんな小芝居をさせるな」

鉄之助の目からとめどなく涙が溢れ、わんわん泣き出した。

「お前は京都にいた時からこれまで、数々の場面を見てきたはずだ。日野に行って俺や近藤さんのことを皆に聞かせてやって欲しい。お前にしか頼めんことだ。分かってくれ」

鉄之助の顔は、涙と鼻水でくしゃくしゃになっていた。

「この刀は金に替えて路銀にしろ。そしてこの紙の中には俺の写真と遺髪になるであろう髪を入れてある。これを兄さんに渡してくれ」

「土方先生」

鉄之助は、肩を震わせて泣く泣く承知した。

鉄之助は翌日、外国船に乗船して箱館を脱出し、一路日野に向けて旅立った。市村鉄之助が新政府軍の目をのがれ佐藤彦五郎宅に辿り着くのは二カ月半後の七月初旬のこととなる。


歳三が二股で奮戦していた頃、松前を守る人見勝太郎、並びに江差から敗走してきた松岡四郎次郎らの部隊は根部田《ねぶた》村で新政府軍と交戦となり、伊庭八郎の活躍もあって勝利を得た。また木古内においても星恂太郎の額兵隊が新政府軍を押し返し、旧幕府軍は各地で踏ん張りを見せていた。

さらに十四日、嬉しい事件が起きた。鷲ノ木東方にある砂原《さわら》に英国船が現れ、乗船してきた仙台からの援軍が上陸したのだ。

砂原の海岸に出撃した衝鋒隊は初めのうちは敵艦の来襲と思って砲撃したのだが、艀に乗って旗をふりながらやってくる者たちが、

「我らは味方だ！」

と、しきりに叫んでいるのを耳にして、ようやく援軍であることを理解した。孤立無援と思っていた彼らが砲撃するのも無理からぬことであった。

仙台藩を脱藩して駆けつけた彼らは「見国隊」と称する四百名もの隊であった。この思いも寄らぬ出来事に旧幕府軍は大いに沸き立った。

仙台兵はついこの前まで、大砲をドンと一発撃てば五里も走って逃げることから「ドンゴリ」と呼ばれ揶揄されていたものだが、同じく元仙台藩星恂太郎の額兵隊と合わせると、その数は六百五十にも達し、旧幕府軍の中でも二割を占めることになる。これで充分汚名返上を果たしたことになった。

嬉しいことが続いた旧幕府軍であったが、対する新政府軍は続々と兵を投入してきた。十二日には江差に第二陣を上陸させ、さらに十六日には第三陣を投入した。これで上陸した兵の数は五千にも上った。新政府軍はその圧倒的な兵力に物を言わせ怒濤の進撃を開始したのである。

十七日、新政府軍の艦隊が松前沖に現れ、激しく艦砲射撃を行ってきた。さらに陸軍部隊が猛攻を仕掛けてきて、とうとう松前を奪われてしまった。新政府軍は海軍と陸軍の連携プレーで効率的

に各地を突破し、二十日には木古内をも手中に収めてしまった。

この時点で旧幕府軍の戦艦は回天、蟠龍、千代田形の三艦だけで、その他には数隻の輸送船があるのみであった。制海権は完全に新政府軍が握っていた。江差・松前・木古内など海に面している所は、海軍力に勝る新政府軍が圧倒的に有利なのである。そういう意味では内陸部の二股を守備する土方隊は地の利を活かして有利に戦えていたといえる。その二股にも、兵力を増強した新政府軍が再び襲いかかろうとしていた。

四月二十三日、午後四時頃、台場山に新政府軍が来襲し再び、銃撃戦が始まった。

敵は台場山本陣の後方へ回り込もうとするが、歳三はそれを陽動作戦と読み臼砲《きゅうほう》（砲弾が大きく放物線を描きながら飛ぶ大砲）を放って撃退した。

戦闘は翌二十四日になっても続き、両軍は絶え間なく銃を撃ち続けた。銃身は熱を帯び、持つ手が火傷するほど熱くなった。そのため桶を使って川から水を汲み、数発撃っては冷やすという処置が取られた。隊士たちの顔は硝煙で真っ黒になった。

この時のこととして以下のエピソードが伝わっている。

援軍として五稜郭から滝川充太郎率いる伝習士官隊が到着した。血気盛んな彼は馬に乗ったまま、敵の真っ只中に突撃したが、この時滝川のあとを追った一人の兵が殺された上に顔の皮を剝がれ目をくり抜かれるという惨事が起きた。

それを見た伝習歩兵隊隊長大川正次郎は、

「いたずらに死者を出す無謀な行為だ」

と言って滝川に詰め寄った。

滝川は悔いて口をつぐんでいると、歳三が来て、

「大川君の言うことはもっともである。しかし滝川君の勇も感ずるところがある」

と言って、その場を収めたのだという。

二股での戦闘は結局翌二十五日の深夜三時まで続き、延々三十五時間にも及ぶ戦闘は、再び土方隊が勝利をものにした。

二十九日、旧幕府軍では唯一無敗を誇る土方隊であったが、五稜郭へ引き上げねばならぬ事態となった。海岸線を北上する新政府軍が五稜郭の目と鼻の先にある矢不来も落としてしまったからである。このまま二股に布陣していると五稜郭からの補給路が断たれ孤立することになる。激戦を戦いぬいた隊士たちは無念であったが、帰還するより仕方がなかった。歳三は山中に地雷を仕掛けさせると、夜八時頃より徐々に撤退していった。

同じ頃、箱館湾では、旧幕府軍に三隻しかない戦艦のうち千代田形が弁天岬沖で座礁するという事件が起きた。この時、艦長の森本弘策は、潮が満ちれば脱出できたかもしれないところを慌てふためいて脱出不可能と決め込んでしまい、大砲や蒸気機関を破壊すると早々に艦を降りてしまった。案の定、艦は潮が満ちると岩礁から離れ、翌日、箱館湾内を漂流しているところを新政府軍の船に拿捕されてしまった。

森本の早まった行動で大事な艦を失い、森本は一介の兵卒に格下げ、副将市川慎太郎は責任を感じて切腹してしまった。残りの戦艦はたった二隻だけとなった。

五月三日夜、弁天岬台場の砲兵取締役に就いていた斎藤順三郎が、鍛冶職人の鏑木連蔵らとともに、大砲六門の発火口に釘を打ち込んで使用不能にするという事件が起きた。斎藤たちは新政府軍の間者であった。彼らは捕らえられて打ち首となった。

五月六日、旧幕府軍は弁天岬台場から七重浜へかけて鉄製の網を張りめぐらし敵艦の進入を防ぐという措置をとっていたのだが、この夜、箱館で働く水夫たちの手によって切断されるという事件が起きた。

これは資金難に苦しむ榎本が箱館市民に重税を課していたため、これに憤慨した者たちが起こした事件であった。旧幕府軍は知らぬ間に新政府軍ばかりではなく地元民までをも敵に回していたのである。蝦夷上陸当初は米銭《べいせん》を撒き箱館市民の機嫌をとっていた榎本も、この頃は榎本ブヨ（人の血を吸う小さな昆虫）と呼ばれ、嫌われていたのだ。

五月七日早朝、網が切られたことにより新政府軍の甲鉄、春日、朝陽、陽春、丁卯の五艦が箱館湾に進入してきた。これに対して旧幕府軍は回天が単身出動した。蟠龍は蒸気機関修理中のため港に繋留されたまま浮砲台として参戦することになった。

回天には甲鉄、春日、朝陽が襲いかかった。回天は三艦を相手に激しく撃ち合ったが、敵の弾を数十発喰らって沈没寸前となった。そのため荒井郁之助の判断で弁天岬台場近くの浅瀬にわざと乗り上げさせ浮砲台として応戦した。回天は弁天岬台場と共にひたすら砲撃を繰り返した結果、双方死傷者が続出し、根負けした新政府軍はついに箱館湾から姿を消していった。これで残る戦艦は満身創痍の蟠龍一隻となってしまった。

五月十日夜、箱館の築島に「武蔵野」という妓楼があるのだが、ここの三階の大広間に四十人近い幹部が集まって、別れの杯をかわすことになった。明日、新政府軍の総攻撃があるとの情報が入ったからだ。

榎本が幹部隊士を前に決意を表した。

「諸君、いよいよ明日、新政府軍の箱館総攻撃が開始される。これまでにない激戦となるであろう。諸君の一層の奮起を期待する。言うまでもないが正義は我らにあるのだ。勝利を信じて戦おう」

この時、旧幕府軍の兵数は千名程度である。蝦夷上陸当時の三分の一にまで減少していた。対して新政府軍は五千、しかも本土より続々と武器弾薬が補給されている。勝利の行方は誰の目にも明らかであった。それ故、平隊士の中には脱走する者も現れた。だがここにいる者の中には恭順を唱える者など一人もいなかった。薩長が支配する国で、命永らえても生き恥をさらすだけである。何の意味があるであろうか。皆の気持ちは一つであった。末期《まつご》の水とばかりに、浴びるほど酒を飲んで馬鹿騒ぎをしたあと、榎本たちは五稜郭へ戻っていった。


歳三は武蔵野楼の座敷に残り仮眠を取っていた。

浅い眠りの中で夢を見た。現れたのは近藤であった。

(歳、死に急ぐなよ)

夢の中の近藤は優しい微笑《えみ》を浮かべていた。

（近藤さん）

呼びかけると近藤は背を向け、そのまま静かに去った。

その時、遠くで砲声が鳴るのを聞いた。

深夜三時頃である。

行灯《あんどん》が灯る薄暗い座敷の中で、歳三は静かに覚醒した。

夢の余韻がまだ残っている。

近藤は歳三にとって莫逆の友であると同時に、士道を貫徹した最も尊敬する人物でもある。

（俺も最後まで貫くよ、誠の武士道ってやつを。でなきゃ、あんたに合わせる顔がねえからな）

隣で巨漢の島田魁が眠りこけていた。

「起きろ島田」

「土方さん、俺はもう飲めませんよ」

「敵だ」

敵と聞いて飛び起きた。

その気配を感じて、同じく新選組の森常吉、相馬主計も目を覚ました。

歳三は皆を前にして言った。

「お前たち、死に急ぐんじゃねえぞ」

夢に現れた近藤の台詞だった。歳三は優しい目をしていた。

隊士たちの目には自然と涙が溢れてきた。

全員歴戦の勇士ばかりである。涙が似合う者などいるはずもない。だがこれが今生の別れになるような、そんな気がしてきたのだ。

「土方さんこそ……」

島田が歳三を真剣に見つめ返した。

歳三は一人一人全員の顔を目に焼き付けると、

「行け」

と指図した。

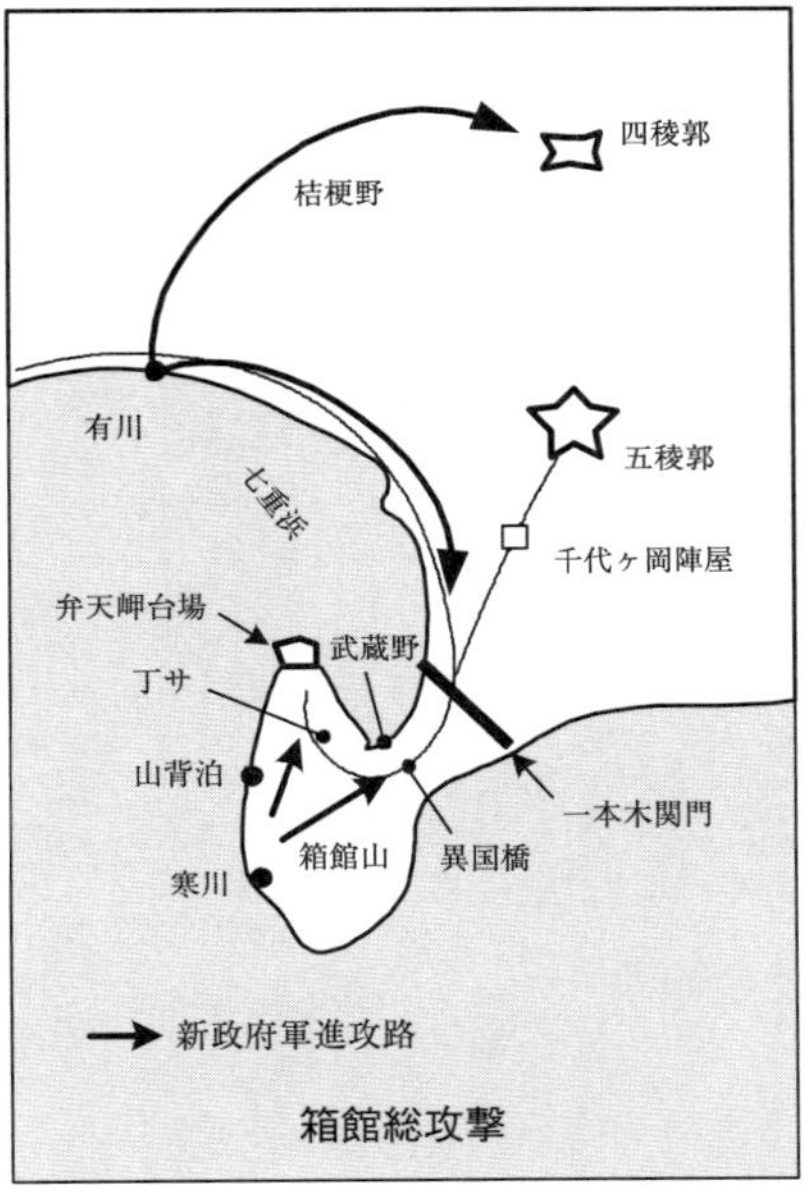

箱館総攻撃

彼らは深々と礼をすると、守備する弁天岬台場へと向かった。

見送った歳三は馬に跨り五稜郭へと走らせた。

新政府軍は有川より上陸して二手に分かれ、一方は海岸沿いを箱館山方面へと向かい、もう一方は桔《き》梗《きょう》野《の》を経て五稜郭背後にある四稜郭（急拵えの堡塁）方面へ進軍した。歳三が武蔵野楼で聞いた砲声は、桔梗野周辺を警備していた旧幕府兵と新政府軍が起こした小競り合いのものだった。

大鳥圭介は直ちに伝習歩兵隊、遊撃隊、陸軍隊、彰義隊を率いて四稜郭へと出陣した。

旧幕府軍の目が桔梗野方面に向いている頃、新政府軍の飛竜と豊安が夜陰に紛れて箱館山の裏側へと廻り、寒川と山背泊から千名の兵を上陸させていた。

このあたりは新選組一小隊（約三十名）が警備に当たっていたが、この日は運悪く海上に深い霧が発生し、気付いた時にはかなりの兵が上陸したあとだった。

彼らは直ちに銃撃を開始した。さらに知らせを聞いた滝川充太郎率いる伝習士官隊（五十名程度）が駆けつけ銃撃戦を展開した。だが千名の兵が相手では勝負にならず、新選組は弁天岬台場へ逃れ、伝習士官隊は千代ヶ岡陣屋方面へと敗走した（この伝習士官隊が後に一本木で歳三率いる額兵隊と合流する）。

箱館山裏手より上陸した新政府軍は二手に分かれ、一方は弁天岬台場を囲み、一方は五稜郭へ向けて進軍していった。

その知らせは五稜郭に到着したばかりの歳三の許にも届いた。

「このままでは弁天岬台場は孤立してしまう」

早急に何か手を打たなければ弁天岬台場は海と山から集中砲火を浴びて全滅してしまうことになる。

歳三は旧幕府軍の首脳部が集まる中、机を叩きながら榎本に策を求めるが、すでに五稜郭には援軍を出す余裕はなく、榎本も思案にくれるばかりであった。

「見殺しにはできん、俺が行く」

歳三はくるりと背を向けた。

「土方君待ちたまえ」

榎本が止めようとするが、歳三は制止を振り切って部屋を出た。

これに陸軍奉行添役の安富才助《やすとみさいすけ》が無言で従った。五稜郭詰めの新選組隊士立川主税《ちから》、沢忠助も同様だった。歳三は額兵隊五十名ばかりを率いて五稜郭を出ると、急ぎ弁天岬台場へ向けて馬を走らせた。

途中、一本木まで来ると、そこに箱館山から敗走してきた滝川充太郎の伝習士官隊がやってきた。馬上の滝川は血まみれだった。さらに滝川たちを追ってきた新政府軍の姿が見えた。

一本木には一本木関門と呼ばれる総延長二キロメートル近い木柵の関門が設けられているのだが、たちまち関門を背に激しい白兵戦が繰り広げられた。

「敵をこの柵より中へ入れてはならん」

歳三は馬上で白刃を抜き放って絶叫した。

関門の前は怒号が飛びかい、まさに血で血を洗う戦場となった。

だが、次第に数で劣る土方隊は押し戻されてくる。

「怯むな、押しかえせ！　この柵より退く者あらば斬る」

歳三の檄が飛んだ。

その時、箱館港から凄まじい爆音と共に火柱が立ち昇った。新政府軍の朝陽と丁卯を相手に撃ち合っていた蟠龍が、朝陽の火薬庫に砲弾を命中させたのだ。朝陽は船体が浮き上がるほどの衝撃を放って吹き飛んだ。

これに土方隊は沸き立った。逆に新政府軍は弱腰を見せた。

「この機を逸するな、攻めて攻めて攻めまくれ！」

わずか百ばかりの土方隊が五百の新政府軍を押しまくった。

歳三は馬上から捨て身で隊士を励ました。

安富才助は的になるから馬から降りるようにと懇願したが、歳三は部下が必死で戦っている最中、指揮官だけが後ろでのうのうとしていては、戦いを制することはできぬと考えていた。それは鳥羽伏見戦で学んだことであった。

だがその時、歳三の腹部を一発の銃弾が貫いた。

腹が焼けるように熱い。

歳三は気付かれまいと、馬腹を挟む足に力を入れた。

どくどくと血が滴《したた》り落ちる。

馬の背が見る見るうちに濡れていった。

「土方さん！」

安富が叫んだ。異変に気が付いたのだ。

「黙っていろ……士気が乱れる」

歳三は必死で堪えた。

もはや隊士を叱咤する力は残っていなかった。馬上で隊士たちに己の姿を見せることで精一杯であった。

やがて気力が限界に近づいてきた。

目の前がだんだん暗くなる。何も聞こえなくなった。

(近藤さん、どうやら俺も……)

薄れゆく意識の中に現れたのは近藤と沖田だった。

それは試衛館道場で稽古に汗を流し微笑む二人だった。

(俺たちは誠を貫いたよな。近藤さん、総司)

歳三は静かに崩れ落ちた。


一本木で戦死した歳三の遺体は五稜郭に運ばれ埋葬された。

五月十八日、旧幕府軍は全面降伏し、箱館戦争は終結する。

後年、五稜郭の発掘調査が行われた時、おびただしい数の人骨が発見されたという。それらの骨は箱館山中腹に立つ戦没者供養塔「碧血碑《へっけつひ》」に埋葬された。歳三もおそらくここで眠っていることと思う。

歳三は少年時代、「石田散薬」の原料であるミゾソバ刈取りの指揮を任されていたことがあったが、箱館山にもミゾソバは自生しており、秋になると薄紅色の小さな花を咲かせている。

あとがき

御愛読ありがとう御座いました。

この作品のテーマは「人はいかにあるべきか」です。新渡戸稲造氏の言葉を拝借し本文中に述べておりますが、武士道とは日本人の道徳観念を培《つちか》ってきたものであります。さすれば武士道を貫く歳三の生き方は人としてあるべき姿の一つではないかと思い本作品を描いた次第です。

またサブテーマとして「もっと歴史を知って頂きたい」という思いがありました。歴史に興味を持たれない方は依然多いように思われます。歳三を通して幕末史の流れを分かりやすく描いてみましたので御理解の一助になればと思います。

ただし若干のフィクションを含んでおります。多くの読者はお気づきと思いますが、土方歳三と坂本龍馬が剣術の試合をしたなど史実ではありません。これは「幕末は日本の剣術が最も隆盛を極めた時期」であることから、是非とも剣術シーンを描いてみたいという作者の衝動から生まれたものであります。ペリーが来航した折、龍馬は江戸で北辰一刀流の稽古に励んでおりました。同時に歳三は行商をしながら剣術修行をしておりました。これらの事実から、ならば現代剣道対古流剣術というシチュエーションで描いてみたいと思ったわけです。実際のところ龍馬は黒船来航時に警備に駆り出されているため歳三と会うことはなかったと思います。

また、歳三は宇都宮の戦いで足に被弾します。これも実際はどちらの足に被弾したかは定かでありません。読者の想像を明瞭なものにしたいため「右足」とさせて頂きました。御了承下さい。その他は現在有力とされている説を基に史実とされている事を淡々と書き綴っております。リアリティをもたせるために文学的と言われる大袈裟な表現は避け、小説というよりも歴史書に近い形に仕上げました。

本書を読まれたことで、日本人の道徳である武士道を見つめ直し、また歴史を好きになっていただければ幸いと存じます。

二〇〇九年四月　三刷刊行に当たって

木村伸一

著者プロフィール

木村 伸一（きむら しんいち）
昭和37年、青森市生まれ。
茨城大学短期大学部電子工学科中退。
日本原燃（株）在職中に幕末史を研究。
本書『土方歳三　流転の剣』でデビュー。

土方歳三　流転の剣

2004年11月15日　初版第１刷発行
2017年９月10日　初版第４刷発行

著　者　木村 伸一
発行者　瓜谷 綱延
発行所　株式会社文芸社
〒160-0022　東京都新宿区新宿１－10－１
電話　03-5369-3060（代表）
03-5369-2299（販売）

印刷所　図書印刷株式会社

ISBN4-8355-8186-5